W0278524

CURSED

2. Auflage Oktober 2013

Für die Originalausgabe:
© 2008 by Claire Thompson
Titel der amerikanischen Originalausgabe: »Handyman«

By arrangement with Samhain Publishing. Dieses Werk wurde vermittelt durch Interpill Media GmbH, Hamburg.

Für die deutschsprachige Ausgabe:
© 2013 by Cursed Verlag
Inh. Julia Schwenk, Fürstenfeldbruck
Alle Rechte vorbehalten, insbesondere das der Übersetzung, des öffentlichen Vortrags, sowie der Übertragung durch Rundfunk und Fernsehen, auch einzelner Teile, Nachdruck, auch auszugsweise, nur mit Genehmigung des Verlages.

Umschlagillustration: Marek Purzycki
Bildrechte Umschlagillustration: Nata-Lia
vermittelt durch Shutterstock LLC
Satz & Layout: Cursed Verlag
Covergestaltung: hanne's designküche
Druckerei: CPI Deutschland

ISBN-13: 978-3-942451-23-9

Besuchen Sie uns im Internet:
www.cursed-verlag.de

HERZ NACH MAß

CLAIRE THOMPSON

Aus dem Amerikanischen
von Uta Stanek

Widmung

Für Tracey und Jean, in ewigem Dank für ihre Unterstützung, ihre Weisheit und ihren Humor.

Kapitel 1

Hetero.

Das Wort blitzte in Wills Kopf auf. Egal, ob er aktiv darüber nachdachte oder nicht, er kam nicht umhin, jeden Mann eingehend zu mustern, ganz gleich, wie alt oder unattraktiv er war.

Der Mann, der auf seiner vorderen Veranda stand, war etwa Mitte vierzig. Er hatte dunkelbraune Haare, die mit grauen Strähnen durchzogen waren, und tief liegende, blaue Augen über einer markanten Nase. Auf seinem blassblauen Arbeitshemd aus Jeansstoff waren in kleinen roten Buchstaben die Worte *Affordable Improvements* aufgestickt. Er trug dunkelblaue Jeans über abgewetzten, braunen Arbeitsstiefeln. Seine Hände waren groß, die Finger kräftig und schwielig. Sie sahen aus wie die Hände von jemandem, der mit ihnen sein Geld verdiente.

»Hi. Ich bin Jack Crawford. Sie haben wegen Renovierungsarbeiten in Ihrer Küche angerufen?«

»Genau. Kommen Sie rein.«

Sie gaben sich die Hände, Jacks Handschlag war fest und freundlich. Aus irgendeinem seltsamen Grund wollte Will nicht loslassen. Für den Bruchteil einer Sekunde kam er ins Grübeln, ob er vielleicht falsch getippt hatte. Möglicherweise war der Kerl doch schwul? Bei dem Gedanken regte sich sein Schwanz. Er sah nach oben ins Gesicht des Mannes, entdeckte jedoch nichts weiter als ein harmloses, freundliches Lächeln. Er kam sich ein wenig dumm vor, als er Jacks Hand losließ und diesem bedeutete, ihm zu folgen.

Bis vor drei Monaten hatte Will in der Stadt gelebt. Tagsüber hatte er als Trader bei einer angesehenen Investmentbank gearbeitet und nachts die Clubs von Manhattan unsicher gemacht. Schlaf, hatte er lachend gegenüber seinen Freunden und Lovern zu sagen gepflegt, wurde überbewertet.

Nachdem er den ganzen Tag über zu viel Kaffee in sich hineingeschüttet hatte und das Adrenalin durch seine Adern gerauscht war, weil er mit dem ganz großen Geld an der Börse gespielt hatte, hatte Will immer öfter das Bedürfnis nach Schlaftabletten und Alkohol verspürt, um wieder runterzukommen. Sein Arzt hatte ihn gewarnt, dass er ein Burn-out erleiden würde, noch bevor er fünfunddreißig war, wenn er nicht etwas von der Geschwindigkeit aus seinem temporeichen, hektischen Lebensstil nahm.

Als sein Boss, gerade mal fünfundfünfzig Jahre alt, aufgrund einer schweren Herzattacke direkt vor ihm tot umgefallen war, war Will zutiefst erschüttert einen Schritt zurückgetreten, um sich neu zu sortieren. Bei seiner Firma hatte er eine Freistellung beantragt, entschlossen, sein Leben einem kritischen Blick zu unterziehen und herauszufinden, was zur Hölle er hier eigentlich tat. Er hatte sich entschieden, ein Haus in einem Vorort zu kaufen, und hatte ein altes Tudorhaus zu einem Spottpreis erworben.

Die ruhige, von Bäumen gesäumte Nachbarschaft von Scarsdale war eine ziemliche Veränderung im Vergleich zu dem hektischen, unter Druck stehenden Puls der Stadt. Er vermisste die Clubs und die Lebendigkeit des städtischen Nachtlebens, aber er war gewillt, diesem neuen Leben eine Chance zu geben – zumindest für die sechsmonatige Beurlaubung, die er mit seiner Firma ausgehandelt hatte.

Er hatte nicht mit den Kosten und der Arbeit gerechnet, die mit der Renovierung eines hundert Jahre alten Gebäudes einhergingen, das offensichtlich zuletzt in den Sechzigern erneuert worden war, als Avocado-Grün und Kotz-Orange die bevorzugte Farbkombination gewesen war.

Er hatte bereits schlechte Erfahrungen mit einem Elektriker gemacht, den er engagiert hatte und der anfangs übereifrig ans Werk gegangen war, nur um dann mit Abwesenheit zu glänzen. Kabel baumelten herum und die Arbeit blieb unbeendet liegen, bis Will sich dazu gezwungen gesehen hatte, den Elektriker in Abwesenheit zu feuern.

Wenigstens war ihm Jack von einem Freund empfohlen worden, der ihm versichert hatte, dass er gute, verlässliche Arbeit zu einem vernünftigen Preis leistete und – was noch wichtiger war – auch aufkreuzte, um zu beenden, was er angefangen hatte.

»Was für Veränderungen haben Sie sich vorgestellt?« Jack sah sich in der langen, schmalen Küche mit dem sich wellenden Linoleumboden, den grünen Schränken und orangefarbenen Oberflächen um.

»Die Frage ist eher, was ich *nicht* verändern will«, witzelte Will. »Die Frau, die hier gewohnt hat, hat das Haus zusammen mit ihrem Mann vor sechzig Jahren gekauft. Sie hat mir erzählt, dass ihre Kinder in den letzten dreißig Jahren seit seinem Tod versucht haben, sie zum Auszug zu überreden.«

»Warum, glauben Sie, ist sie schließlich doch ausgezogen?« Jack schien ehrlich interessiert zu sein, was Will überraschte. Normalerweise waren Handwerker eher dafür bekannt, dass sie sich einfach auf die Arbeit stürzten und am glücklichsten waren, wenn man sie dabei in Ruhe ließ.

»Wegen ihrer Knochen, hat sie erzählt. Sie hat die Kälte nicht mehr vertragen. Sie sagte, von November bis April habe sie nur Beschwerden. Ihre Töchter haben sie schließlich überredet, mit ihnen in den Süden zu ziehen. Glück für mich, schätze ich. Mittlerweile ist es sehr schwer, etwas auch nur annähernd Bezahlbares in Westchester County zu finden. Das Haus hier ist ziemlich runtergekommen – ich habe gar nicht bemerkt, wie sehr. Der Keller ist ein einziges Desaster aus bröckelndem Beton und Schimmel. Im Badezimmer im ersten Stock steht etwas, das eine echte, alte Emaillewanne sein muss, komplett mit Rostflecken überzogen. Gleich in der ersten Woche, die ich hier war, habe ich eine Dusche installieren lassen – ich konnte mir nicht mal annähernd vorstellen, in dieser Wanne zu baden.

Der Dachboden ist mit irgendwelchem Zeug vollgestopft, das sie entweder vergessen hat oder nicht mehr haben wollte – Sachen wie rissige, alte Linoleumrollen, zahllose alte Fensterrahmen, Berge uralter Zeitungen und Zeitschriften und diverse Kisten, die wahrscheinlich seit dem Zweiten Weltkrieg niemand mehr geöffnet hat. Ich bin seit einem Monat hier und habe noch nicht mal an der Oberfläche gekratzt. Im Eingangsbereich und im Badezimmer hier unten habe ich die potthässliche, fleckige Tapete runtergerissen und die steinalten Teppiche rausgeworfen, aber jetzt braucht der Parkettboden eine Nachbearbeitung und ich habe noch nicht entschieden, was ich mit den Wänden anstellen will.«

Während sie dastanden und den trostlosen Raum betrachteten, sagte Will: »Sie hat mir erzählt, dass sie die Küche erst kürzlich umgestaltet hat, und wie hübsch sie jetzt doch aussehen würde. Offensichtlich meinte sie mit *kürzlich* vor vierzig Jahren.« Er lachte und Jack lächelte zurück.

»Ich dachte, wir könnten hier anfangen. Einen Herd besorgen, der tatsächlich funktioniert, und neue Schränke anschaffen, ganz egal, in welcher Farbe, nur nicht in diesem grässlichen Grün. Ich hatte an Steinfliesen für den Boden gedacht, aber vielleicht wäre Hartholz besser. Was meinen Sie?«

Sie besprachen Oberflächen, Schränke, Bodenbeläge, Beleuchtungslösungen, Farben und die Möglichkeit, eine Wand einzureißen, um den Raum zum Esszimmer hin zu öffnen. Jack hatte ein kleines Notizbuch aus seiner Gesäßtasche gezogen, in das er sich mit einem kurzen Bleistift eifrig Notizen machte. Eine breite Haarsträhne fiel ihm in die Stirn und verdeckte seine Augen, während er mitschrieb.

Er sah aus, als könnte er einen Haarschnitt vertragen. Will warf einen unauffälligen Blick auf seinen Ringfinger, sah jedoch keinen verräterischen goldenen Ring. Nicht, dass das irgendetwas zu bedeuten hatte – er kannte eine Menge verheirateter Männer, die keine Eheringe trugen.

»Ich werde was für Sie ausarbeiten«, sagte Jack schließlich, als er das kleine Notizbuch in seine hintere Hosentasche schob. »Frag ein paar Preise an und zeig Ihnen ein paar Muster. Ich kann eine Handvoll Kataloge einiger Baumärkte mitbringen, damit wir ein Gefühl dafür bekommen, was Sie sich vorstellen. Ich muss noch einen anderen Auftrag erledigen, aber den sollte ich morgen abschließen können. Wie wär's, wenn ich übermorgen wiederkomme? Bis dahin hab ich auch einen besseren Überblick über die Kosten.«

»Das klingt nach einem guten Plan. Bis übermorgen also.«

***

Mit den Fingern fuhr Jack den Schwung des Holzes nach. Die Augen hielt er dabei geschlossen, um in dem sinnlichen Gefühl der glatten Maserung auf seiner Haut zu schwelgen. Emma hatte immer über ihn gelacht, wenn sie ihn in seinem Arbeitszimmer dabei erwischt hatte, wie er mit den Möbeln, die er baute, *Liebe machte*.

Er musste zugeben, dass sein Herzblut in dieser Arbeit steckte. Er stellte nicht viel her – hin und wieder einen Stuhl oder einen Tisch für ihr Zuhause, nichts, das zum Verkauf stand –, aber jedes einzelne Stück wurde zu einem Teil von ihm, sobald es fertiggestellt war.

Seine tatsächliche Arbeit, die Ein-Mann-Renovierungsfirma, die er vor zwanzig Jahren gegründet hatte, hatte ihn mit einem anständigen Einkommen für seine Familie versorgt. Sie hatten ein Haus mit drei Schlafzimmern im Norden von New Rochelle gekauft, bevor die Preise durch die Decke geschossen waren. Die Hypothek war abbezahlt. Die Jungs waren erwachsen geworden und ausgezogen. Und Emma war tot.

Er lehnte die Wange gegen das Holz. Das Wort hallte in seinem Kopf wider. *Tot.*

Eines Morgens war sie mit heftigen Kopfschmerzen aufgewacht und hatte gesagt, dass ihr speiübel wäre. Er hatte ihr einen Tee gebracht, da er vermutet hatte, dass sie eine Grippe bekommen würde. Sie hatte ein paar Schlucke getrunken, die Tasse abgestellt und war sehr blass geworden.

»Jack«, hatte sie mit dringlicher Stimme gesagt. Und dann... war sie fort gewesen. Die Autopsie hatte ein geplatztes Gehirnaneurysma offenbart. Im Alter von zweiundvierzig Jahren war seine Frau, mit der er seit vierundzwanzig Jahren verheiratet gewesen war, fort. Einfach so.

Obwohl inzwischen zwei Jahre vergangen waren, wachte er manchmal immer noch mitten in der Nacht auf, einen Arm nach ihr ausgestreckt. In letzter Zeit hatten ein paar seiner Freunde versucht, ihn mit einer neuen Frau zu verkuppeln. Zwar wusste er, dass sie nur sein Bestes wollten, aber er war nicht interessiert.

Er war mit Emma aufgewachsen. Sie hatten einander so gut gekannt, dass sie manchmal schon eher eine Schwester für ihn gewesen war als eine Partnerin und Ehefrau. Zweifellos waren sie beste Freunde gewesen. Aber jetzt, da er Zeit gehabt hatte, ihren Verlust zu betrauern, erkannte er, dass sie keine leidenschaftliche Verbindung gehabt hatten.

Nicht zum ersten Mal fragte er sich, ob sie überhaupt geheiratet hätten, wenn sie nicht schwanger geworden wäre. Eigentlich hatte er damals geplant, mit seinem besten Kumpel, Luke, in der Stadt aufs College zu gehen, während sie vorgehabt hatte, die Fachschule für Krankenpflege zu besuchen. Vermutlich hätten sie sich dann auseinandergelebt, hätten neue Leute kennengelernt und wären getrennte Wege gegangen.

Möglicherweise wäre sein Leben ohne die Herausforderung, in so jungen Jahren plötzlich eine Familie zu haben, ganz anders verlaufen. Er wäre aufs College gegangen, hätte vielleicht die Welt bereist. Vielleicht wäre *er* Lehrer geworden oder Ingenieur. Vielleicht wäre er derjenige geworden, der einen Handwerker für sein schickes Zuhause in Scarsdale engagierte.

Jack schüttelte den Kopf, als müsste er die Bilder abschütteln. Diese Art von Gedanken fiel niemals auf fruchtbaren Boden. Wozu sollte er sich fragen, was vielleicht gewesen wäre? Er hatte mit Emma das Richtige getan und sie hatten zwei wundervolle Söhne und ein gutes Leben.

Nimm die Dinge, wie sie sind, sagte er sich nachdrücklich.

***

Zwei Tage später fand sich Jack vor Wills Eingangstür wieder, die Kataloge und eine Werkzeugkiste in der Hand. Am Abend zuvor hatte er angerufen und war erfreut gewesen, als Will vorgeschlagen hatte, dass er ruhig früh vorbeischauen sollte. Nach einem Blick auf seine Uhr hoffte er, dass er nicht *zu* früh dran war.

Während er darauf wartete, dass Will die Tür öffnete, sah er sich im Vorgarten um. Im Vergleich zu den Gärten der Nachbarschaft war er klein. Dennoch sprossen Narzissen und Tulpen in großartigen Gelb-, Rot- und Violetttönen in den Blumenbeeten, die sich vor dem Haus und an den Seiten des alten Steinweges, der zur Haustür führte, entlangzogen. Die Beete mussten dringend gejätet und der Rasen gemäht werden. Er machte sich eine gedankliche Notiz, dem reichen Stadtjungen einen Gärtner vorzuschlagen.

Da heute Mittwoch war, fragte sich Jack, was Will arbeitete, dass es ihm möglich war, mitten in der Woche zu Hause zu sein. Nicht, dass er danach gefragt hätte. Jack wusste es besser, als seine Nase in das Leben der Leute zu stecken, für die er arbeitete. Er hatte gelernt, dass die meisten, so freundlich sie auch auftreten mochten, für gewöhnlich nur höflich waren. Er begegnete dem mit ebenso viel Höflichkeit, aber weiter ging es nicht.

Obwohl es erst acht Uhr war, war Jack schon seit Stunden auf. Seit Emma gestorben war, konnte er nicht weit über den Sonnenaufgang hinaus schlafen, auch wenn ihn das nicht davon abhielt, bis spät in die Nacht wachzuliegen. Sein Verstand weigerte sich abzuschalten, obwohl er nicht gerade viel hatte, über das er nachgrübeln musste.

In den ersten paar Monaten, nachdem sie gestorben war, hatte er angefangen, Alkohol zu trinken, um überhaupt etwas Schlaf zu finden. Eigentlich hatte das Ganze harmlos genug angefangen – mit einem oder zwei Schlückchen Bourbon, um runterzukommen, während er las oder fernsah.

Nach einer Weile hatte er mehr getrunken als ein oder zwei Schlückchen – manchmal hatte er eine halbe Flasche gekippt, bevor er sich selbst genug betäubt hatte, um das Bewusstsein zu verlieren.

Jeden Tag hatte er eine mentale Bestandsaufnahme gemacht: Hatte er genug Alkohol im Haus, um durch die Nacht zu kommen? Er würde morgens aufwachen und die Flasche würde ihm wie ein alter Freund von der Seite zuwinken. Warum sollte er den Tag nicht mit ein, zwei Schlucken beginnen? Um ihn zu überstehen?

Eines Morgens nach einem besonders entsetzlichen Albtraum, in dem er hatte zusehen müssen, wie Emma und die Jungs in den Tod gestürzt waren, während er hilflos danebengestanden hatte, schob er das kleine Schnapsglas zur Seite und griff stattdessen nach dem Glas, aus dem er normalerweise Wasser trank. Mit zitternden Händen goss er sich mehrere Fingerbreit ein und kippte den Inhalt in einem Zug hinunter. Er schloss die Augen und seufzte vor Erleichterung, als das Brennen in seinem Magen zu einer willkommenen Schwere in seinem Kopf wurde, die die blutigen, zerbrochenen Bilder aus seinen Träumen auslöschte.

Er legte sich auf dem Rücken ins Bett und versank in einem benommenen Halbschlaf. Als er mehrere Stunden später ruckartig erwachte, galt sein erster Blick wieder der Flasche neben sich. Er hatte sie erst letzte Nacht aufgemacht und jetzt lag sie leer neben ihm.

Zutiefst erschüttert rief er seine kleine Schwester Anna an, die dreißig Kilometer entfernt lebte und Mutter und Hausfrau war.

»Anna. Ich brauche Hilfe. Ich werde Alkoholiker.«

Während er auf ihre Ankunft wartete, räumte er seine Hausbar leer, indem er jede Flasche öffnete und ihren Inhalt in die Spüle in der Küche schüttete.

Anna erschien bewaffnet mit Kaffee und Donuts. Obwohl sie ganze zehn Jahre jünger war als er, hatte er sich ihr von seinen drei Schwestern immer am nächsten gefühlt.

Sie verbrachten den Morgen an seinem Küchentisch – ein schönes, altes Stück, das er aus einer riesigen Eichenplatte selbst gezimmert hatte. Jemand hatte sie loswerden wollen, als sie gerade mit ihrem Keller fertig geworden waren.

Sie nahm ihm seine Ängste, auf dem besten Weg zu einem Alkoholiker zu sein, da sie selbst trocken war. »Du hast erkannt, dass du zu viel trinkst, und hast dann was getan?«

»Dich angerufen.«

»Aber das war nicht alles. Du hast deine ganzen Vorräte beseitigt. Du hast erkannt, dass es nicht gerade schlau ist, morgens um sieben Uhr eine halbe Flasche Whisky zu trinken. Ich will die Erkenntnis nicht schmälern, aber ich glaube nicht, dass es im Moment besonders hilfreich ist, wenn du dich als Alkoholiker bezeichnest. Glaub mir, wenn du einer wärst, würde es sehr viel mehr als einen Drink am Morgen brauchen, damit du dir eingestehst, ein Problem zu haben. Geschweige denn, dass du irgendetwas deswegen unternimmst.«

Anna überzeugte ihn, zu einem Therapeuten zu gehen – nur für eine Weile –, um seinen Verlust aufzuarbeiten und mit seinem Leben weiterzumachen. Er war hingegangen, hauptsächlich, um sie zufriedenzustellen, aber es hatte nicht wirklich viel gebracht.

Die Zeit – die großartige Heilerin – hatte das meiste getan, zusammen mit seiner Rückkehr zur Arbeit und seinen Bemühungen, sich beschäftigt zu halten. Er vermisste Emma noch immer, aber nicht mehr mit dem schockierenden Schmerz, als hätte man plötzlich etwas aus ihm herausgerissen, unter dem er die ersten Monate gelitten hatte, als ihm abermals bewusst geworden war, dass er sie niemals wiedersehen würde.

Die Eingangstür wurde geöffnet. Will trug eine blaue Jeans und ein weißes, offenes Hemd über seiner glatten, gebräunten Brust. Mit einem Handtuch trocknete er sich die Haare, das Gesicht von der kürzlichen Dusche noch gerötet.

»Hey, sorry. Ich habe die Klingel erst nicht gehört. Bitte kommen Sie rein. Ich hab verschlafen.«

Der Geruch von Shampoo und Seife attackierte Jacks Nase, als er an Will vorbeiging und die Küche ansteuerte.

Will folgte ihm. »Wollen Sie Kaffee? Ich habe gerade welchen aufgesetzt. Ich hatte noch kein Frühstück. Wollen Sie auch was? In einer Minute müssten die Croissants im Ofen fertig sein.«

Aus Gewohnheit wollte Jack bereits ablehnen, aber der Kaffee roch wunderbar und die kleine Tasse, die er vor zwei Stunden getrunken hatte, war inzwischen nicht mehr als eine entfernte Erinnerung. »Kaffee wäre nett, wenn's Ihnen nicht zu viele Umstände macht.«

Will zog zwei Kaffeebecher aus einem Schrank neben der Spüle. Das Holz schien von guter Qualität zu sein, aber es war in einem seekranken Grünton gestrichen, der sich gewaltig mit dem blassen Orange der Arbeitsflächen biss.

Will stellte die Tassen und die Kaffeekanne auf der Theke ab, zusammen mit einer kleinen Packung Kaffeesahne und einer Schüssel Zucker. »Bedienen Sie sich«, sagte er mit einem Lächeln, als er sich eingoss.

Während Jack sich eine Tasse füllte, nahm Will das Gebäck aus dem Ofen. Der warme, butterige Duft von frisch gebackenen Croissants verteilte sich im Raum. Jack bemerkte, dass er hungrig war. Will stellte die dampfenden, heißen Gebäckröllchen auf der Theke ab und ging zum Kühlschrank hinüber, um die Butter zu holen.

Als er zur Theke zurückkehrte, setzte er sich auf einen der beiden Barhocker und zeigte auf den anderen. »Setzen Sie sich. Wir können die Sachen besprechen, während wir essen.«

Will nahm sich ein Croissant und schmierte Butter drauf, die augenblicklich zu einer gelben Glasur zerschmolz. Jack lief das Wasser im Mund zusammen.

»Na los«, drängte Will. »Nehmen Sie sich eins. Ich kann die sowieso nicht alle essen.«

Jack nahm eins und biss in die schmackhafte Kruste. »Danke. Ich wusste nicht mal, dass ich Hunger habe, bis ich sie gerochen hab.«

Sie tranken Kaffee und schauten die Kataloge, Notizen und Blaupausen durch, auf die Jack ein paar Ideen für die Küche skizziert hatte. Die Kosten des Projekts schienen für Will komplett uninteressant zu sein, er fokussierte sich einzig und allein auf das, was ihm gefiel.

Jack war daran gewöhnt, mit Leuten wie ihm zu arbeiten, die aus wohlhabenden Gegenden stammten und Geld wie Heu hatten, aber normalerweise waren sie nicht so jung, wie Will es zu sein schien.

Aus einem Impuls heraus sagte Jack: »Wenn Sie die Frage erlauben, wie alt sind Sie?«

Ein Lächeln zog Wills Mundwinkel nach oben. Sofort bereute Jack seine Frage. Er hatte seinen Grundsatz gebrochen, nicht im Privatleben seiner Kunden herumzustochern, ganz egal, wie harmlos die Frage sein mochte.

»Ich bin dreißig. Ich habe gerade erst vor zwei Wochen die erste Drei vor der Null gefeiert. Warum fragen Sie?«

»Oh, äh, aus keinem bestimmten Grund.« Jack spürte die Hitze in seinem Gesicht aufsteigen und verfluchte sich. Warum zur Hölle errötete er? Was kümmerte es ihn, was dieser Junge von ihm dachte? »Ich habe zwei Söhne«, platzte er heraus. »Einer ist fast so alt wie Sie.«

»Was? Unmöglich. Sie sehen nicht alt genug aus, um erwachsene Söhne zu haben.«

»Hm, danke... glaube ich. Ich bin vierundvierzig. Mein Ältester ist fünfundzwanzig. Sein jüngerer Bruder ist dreiundzwanzig.«

Er beobachtete Will, der die Rechnung im Kopf erledigte. »Wow, das bedeutet, Sie haben Ihr erstes Kind bekommen, als Sie neunzehn waren.«

Jack nickte. »Jap. Habe meinen Highschool-Schwarm geheiratet.«

»Eine Zwangsheirat, um einen Skandal zu verhindern«, sagte Will mit einem Grinsen. Dann: »Tut mir leid. Ich wollte nicht –«

»Nein, schon okay.« Jack lachte. »Tatsächlich ist es sogar wahr. Es ist erstaunlich, wie eine Nacht das ganze Leben verändern kann.«

Langsam nickte Will und aus irgendeinem Grund fiel Jack dabei auf, dass seine Augen grün waren.

***

Um nicht einzurosten und seinen Wertpapierbestand aktuell zu halten, hatte Will angefangen, von zu Hause aus am Tageshandel teilzunehmen. Mit Hilfe professioneller Analyse-Software, seiner Verbindungen zum Finanzmarkt und seines direkten Drahts zum

Makler seiner Bank verdiente Will weiterhin gutes Geld, ohne dabei den täglichen Druck der Wall Street im Nacken zu haben.

Das Telefon klingelte. Will ließ es einen Moment lang klingeln, während er einen Handel abschloss. Zufrieden warf er einen Blick auf das Telefon und erkannte die Nummer des Büros.

»Spencer«, sagte er schroff.

»Will. Ich bin's, Guy. Trenton höchstpersönlich wird heute hier sein. Power Lunch. Eine Handvoll Auserwählte. Ich denke, ich kann dir einen Platz an seinem Tisch erschleichen, wenn du deinen Arsch hier runter schwingst. Der Lunch ist um eins. Bist du dabei?«

Joseph Trenton war der CEO von Wills Firma, die über das ganze Land und sogar über die ganze Welt verteilt Zweigstellen hatte. Trenton mochte es, sogenannte Power Lunches abzuhalten, was im Grunde jedoch nicht mehr war als ein Beliebtheitswettkampf, wie Will schien. Er war ein- oder zweimal eingeladen worden und es war ihm erlaubt gewesen, neben dem Boss zu sitzen, um sich in seinem königlichen Licht zu sonnen. Er war weitestgehend ignoriert worden, außer als Trenton sich ihm einmal zugewandt hatte, um ihn nach seinem Namen zu fragen.

»William Spencer, Mr. Trenton.«

Fröhlich hatte der große, bullige Mann gedröhnt: »Nennen Sie mich Joey.«

Guy Gray, ein Kollege in der Firma, lebte für diese Mittagessen, in dem Glauben, dass sie der Schlüssel zu noch mehr Macht und Ansehen innerhalb des Unternehmens waren.

Davon einmal abgesehen, wie er da so in Jeans und mit nackten Füßen in seinem Arbeitszimmer saß, fand Will es schwer, den Enthusiasmus aufzubringen, den Guy offensichtlich von ihm erwartete. Nicht zu vergessen, dass Jack um zehn vorbeikommen wollte.

Heute würde Jack mit dem Rausreißen beginnen, angefangen bei den alten Schränken und, falls er noch Zeit hatte, die Wand einreißen, die die Küche vom Esszimmer trennte. Er hatte Will gewarnt, dass die Küche für eine Weile so gut wie unbenutzbar sein würde.

Den Morgen hatte Will damit verbracht, die Schränke auszuräumen, milde überrascht, dass er es in den paar Monaten, die er erst in seinem neuen Haus war, schon geschafft hatte, so viel hineinzustellen. Berge von Geschirr und Reihen von Gläsern und Tassen bedeckten seinen Esstisch, zusammen mit Gewürzen und Konservendosen.

»Sorry, Guy. Das schaffe ich nicht. Aber danke, dass du an mich gedacht hast.«

»Okay, wenn du dir sicher bist. Allerdings sollte ich dich warnen.«

Dann schieß mal los, dachte Will mit einem ironischen Grinsen. Guy liebte es, Klatsch und Tratsch mit diesem Satz einzuleiten, insbesondere unheilvollen Klatsch über die involvierte Person. Will hatte gelernt, das meiste von dem, was folgte, zu ignorieren.

Verschwörerisch senkte Guy seine Stimme. »Unter den Assistenten wird gemunkelt, dass dein Büro Jenkins zugeteilt werden soll. Seine Zahlen sind letzten Monat durch die Decke gegangen und die hohen Herren wollen ihn dafür belohnen. Ich weiß, dass sie dir versprochen haben, deine Stelle freizuhalten, aber, Kumpel, vielleicht solltest du dir diese Sache mit der Beurlaubung noch mal überlegen. Du bist vielleicht mit dem Stempel des Goldjungen gegangen, aber am Ende könntest du dich bei deiner Rückkehr in einer Besenkammer als Büro wiederfinden.«

Will lachte, überrascht, dass ihn das nicht im Geringsten kümmerte. »Ich lasse es darauf ankommen. Richte Joey Grüße von mir aus.«

***

Will stand im Türrahmen zur Küche und beobachtete Jack bei der Arbeit. Er stand auf einer Leiter und demontierte eine Schrankreihe. Will unterdrückte die plötzliche Fantasie, sich hinter ihn zu stellen und seine Hände unter das lockere Arbeitshemd zu schieben, um die geschmeidigen Bewegungen seiner Rückenmuskeln zu spüren, während er arbeitete.

Als Jack heute Morgen erschienen war, hatte er Wills Angebot zu Kaffee und Muffins ausgeschlagen, und Will war seltsamerweise enttäuscht gewesen, obwohl er natürlich nicht darauf bestanden hatte. Schließlich war Jack nur ein engagierter Handwerker.

Vorsichtig stellte Jack einen Schrank auf dem Boden ab. »Wir werden einen Müllcontainer bestellen müssen«, sagte Jack und schreckte ihn damit aus seinen Gedanken auf. Er hatte nicht bemerkt, dass sich Jack seiner Anwesenheit bewusst gewesen war. »Ich kenne eine gute örtliche Firma, wenn Sie wollen, dass ich das erledige.«

»Sicher. Das wäre toll. Was immer Sie meinen.«

Jack nickte und wandte sich wieder seiner Arbeit zu. Nach ein paar Minuten griff er in seine Gesäßtasche und zog ein zusammengeknülltes Kopftuch heraus, dass er sich um die Stirn band. Obwohl es noch nicht April war, hatte der Frühling definitiv Einzug gehalten und im Zimmer war es ein wenig warm, insbesondere, wenn man wie Jack körperlich arbeitete.

»Ich werde ein paar Fenster aufmachen«, bot Will an und betrat den Raum.

»Vorsicht. Da sind überall Nägel und Schutt am Boden. Vielleicht wäre es besser, wenn Sie einfach draußen bleiben würden, solange ich hier beschäftigt bin. Zumindest bis ich das Chaos aufgeräumt hab.«

»Oh. Tja, okay. Dann tun Sie sich keinen Zwang an, die Fenster zu öffnen. An der Hintertür ist eine Blende, die können Sie ebenfalls öffnen. Ich bin dann in meinem Arbeitszimmer. Äh, danke.«

»Kein Problem«, sagte Jack, obwohl er offensichtlich zu beschäftigt damit war, eine festsitzende Schraube aus der Wand zu drehen, um sich umzusehen.

Will kehrte in sein Arbeitszimmer zurück und setzte sich vor seinen Computer, aber anstatt sich wieder seiner Arbeit zuzuwenden, starrte er abgelenkt aus dem Fenster. Was zum Teufel war los mit ihm? Warum hatte er für den Handwerker Muffins gemacht, verdammt noch mal? Was kümmerte es ihn, wenn der Mann schwitzte?

Er war ja nicht mal ein potentielles Spielzeug. Er war hetero. Er war verheiratet, um Himmels willen. Er hatte erwachsene Kinder, die fast so alt wie Will waren. Er war nicht wirklich gut aussehend, auch wenn Will eine gewisse, ansprechende Stärke in seinen Zügen nicht leugnen konnte, und sein Körper war definitiv nicht zu verachten.

Er hatte die ausgeprägten, harten Muskeln eines Mannes, der seinen Lebensunterhalt mit körperlicher Arbeit verdiente. Will blickte an sich hinunter und verglich sie in Gedanken miteinander. Sein Körper war ebenfalls kräftig und fit, allerdings durch ausgeklügeltes Work-out. An drei Tagen in der Woche trainierte er regelmäßig im Fitnessstudio und spielte Tennis und Golf. In seinem Schlafzimmer hatte er ein Paar Hanteln, das er beim Fernsehen benutzte, um seine Muskeln zu stärken.

Wie es wohl war, seinen Lebensunterhalt im Schweiße seines Angesichts zu verdienen? Will war in der Stadt bei wohlhabenden Berufstätigen aufgewachsen und praktisch von Geburt an dazu erzogen worden, auf die Columbia University zu gehen, wo er sowohl seinen Bachelor als auch seinen MBA gemacht hatte. Er fragte sich, ob Jack jemals ein Buch aufgeschlagen hatte.

Das ist unfair, ermahnte er sich selbst. *Du weißt nichts über den Mann. Er könnte auch den IQ von Einstein haben. Und wenn er den nicht hat – was soll's? Hör auf, die Leute danach zu beurteilen, was sie tun, anstatt nach dem, was sie sind.*

Warum urteilte er überhaupt? Es war ja nicht so, als wäre er an dem Mann als potentiellem Lover interessiert. Durch seine Hose rieb er seinen Penis, als Jacks Bild unangekündigt und unwillkommen durch seinen Kopf geisterte.

Verärgert über sich selbst griff er nach dem Telefon. Er würde Paul anrufen und mit ihm ausgehen. Paul, mit seinem attraktiven, dunklen, sinnlichen Aussehen und seinem unersättlichen sexuellen Appetit würde ihn ablenken – wovon zum Teufel er auch immer eine Ablenkung benötigte.

Kapitel 2

»Mann, du hast nicht übertrieben. Hier sieht's aus, als hätte eine Bombe eingeschlagen. Was macht denn der ganze Staub hier?«, fragte Paul, als sie das Haus betraten. Sie waren nur kurz bei Will vorbeigefahren, damit er ein paar Sachen zusammenpacken konnte, da sie die Nacht bei Paul verbringen würden.

»Jap. Jack sagt, das kommt von der Gipswand, die er gerade einreißt. Das haben die damals in diesen alten Häusern verwendet, bevor die Trockenbauweise erfunden wurde. Er hat mich gezwungen, eine Staubmaske aufzusetzen, als ich zu ihm in die Küche kommen und zuschauen wollte.«

»Du bist in die Küche gegangen, um dem Kerl beim Arbeiten zuzuschauen? Wozu? Angst, dass er das Besteck klaut?«

Will spürte, wie er errötete, und schüttelte verneinend den Kopf. »Nein, nichts dergleichen. Ich bin nur... interessiert. An dem Arbeitsprozess, meine ich. Ich hatte noch nie ein Haus. Es ist aufregend, von Anfang an bei den Renovierungen dabei zu sein. Jack und ich werden die perfekte Küche kreieren, exklusiv für mich gestaltet. Er hat so viele gute Ideen. Er hat Entwürfe und so angefertigt.«

Forschend legte Paul den Kopf schief. »Muss ich etwa eifersüchtig werden? Versuchst du, mir was zu sagen?«

»Was?« Will brach in Gelächter aus und war sich dabei sehr wohl bewusst, dass es beinahe hysterisch klang, was ihn noch mehr verunsicherte. »Nein. Nein, nein, nein.« Zur Verdeutlichung schüttelte er den Kopf. »Der Kerl ist ein alter, verheirateter Typ. Oh Mann, Paul. Du denkst auch, dass jeder zu haben ist, solange er einen Schwanz hat.«

»Und das ist falsch, weil...?« Spöttisch hob Paul die Augenbrauen.

»Gott, halt die Klappe.« Will steuerte sein Arbeitszimmer an. »Ich muss nur schnell was auf meinem PC nachschauen, dann können wir los.«

Später in dieser Nacht kniete Will hinter Paul, sein Schwanz einsatzbereit, um in den engen Hintern seines Lovers zu stoßen. Zur Vorbereitung streichelte er sich selbst, während Paul sich provokativ vor ihm bewegte. Er schloss die Augen und presste sich gegen den Eingang, womit er Paul ein Stöhnen entlockte. Der heiße Griff der Muskeln fühlte sich so gut an, als er sich tief hineinschob.

Wie es wohl wäre, Jack zu ficken oder von ihm gefickt zu werden? Er hatte sein Interesse vor Paul heruntergespielt, aber tatsächlich rasten seine Fantasien einen heißen, gefährlichen Weg entlang, von dem er wusste, dass er nur in Frustration enden würde. Er konnte vor Paul und auch vor sich selbst so tun, als wäre er nicht interessiert, aber er war es – er war es definitiv.

Als er sich zu bewegen begann, lösten sich alle Gedanken in Luft auf. Paul stützte sich mit einer Hand ab, während die andere um seinen Schaft lag, um sich im Rhythmus von Wills Stößen zu massieren.

»Ja, Baby... Ja!« Paul drängte sich gegen ihn zurück, um Will tiefer in sich aufzunehmen. Will packte Pauls Hüften, als sein Körper der Erlösung entgegenraste. Er stöhnte seine Lust heraus und stieß mehrere Male hintereinander hart zu, als er kam.

Mit hämmerndem Herzen sackte er gegen Paul, der sich mit einigen letzten Strichen zum Orgasmus brachte, dann nach vorne fiel und Will mit sich zog. Sie lagen beieinander, während ihr abgehackter Atem nach und nach langsamer wurde und sie sich wieder beruhigten.

»Mach's dir nicht zu gemütlich«, sagte Paul mit einem Grinsen. »Als Nächstes ficke ich dich, Baby.«

***

Will wurde von dem Geräusch seines Handys geweckt, das in seiner Hosentasche klingelte und vibrierte. Seine Hose lag auf einem Haufen auf dem Boden neben dem Bett. Schwere Vorhänge vor den Fenstern sperrten das Licht aus. Will stolperte auf seine Hose zu und fischte nach seinem Handy. Als er es schließlich in der Hand hielt, hatte der Anrufer bereits aufgelegt.

Flüchtig warf er einen Blick auf die Digitaluhr neben dem immer noch schlafenden Paul. Viertel nach acht. Viertel nach acht! Er hatte Jack gesagt, dass er um acht wiederkommen konnte. *Scheiße!*

Warum hatte er die Nacht bei Paul verbracht? Normalerweise verschwand er immer, nachdem er bekommen hatte, was er wollte. Und er hatte nicht vorgehabt, so lange zu schlafen, verdammt noch mal.

Nach einer ausführlichen Zusammenkunft im Bett hatte er sich von Paul dazu überreden lassen, sich in dem Whirlpool auf seiner Dachterrasse zu entspannen. Sie hatten sich eine Flasche Champagner geteilt, bevor sie für gemächlicheren Sex ins Bett zurückgekehrt waren und dort in einen alkohol- und sexbedingten Tiefschlaf abgedriftet waren.

Um etwas Privatsphäre zu haben, verschwand er kurz im Bad, um die Nummer des verpassten Anrufers zurückzurufen.

Jacks dunkle, raue Stimme antwortete. »*Affordable Improvements.*«

»Jack, hier ist Will. Will Spencer. Hören Sie, es tut mir wirklich leid. Sie warten wahrscheinlich schon und ich –«

»Was?« Eine Pause, dann fuhr Jack fort: »Nein. Nein, ich bin nicht bei Ihnen am Haus, falls es das ist, was Sie meinen. Darum rufe ich ja an. Ich komme später. Ein Nachbar hat einen kleinen Notfall mit dem Abfluss. Das wollte ich Sie nur wissen lassen. Ich komme so um neun oder halb zehn. Ich muss ein paar Sachen holen. Der Müllcontainer sollte später am Morgen auch noch geliefert werden.«

»Oh. Okay. Kein Problem. Dann sehen wir uns, wenn Sie da sind. Äh, hier. Also, wenn Sie bei mir zu Hause sind.«

Will beendete das Gespräch und fühlte sich dabei gleich auf mehreren Ebenen wie ein Idiot.

»Hey, mit wem sprichst du?« Pauls verschlafene Stimme drang zu ihm vor.

»Ähm, mit niemandem.«

»Gut, dann komm zurück und bespring mich, du Hengst.«

***

Will öffnete die Tür und wieder umwehte ihn der Geruch nach Shampoo und Seife. Seine gewellten, hellbraunen Haare waren nass, das Handtuch hielt er noch in der Hand. *Der Kerl duscht ganz schön oft*, dachte Jack belustigt.

»Hi. Tut mir leid wegen des Durcheinanders eben.« Will trat zurück und winkte Jack herein. »Ich... ich war gar nicht da, als Sie angerufen haben. Ich habe uns Bagels und Kaffee mitgebracht. Ich dachte, wir könnten uns kurz im Wohnzimmer zusammensetzen und die Kataloge noch mal durchgehen. Ich habe noch mal über das Design der Schränke nachgedacht, über das wir gesprochen haben.«

Wortlos nickte Jack. Er hoffte, dass er in der Lage wäre, Will dazu zu überreden, bei der alten Auswahl zu bleiben, die sie beim Einrichtungshaus bereits in Auftrag gegeben hatten. Er folgte dem jüngeren Mann ins Wohnzimmer und setzte sich ihm gegenüber an einen Kartentisch, auf dem Will die Entwürfe und Design-Notizen ausgebreitet hatte.

Er bemerkte die zwei Tassen Kaffee und die Bagels, die auf einem Teller lagen, und lächelte. Will war wirklich ein sehr netter Kerl. Viel zu oft – besonders in Gegenden wie diesen – wurde Jack wie der angeheuerte Handwerker behandelt, der er war. Manchmal wurde er sogar angewiesen, nur den Hintereingang zu benutzen und nur mit der Haushälterin zu sprechen, wenn er etwas brauchte. Nicht, dass ihn das besonders kümmerte – er kam, um einen Auftrag zu erledigen, und es war ihm egal, welchen Eingang er dazu benutzte.

Will fing an, über die Schränke zu sprechen, und deutete dabei immer wieder auf verschiedene Designs in dem Katalog. Langsam und ruhig brachte Jack ihn von seinen Ideen ab, erleichtert, als Will endlich zustimmte, dass das, was sie bestellt hatten, am besten in die Küche passen würde.

Will reichte Jack den Teller mit Bagels. »Die waren noch warm, als ich sie gekauft habe. Ich hoffe, Sie mögen Bagels. Ich kann einen toasten, wenn Sie möchten.«

»Nein, das ist okay so. Vielen Dank. Es ist sehr nett von Ihnen, dass Sie mich so füttern.« Jack griff nach einem Bagel und verteilte etwas Frischkäse darauf. Er war ein wenig amüsiert, dass Will ihn dabei ängstlich beobachtete, als hätte er die Bagels höchstpersönlich gebacken und würde nun auf Jacks Anerkennung warten.

Schnell aß Jack den Bagel und nippte ein paar Mal an dem Kaffee, obwohl er vor diesem bereits drei Tassen gehabt hatte. »Ich hab noch Zeug draußen im Truck. Ich fang dann mit der Arbeit an.«

»Warten Sie.«

Erwartungsvoll sah Jack ihn an, während er gleichzeitig versuchte, seine aufkommende Verwirrung zu verbergen, obwohl er genauso geneigt war, ihr nachzugeben. Will starrte ihn an, in seinem Gesicht arbeitete es. Jack hatte den Eindruck, als wäre er auf der krampfhaften Suche nach Worten.

»Wir müssen noch über die Griffe sprechen. Die Griffe und Klinken für die Schranktüren und die Schubladen.«

Jack stand auf. »Dafür ist noch genug Zeit. Die Schränke werden nicht vor nächster Woche geliefert. Ich werde ein paar Muster mitbringen, dann können wir besser eine Entscheidung treffen. Okay?«

»Ja. Ja, sicher. Ich bin dann in meinem Arbeitszimmer, falls Sie mich brauchen.«

Da er ohnehin schon neugierig gewesen war, ergriff Jack die Gelegenheit beim Schopf. »Was arbeiten Sie eigentlich, wenn Sie die Frage nicht stört.«

»Ich bin Day-Trader. Zumindest mache ich das im Moment. Ich arbeite für eine Investmentbank in der Stadt. Derzeit bin ich beurlaubt. Eine Freistellung, könnte man sagen. Ich habe mich auf ein Burn-out zubewegt – das Tempo kann sehr intensiv sein und die Einsätze sind sehr hoch. Es kann einen umbringen. Meinen Boss hat es umgebracht.«

»Im Ernst?«

»Ja. Er hatte eine Herzattacke, als er gerade einen Angestellten angeschrien hat, weil der einen fatalen Fehler bei einem Handel gemacht hat. Mitten im Gebrüll ist er einfach tot umgefallen. Das hätte genauso gut ich sein können, der die Firma mehrere Millionen Dollar gekostet hat. Ich glaube, das war es, was mich wirklich getroffen hat. Ich habe erkannt, dass ich ganz dringend eine Auszeit brauche. Ich habe beschlossen, eine Pause einzulegen und herausfinden, was zum Teufel ich eigentlich mit dem Rest meines Lebens anfangen will.«

»Ein nobles Ziel«, sagte Jack nickend. »Was genau macht ein Day-Trader?«

»Na ja, einfach gesagt, ist ein Day-Trader ein Börsenmakler, der Positionen für eine sehr kurze Zeit hält, jedoch niemals über Nacht. Sie verwenden große Mengen an Fremdkapital und kurzfristige Handelsstrategien, um aus kleinen Kursbewegungen höchst liquide Wertpapiere oder Währungen herauszuschlagen. Es gibt mehrere verschiedene Strategien, die man anwenden kann, wie zum Beispiel *Swingtrading* und *Arbitrage*. Es ist ein riskantes Geschäft, wenn man nicht weiß, was man da eigentlich tut.« Er lachte. »Und sogar, wenn man es weiß. Aber ich liebe es.«

Obwohl Jack keinen Schimmer hatte, wovon Will da eigentlich sprach, kam er nicht umhin, über Wills offensichtlichen Enthusiasmus zu lächeln. Sein Gesicht leuchtete, während er über seine Leidenschaft sprach. Er erinnerte Jack an jemanden, obwohl er im Moment absolut nicht sagen konnte, an wen.

»Ich kann Ihnen ein paar Transaktionen auf meinem Computer zeigen, wenn Sie wollen.«

Will musste einsam sein, ganz egal, was er über das Bedürfnis nach einer *Auszeit* sagte. Trotzdem: Es war nicht sein Job, Gesellschaft zu leisten – er war zum Arbeiten engagiert worden.

»Nein, nein, schon okay. Ich liege heute wirklich hinterm Zeitplan zurück. Ich habe einen anderen Auftrag, bei dem ich heute Nachmittag vorbeifahren muss. Ich hatte gehofft, den Rest der Wand einreißen und den Schutt raus zum Müllcontainer bringen zu können, bevor ich gehe.«

Will nickte, das Lächeln auf seinem Gesicht wirkte jetzt jedoch gezwungen. »Natürlich. Sie müssen an die Arbeit. Sagen Sie Bescheid, wenn Sie irgendetwas brauchen.«

***

»Sehen Sie sich das mal an.« Jack, der sich auf einer Leiter inmitten der demontierten Küche niedergelassen hatte, hatte gerade mehrere Kacheln der alten, abgehängten Decke entfernt, um zu sehen, was darunter lag.

»Was denn?« Will, der im Türrahmen zur Küche gestanden und Jack bei der Arbeit zugesehen hatte, sah interessiert nach oben. Lag dort ein verborgener Schatz? Oder – viel wahrscheinlicher – ein Mäusenest?

Jack zog mehrere, vom Alter vergilbte Paneele hervor und reichte sie nach unten zu Will. »Das ist die alte Originaldecke aus quadratischen Zinnpaneelen. Sieht echt aus. Ich kann nicht glauben, dass sie das mit einer Deckentäfelung überdeckt haben.«

Grinsend sah Jack zu Will herunter und fügte hinzu: »Diese Zinndecken aus quadratischen Paneelen waren in der zweiten Hälfte des neunzehnten Jahrhunderts und im frühen zwanzigsten Jahrhundert sehr beliebt. Sie waren eine bezahlbare Alternative zu dem teuren Stuck, der in feineren Häusern verwendet wurde. Heutzutage kostet so was ein Vermögen.«

Er zog ein paar weitere Paneele aus dem dünnen Metallrahmen, der sie in Position hielt. Will nahm sie entgegen und legte sie auf den wachsenden Stapel in der Mitte der ausgeweideten Küche. Der Müllcontainer war mit dem Rest der Trümmer aus dem Küchenabriss bereits voll.

Will trat näher heran und sah nach oben, um die Stelle zu inspizieren. Die Decke, die dahinter versteckt lag, bestand aus weißem, verzinntem Stahl, der zu geprägten Formen gepresst war, die ein ansprechendes Muster bildeten.

»Das ist wirklich cool.« Ihm gefiel das Aussehen der altmodischen Decke, aber noch mehr gefiel ihm, wie aufgeregt Jack über den Fund war. In den paar Tagen, die Jack schon in seiner Küche arbeitete, war er meistens für sich geblieben. Er war höflich und freundlich, wenn sie miteinander sprachen, mehr aber auch nicht.

Nicht, dass Will das Recht gehabt hätte, mehr zu erwarten. Nicht, dass Will mehr *gewollt* hätte. Trotzdem konnte er eine gewisse Anziehungskraft nicht leugnen. Irgendetwas an Jack erregte seine Aufmerksamkeit und fesselte sie.

Das war seltsam, weil er sich normalerweise nicht zu älteren Männern hingezogen fühlte. Tatsächlich waren die meisten Männer, mit denen er sich traf, sogar jünger als er. Paul zum Beispiel war gerade fünfundzwanzig geworden. Nicht, dass er und Paul sich zu richtigen Dates verabredeten – sie waren eher Gelegenheits-Sexpartner, was ihnen beiden ganz recht war. Mit Paul hatte er Spaß und er war heiß, aber es gab keine tiefe, beständige, emotionale Verbindung zwischen ihnen.

Eigentlich war Will sogar stolz daauf, dass er sich von den Männern fernhielt, die das potentielle Chaos einer *Ganz-oder-gar-nicht-*Liebesbeziehung verhießen. Frei und ungebunden zu leben, hatte Will die meiste Zeit seines Erwachsenenlebens ganz gut in den Kram gepasst. Das ging mit der temporeichen Natur seiner Arbeit, in der es stets um hohe Einsätze ging, ganz gut einher.

Nur in letzter Zeit, nach seinem Arbeitsabsturz, hatte er angefangen, sein Leben kritisch zu betrachten und seine Prioritäten zu hinterfragen. Es dämmerte ihm, dass vielleicht etwas fehlte. Etwas Lebensnotwendiges.

Sicherlich blickte er nicht in Richtung des Handwerkers auf seiner Suche nach einem Sinn – oder nach was zur Hölle er auch immer suchte. Und trotzdem... und trotzdem schien er diesen Kerl nicht aus seinem Kopf zu bekommen. Es war, als könnte er nicht anders, als in der Nähe herumzulungern, wenn Jack arbeitete – ließ sich irgendwelche Entschuldigungen einfallen, die Küche zu betreten, dachte sich Fragen aus, die Jack zweifellos verwirrten, während er versuchte, zu arbeiten. Wenn Jack in der Nähe war, konnte er sich nicht auf seine eigene Arbeit konzentrieren und das Problem daran war: anstatt, dass es besser wurde , wurde es immer schlimmer.

Es war nicht so, dass der Kerl gut aussehend war. Seine Augen unter den dichten Brauen waren ein wenig zu tief liegend und gaben ihm dadurch einen grüblerischen Ausdruck. Seine Nase, die offensichtlich mindestens einmal gebrochen gewesen war, war groß und schief, die Lippen darunter vielleicht etwas zu breit für sein Gesicht. Zum Ende des Arbeitstages war sein Bartschatten bereits deutlich sichtbar. Obwohl er nicht wirklich groß war, war er kräftig und breit gebaut, sodass der Eindruck von Kraft und Fülligkeit entstand.

Mit anderen Worten: Er fiel ganz eindeutig nicht in Wills typisches Beuteschema. Wills Geschmack tendierte eher zu Männern wie Paul – schlank, fast schon dünn, mit den eleganten Zügen einer griechischen Statue. Diesen Männern gegenüber, erkannte er in einem plötzlichen Anflug von nicht wirklich willkommener Einsicht, war er überlegen – er war älter, erfahrener, stärker.

Bei Jack fühlte er sich wie ein Kind. Jack schien weder von dem offensichtlichen Reichtum, den er in so jungen Jahren bereits angehäuft hatte, noch von seinem ausgefallenen Job bei der Investmentbank und den Abschlüssen, die damit einhergingen, beeindruckt zu sein. Er war höflich interessiert gewesen, als Will über sein Leben gesprochen hatte, hatte bezüglich seines eigenen aber komplett dicht gemacht.

Nicht, dass Will irgendetwas anderes erwartet hätte. Trotzdem fragte er sich… Jack forderte irgendetwas in ihm heraus. Es war nicht so, dass er Jack ins Bett bekommen und ihn mit einem gut platzierten Kuss schwul machen wollte oder dass er das erwartete. Er wollte einfach nur mehr über ihn wissen.

Warum nicht einfach den Sprung machen und nachfragen? Die letzten paar Tage, an denen Jack hier gearbeitet hatte, hatte er seine Pause immer bei seinem Truck verbracht und zu Mittag gegessen, was ihm zweifellos seine pflichtbewusste Frau eingepackt hatte. Entweder hatte er auf dem Fahrersitz gesessen oder sich gegen das Führerhaus gelehnt, um die frische Frühlingsluft zu genießen. Vielleicht würde Will ihm heute Gesellschaft leisten.

Eine Stunde später steckte Jack den Kopf in Wills Arbeitszimmer und klopfte sachte gegen den Türrahmen. »Entschuldigen Sie, ich wollte nur kurz Bescheid sagen, dass ich Pause mache. Für heute bin ich fast fertig. Ich hab die Kisten mit dem Bodenbelag in der Küche gestapelt. Morgen fange ich dann an, ihn zu verlegen. Ich denke, wir sollten die Deckenpaneele, die wir als Ersatz für die alten gekauft haben, zurückbringen und diese fantastische Zinndecke restaurieren.«

»Ja, auf jeden Fall.« Will drehte sich auf seinem Schreibtischstuhl herum, um Jack anzusehen. »Wissen Sie«, sagte er, als wäre ihm der Gedanke gerade erst gekommen, »ich habe einen Tisch und Stühle hinten auf der Terrasse. Ich habe mir überlegt, heute da draußen Mittag zu essen. Vielleicht wollen Sie mir Gesellschaft leisten.«

»Oh, ich will mich nicht aufdrängen –«

»Nicht doch, ich hätte gerne etwas Gesellschaft.« Will fühlte seine Wangen erröten, da er sich bewusst war, übereifrig zu klingen. Mit übertriebener Gleichgültigkeit zuckte er die Schultern. »Natürlich nur, falls Sie wollen. Ist keine große Sache.«

Jack schenkte ihm ein halbseitiges Lächeln und nickte. »Sicher. Das wäre toll. Ich hole nur schnell mein Essen aus dem Truck und treffe Sie dann hinten.«

Will flitzte in die Küche. Die vollbeladenen Paletten, auf denen die Kisten mit Eichenlaminat-Bodenplatten standen, die er aus dem Katalog ausgewählt und die Jack gekauft hatte, umrundete er dabei.

Einen Moment lang blieb er stehen und ließ den leeren Raum auf sich wirken. Er sah jetzt, wo die Trennwand zwischen der Küche und dem Esszimmer heruntergerissen war, viel größer aus. Die höhere Decke würde noch zur neuen Atmosphäre des Raumes beitragen.

Er schloss die Augen und versuchte, sich vorzustellen, wie sich die Leere des Raumes in die wunderschöne Küche verwandeln würde, die Jack für ihn entworfen hatte. Will gab dafür ein kleines Vermögen aus. Er hatte gewusst, dass er etwas Elegantes, gleichzeitig aber Funktionelles haben wollte. Es blieb abzuwarten, ob Jack das durchziehen konnte.

Als er sich wieder an seine Mission erinnerte, versuchte Will sich zu überlegen, was er zu Mittag essen könnte. Für gewöhnlich aß er auswärts, falls er mittags überhaupt etwas zu sich nahm. Während er in den fast leeren Kühlschrank starrte, entschied er sich für ein bisschen Käse, der nicht allzu schlecht aussah, einen Apfel und zwei Flaschen Cola.

Vorsichtig trat er über ein paar Nägel hinweg, die noch auf dem Fußboden herumlagen, und betrat das Esszimmer, in dem sich auf dem Tisch und der Anrichte der Inhalt der alten Küchenschränke und -schubladen auftürmte. Er suchte ein wenig herum und fand eine Schachtel Cracker. Vorsichtig zog er ein Tablett hervor und platzierte den Käse und die Cracker darauf, zusammen mit einem Messer und einem Flaschenöffner.

Als er nach draußen auf die Terrasse trat, hatte Jack es sich bereits an dem Gartentisch gemütlich gemacht. Vor ihm stand eine große, braune Papiertüte. Will ließ sich ihm gegenüber nieder und stellte sein Tablett und die zwei Flaschen ab.

»Ich habe Ihnen eine Cola mitgebracht, falls Sie wollen.«

»Na, sieh sich das einer an.« Jack hob eine der kleinen, grün getönten Glasflaschen hoch. »So eine Flasche habe ich schon eine ganze Zeit lang nicht mehr gesehen.«

»Ich bevorzuge Cola aus Glasflaschen.« Will bemerkte, dass er aufgeblasen klingen musste.

»Ich auch. Ich habe mich von diesem Zeug ernährt, als ich ein Kind war. Wir haben die Flaschen in einer Holzkiste gesammelt, mit einem Loch für jede Flasche. Wegen des Pfands.« Einige Minuten lang hielt er die Flasche fest und starrte auf sie hinunter. In seiner großen, kräftigen Hand sah sie unglaublich klein aus.

Er hielt sich die Flasche für eine eingehendere Untersuchung näher ans Gesicht. »Ich hab mir vor Jahren abgewöhnt, Limo und so was zu trinken. Meine Frau sagte, dass es schädlich für die Zähne der Jungs wäre, also wechselten wir zu zuckerfreiem *Kool-Aid* für sie und Wasser für mich.«

Will reichte Jack den Flaschenöffner, während er versuchte, sich die Frau und die Kinder in seinem Leben vorzustellen. Als Jack den Öffner entgegennahm, berührten sich ihre Finger und Will fühlte einen elektrischen Strom des Verlangens zwischen ihnen entlangfließen. Er warf Jack einen scharfen Blick zu, doch der konzentrierte sich ausschließlich auf die Flasche.

Was für ein Strom das auch gewesen war, er war definitiv nur in eine Richtung geflossen.

Trotzdem öffnete sich Jack mehr, als er es normalerweise tat, vielleicht, weil sie gemeinsam aßen.

Jack öffnete die Flasche und nahm einen langen Schluck Cola. Mit einem zufriedenen Seufzen lobte er: »Das ist gut. Lecker und kalt.«

»Ich habe noch ein paar mehr im Kühlschrank.« Tatsächlich waren es nur noch zwei. Er machte sich eine gedankliche Notiz, mehr zu kaufen. Er beobachtete Jack, der seine Papiertüte öffnete und ein großes, in Folie eingewickeltes Sandwich herausholte.

»Es muss schön sein, eine Frau zu haben, die Ihnen jeden Tag eine Lunchbox packt.« Will erinnerte sich an die Snacks, die seine Mutter immer für ihn eingepackt hatte, als er noch in der Grundschule gewesen war.

»Oh.« Jacks Gesichtszüge entgleisten, als hätte er einen Schlag verpasst bekommen. »Ich bin Witwer. Meine Frau ist vor zwei Jahren gestorben.«

Ohne zu bemerken, was er tat, streckte Will eine Hand aus und berührte mitfühlend Jacks nackten Unterarm. Als Jack auf die Hand hinuntersah, zog Will sie zurück.

»Ich... es tut mir so leid, Jack. Ich habe einfach angenommen... ich meine, Sie sind noch so jung, Ihre Frau zu verlieren...«

»Ja. Es war sehr plötzlich. Ein Aneurysma. Offensichtlich ist es in ihrem Gehirn geplatzt. Fünf Minuten später war sie tot.«

»Oh mein Gott, das ist schrecklich. Waren Sie da, als es passiert ist?« Die Worte kamen ihm über die Lippen, bevor er sie davon abhalten konnte.

»Ja. Sie ist mit ziemlich heftigen Kopfschmerzen aufgewacht. Ich dachte, sie bekommt die Grippe. Ich ging nach unten und habe ihr einen Tee gemacht. Sie trank einen Schluck und...« Jacks Stimme brach.

»Es tut mir leid. Sie müssen nicht darüber reden. Es muss immer noch sehr schwer sein, sich daran zu erinnern.«

»Danke. Sie fehlt mir. Wir waren sehr lange verheiratet. Tatsächlich sind wir sogar zusammen aufgewachsen. Es ist ein kleines Wunder, dass wir überhaupt zusammengeblieben sind, da wir so jung waren, als wir zusammengekommen sind. Unsere Eltern dachten, wir würden uns wieder scheiden lassen. Vielleicht sind wir nur zusammengeblieben, um ihnen zu trotzen.«

Dieses Eingeständnis, falls es denn eins war, erschreckte Will.

Jack grinste ihn an. »Wir sind Gewohnheitstiere. Wir gewöhnen uns an eine Sache und denken dann nicht mehr viel darüber nach. Babys werden geboren, dann kommt die Verantwortung und wir setzen einen Fuß vor den anderen und tun, was getan werden muss. Wir treffen Entscheidungen oder versäumen es, sie zu treffen, und dann müssen wir damit leben. Ich sage nicht, dass das richtig oder falsch ist, es ist einfach die menschliche Natur.«

Kopfschüttelnd wickelte er sein Sandwich aus und hob es an den Mund.

Will blieb still und dachte angestrengt darüber nach, was zur Hölle Jack mit seiner Ansprache sagen wollte, die in den paar Tagen ihrer Bekanntschaft locker die längste und persönlichste war. Meinte er etwa, dass er in seiner Ehe nicht wirklich glücklich gewesen war, aus Gewohnheit jedoch weitergemacht hatte? Aus Pflichtgefühl? Will war unbändig neugierig, wagte es aber nicht, nachzuhaken. Schließlich waren sie keine Freunde.

Jack schluckte und deutete auf das Essen auf dem Tablett. »Wollen Sie nichts essen?«

Will, der den Käse und die Cracker komplett vergessen hatte, gab ein kleines Lachen von sich. »Doch, natürlich. Wollen Sie etwas Käse und Cracker? Ein Stück Apfel?«

»Was ist das für Käse?«

»Das hier ist ein Brie. Ein besonders guter, den ich aus einem Feinkostladen in der Stadt habe. Er hat ein volles Champignon-Aroma und ist innen weich und samtig. Das da ist ein Ziegenkäse. Er hat einen intensiven Geschmack und passt gut zu den Paprika-Crackern.« Ihm fiel auf, dass Jack ihn mit einem kleinen, amüsierten, schiefen Lächeln beobachtete. Verlegen fügte Will hinzu: »Ich klinge bestimmt wie ein aufgeblasener Snob. Das war nicht meine Absicht. Ich liebe einfach guten Käse.«

»Nein, nein. Das interessiert mich wirklich. Ich weiß nicht viel über Käse, außer Schweizer Käse, Cheddar und amerikanischen, aber ich bin offen für Neues. Ich stelle fest, dass ich mit dem Alter eher abenteuerlustiger als gesetzter werde. Emmas Tod hat mich erkennen lassen, wie kurz das Leben eigentlich ist. Wir müssen jeden Moment ausnutzen und dürfen keine Angst davor haben, etwas Neues zu erleben – auch nicht, wenn es sich dabei um Ziegenkäse handelt.«

Will lachte und griff in die Schachtel mit importierten Crackern. Er schmierte etwas von dem weichen, intensiv riechenden Käse auf den Cracker und hielt ihn Jack hin. Jack nahm ihn und steckte ihn sich in den Mund. Nickend hob er die Augenbrauen, während er kaute.

»Köstlich«, sagte er. »Ich glaube, ich nehme noch einen.«

Will war unwahrscheinlich erfreut. Er schmierte einen zweiten Cracker und Jack schob ihn sich in den Mund. Er griff nach der Colaflasche und legte den Kopf in den Nacken, als er trank. Plötzlich überkam Will das fast unkontrollierbare Verlangen, sich nach vorne zu beugen und über die lange Linie seiner Kehle zu lecken.

Er zwang die wachsende Erektion in seiner Hose zum Abklingen. Das war verrückt. Er stand auf jemanden, der so hetero war, wie man nur sein konnte. Wie dumm konnte man eigentlich sein?

Das Herz will, was es will. Reumütig grinste er in sich hinein, als er sich Woody Allens berüchtigten Satz in Erinnerung rief, als er sich in die Adoptivtochter seiner Freundin verliebt hatte. Seltsamere Paare hatten zueinandergefunden, dachte er und hegte und pflegte damit idiotischerweise einen kleinen Keim der Hoffnung, der sich aus dem Nichts in seinem Herzen eingenistet hatte.

Er sah, dass Jack ihn erneut beobachtete, wieder mit diesem neugierigen, schiefen Lächeln auf den Lippen. Will hielt seinen Blick fest, während er sich fragte, ob es da nicht einen kleinen Funken gab, den er mit seinen Händen abschirmen und schützen konnte, damit er wachsen konnte, bis er in einem Feuer der Leidenschaft zwischen ihnen loderte. Für einen langen Moment sahen sie sich an. Will war gefangen, obwohl er wusste, dass er sich abwenden sollte.

Jack war der Erste, der den Blickkontakt unterbrach. Er griff in die Papiertüte und zog eine Plastiktüte mit selbst gemachten Haferkeksen mit Rosinen hervor. »Wollen Sie einen?«, fragte er und vertrieb damit die seltsame, erotische Stimmung, die sich in Will breit gemacht hatte. »Hab ich selbst gemacht.«

Kapitel 3

Jack saß vor dem Fernseher und starrte hinein. Oder besser: Der Fernseher war an und er saß in seinem Lieblingsfernsehsessel, eine Dose Mineralwasser neben sich, ein aufgeschlagenes Taschenbuch auf seinem Schoß, sein Körper dem Bildschirm zugewandt. Aber seine Gedanken waren weit weg. Aus irgendeinem Grund dachte er an sein letztes Jahr an der Highschool, bevor die Unüberlegtheit einer einzigen Nacht seine ganzes Leben auf den Kopf gestellt hatte.

Vor diesem Jahr waren Jack und Luke beinahe unzertrennlich gewesen. Befreundet seit der siebten Klasse, hatten sie jedes mögliche Wochenende entweder bei dem einen oder dem anderen zu Hause verbracht. Sie bewarben sich für dieselben Sportmannschaften, und lernten gemeinsam für Tests. Sie blieben bis spät in die Nacht auf, um zu reden, und versuchten, sich gegenseitig das Gitarrespielen beizubringen. Keiner von ihnen war darin besonders erfolgreich, aber sie hatten ihren Spaß dabei.

Obwohl sie keine tiefen, dunklen Geheimnisse miteinander teilten, verstanden sie sich auch ohne Worte. Jack wusste, dass er sich immer auf Luke verlassen konnte, dass dieser ihm den Rücken freihalten würde und dass er da war, wenn er ihn brauchte. Sie sprachen sogar darüber, irgendwann gemeinsam ein Geschäft aufzuziehen, obwohl keiner von ihnen eine genaue Vorstellung hatte, was sie machen wollten.

Dann waren die Mädchen auf der Bildfläche erschienen. Wie Jack und Luke waren auch Emma und Patty die besten Freunde. Einige Jahre nach ihrer Hochzeit gestand Emma, dass sie und Patty über die Jungs diskutiert hatten, um zu entscheiden, welcher besser zu welchem Mädchen passen würde. Ihr beiläufiges Geständnis, dass sie letztendlich eine Münze geworfen hatten, erschreckte ihn.

Er dachte an die beiden Mädchen, die sie damals gewesen waren: Emma, groß mit dunklen, gelockten Haaren und tiefbraunen Augen, ihre Brüste klein und straff, die Hüften schmal, und Patty mit zierlichem, doch kurvenreichem Körperbau, rötlich blonden Haaren und kornblumenblauen Augen. Hätte er sich genauso leicht in Patty wie in Emma verlieben können, wenn sie sich für ihn anstatt für Luke entschieden hätte?

Inzwischen konnte er zugeben, dass er Emma während der ersten Zeit seiner Ehe nicht geliebt hatte. Erst über die Jahre hinweg hatte er sie und das Leben, das sie miteinander geteilt hatten, lieben gelernt. Damals hatte er allerdings nicht gewusst, was Liebe war.

Als schüchterner, schlaksiger Teenager, der er gewesen war, hatte er nicht besonders viele Dates gehabt, bevor Emma ihn ins Visier genommen hatte. Emma, kontaktfreudig und beliebt, hatte ihn schier umgehauen, als sie ihn um ein Date zum Herbstball gebeten hatte. Patty hatte Luke gefragt, der nicht so schüchtern war wie Jack und definitiv erfahrener.

Luke hatte es mit Cindy Stafford bereits durchgezogen. Anscheinend hatten die meisten Jungs des Abschlussjahrgangs das eine oder andere Mal ihr Glück bei Cindy gefunden, aber Jack nicht. Nicht, dass er sich geweigert hätte, wenn sie auf seiner Türschwelle erschienen wäre – nur mit einem Regenmantel bekleidet und darunter komplett nackt –, wie sie es angeblich beim Captain des Footballteams getan hatte.

Luke war ziemlich aufgeregt gewesen, seine Jungfräulichkeit zu verlieren, obwohl er zugeben musste, dass er wenig mehr für Cindy empfand als eine gewisse Schwäche für ihre weiblichen Reize. Er gab zu, dass er Cindy wegen ihres Rufs als Schlampe irgendwie bemitleidete, aber das hatte ihn nicht davon abgehalten, seine Chance wahrzunehmen und mit ihr zu schlafen.

Nach dem Ball fingen Emma und Jack an, sich regelmäßig zu treffen und *miteinander zu gehen*. Emma war eine aufmerksame Freundin, süß und hingebungsvoll. Patty und Luke kamen ebenfalls zusammen. Größtenteils genoss Jack es, Teil eines Paares zu sein. Plötzlich war er in der angesagtesten Clique der Schule und stand im Zentrum des Neids der Jungen, die noch nicht das Glück hatten, eine Freundin gefunden zu haben.

Obwohl Luke und er weiterhin gute Freunde waren, hatte sich etwas zwischen ihnen verändert.

So ziemlich vom Beginn ihrer Beziehung an waren Luke und Patty sexuell aktiv gewesen, während sich Jack und Emma zurückhielten, da keiner von beiden dazu bereit war, so einen großen Schritt zu machen. Luke verbrachte jede freie Minute mit Patty und Jack vermisste seinen Freund und die schöne Zeit, die sie miteinander verbracht hatten und in der sie einander nah gewesen waren.

Er wusste, dass das zum Erwachsenwerden dazugehörte, und versuchte, die Dinge zu akzeptieren, wie sie waren. Emma schien sehr glücklich mit ihm zu sein, da sie ihm oft sagte, dass sie ihn liebte und dass er das Beste war, was ihr je passiert war. Manchmal – obwohl er es nie geschafft hatte, ihr das deutlich zu sagen – fühlte er sich von ihrer konstanten Aufmerksamkeit beinahe erstickt. Aber er brachte es nicht über sich – oder fand vielleicht auch nicht den Mut –, ihr das zu sagen.

Sie und Patty standen sich weiterhin sehr nahe, so kam es Jack zumindest vor, da er hin und wieder versehentlich ein Gespräch seiner Freundin am Telefon mithörte. Sie erzählte Patty intime Details ihrer Beziehung, von denen er nicht mal zu träumen gewagt hätte, sie Luke anzuvertrauen, ganz egal, wie gut sie auch miteinander befreundet waren.

Das Abschlussjahr raste seinem Ende entgegen und riss Jack in seinem Sog mit. Obwohl er Emma gern hatte, fieberte er insgeheim schon dem Zeitpunkt entgegen, an dem er sie zurückließ, um mit seinem alten Freund Luke aufs College zu gehen.

In der Gerüchteküche der Schule wurde gemunkelt, dass Luke und Patty planten, nach der Highschool zu heiraten. Luke hatte Patty einen Freundschaftsring mit einem winzigen Diamanten in der Mitte geschenkt. Sie erzählte jedem, der es hören wollte, dass es ein Verlobungsring wäre. Im Vertrauen erzählte Luke Jack jedoch, dass er nicht die Absicht hatte, Patty zu heiraten, ihr aber ihre kleine Fantasie lassen wollte.

Dann, eine Woche vor dem Abschlussball, trennten sich Luke und Patty zum Erstaunen aller, die sie kannten. Es geschah, als Luke, der eigentlich auf einem Sportfest sein sollte, früher als geplant nach Hause zurückkehrte. Da er seine Freundin überraschen wollte, tauchte er unangekündigt bei ihr zu Hause auf.

Wie immer klopfte er zunächst an die Eingangstür, ehe er das Haus betrat. Pattys Eltern waren nicht da, aber sie schon. Ebenso wie Dominic Connor, der von seinen Klassenkameraden zum Jahrgangssprecher gewählt worden war. Fast nackt machten sie auf der Couch im Wohnzimmer miteinander rum. Luke erfasste die Situation mit einem Blick und das war's dann. Es war vorbei.

Trotz ihres Flehens, ihr zu verzeihen, blieb er hartnäckig. Jack bewunderte Luke, aber genauso sehr irritierte ihn auch dessen Reaktion. Wenn er sie wirklich liebte, würde er ihr doch sicher vergeben? Es war ein einziger Fehler gewesen, wie sie ihm tränenerfüllt versichert hatte. Sie hatte versucht, Jack in die Sache hineinzuziehen, und ihn gebeten, seinem Freund etwas Vernunft einzutrichtern.

»Wir haben für die Abschlussprüfung in Mathe gelernt. Er hat Bier mitgebracht. Eins hat zum andern geführt. Ich weiß, dass es blöd war. Ich liebe Luke! Wir wollen doch heiraten! Er kann mich doch nicht einfach sitzen lassen, oder?«

Anscheinend konnte er das sehr wohl. Luke weigerte sich sogar, überhaupt noch mit ihr zu sprechen. Schließlich, nach einem weiteren langen, tränenerfüllten Telefongespräch mit Patty, stimmte Jack dem Versuch zu, seinem Freund ihretwegen ins Gewissen zu reden.

Es war die Nacht vor dem Abschlussball. Luke brütete im Wohnzimmer vor sich hin. Wie es damals bei Patty der Fall gewesen war, waren dieses Mal Lukes Eltern nicht in der Stadt. Sein älterer Bruder war ebenfalls fort, da er bereits aufs College ging.

Jack kam rüber, bewaffnet mit einem Sixpack Bier, und nicht ganz sicher, was er erreichen würde. Jeder von ihnen hatte bereits zwei Bier, bevor Jack das Thema Patty überhaupt anschnitt. Unvermittelt verschloss sich Lukes Gesichtsausdruck und er hob warnend eine Hand.

»Hat sie dich hergeschickt, Jack? Sei ehrlich.«

»Luke, sie ist echt fertig. Seit du sie verlassen hast, weint sie sich an Emmas Schulter aus. Sie hat die Hälfte ihrer Abschlussprüfungen verpasst. Und sie hat mich zweimal angerufen.«

Luke schüttelte den Kopf. »Oh Mann. Seit wann ist eine Beziehung Sache der ganzen Schule?«

Die Bemerkung traf Jack. Er und Emma waren wohl kaum die *ganze Schule,* aber er sagte nichts dazu.

Luke fuhr fort: »Du und ich sind schon seit einer Ewigkeit befreundet. Aber da gibt es Dinge über mich und Patty, die du nicht weißt.«

»Dann erzähl sie mir. Ich vermiss es, wie wir sonst immer miteinander geredet haben. Ich vermisse unsere Wochenenden, bevor die Mädchen auf der Bildfläche aufgetaucht sind.«

»Jap, ich auch. Ich glaube, diese ganze Sexsache hat mich einfach so eingenommen, dass ich die Dinge, die mir wirklich wichtig sind, schleifen gelassen hab.« Nebeneinander saßen sie auf der Couch. Lukes Stimme wurde ernst. »Manchmal fühlt es sich so an, als würde das Leben zu schnell vorbeirauschen, verstehst du? Als ob wir zu schnell erwachsen werden würden. Ich hab mich nicht nur von Patty getrennt, weil sie mich betrogen hat. Das war nicht das erste Mal, dass sie mit Dominic zusammen war, ganz egal, was sie dir oder Emma erzählt hat.«

Das überraschte Jack, aber er ließ es unkommentiert. Luke fügte hinzu: »Diese ganze Sache mit der Verlobung – das ist alles auf Pattys Mist gewachsen. Ich hab keine große Sache draus gemacht, alles zu leugnen, weil ich sie nicht blamieren wollte, aber sie weiß, dass ich nicht vorhabe, zu heiraten, jedenfalls ganz sicher nicht in nächster Zeit. Ich will aufs College. Ich will die Welt bereisen. Ich will neue Sachen erleben.«

Seine Augen verengten sich und funkelten, als er sich Jack zuwandte. Er legte eine Hand auf Jacks Oberschenkel und wiederholte: »Alle möglichen Sachen.«

Das Geräusch eines klingelnden Telefons brachte Jack zurück in die Gegenwart. Er atmete tief ein und schüttelte die alten Erinnerungen ab. Was zwischen ihm und Luke passiert war, war eine uralte Geschichte. »Schnee von gestern«, hätte Emma gesagt, obwohl er ihr nie etwas von dieser Nacht erzählt hatte. Er hatte es nie auch nur einer Menschenseele erzählt.

***

Der Fußboden war verlegt – breite Dielen aus satt gefärbtem Eichenholz, die dem Raum eine warme Atmosphäre verliehen. Erneut stand Jack auf der Leiter. Gewissenhaft entfernte er die wenigen kaputten Zinnkacheln und ersetzte sie durch neue. Er hatte es geschafft, das gleiche Muster wiederzufinden, ein klassisches Eichenblatt-Motiv in Schmetterlingsform.

»Ich habe die in einem Laden für Küchenzubehör gefunden. In der Bar daneben spiele ich hin und wieder Pool-Billard. Das sind tatsächlich Originalkacheln, die der Besitzer bei einem Nachlassverkauf aufgetan hat. Sie können nichts Authentischeres als die hier bekommen«, fügte er mit einem zufriedenen Lächeln hinzu.

Die neuen Schränke und Arbeitsflächen, die noch immer in riesigen Bahnen durchsichtiger Plastikfolie eingewickelt waren, waren geliefert worden und nahmen einen Großteil des Wohnzimmers ein. Es versetzte Will einen Stich, als er erkannte, dass Jack bei der Geschwindigkeit, in der er arbeitete, innerhalb der nächsten Woche fertig sein würde – und dann wäre Jack weg.

Seit sie gemeinsam auf der Terrasse Mittag gegessen hatten, waren drei Tage vergangen. Jack war weiterhin nett und freundlich, zeigte jedoch nicht den Hauch eines Interesses, auf mehr als auf eine professionelle Beziehung zwischen ihnen aus zu sein.

Will, der daran gewöhnt war, zu bekommen, was er wollte, insbesondere, wenn es um Männer ging, stand auf verlorenem Posten. Eines Abends im Fitnessstudio hatte er sich in einem schwachen Moment Paul anvertraut. Sie hatten gerade eine anstrengende Partie Racquetball beendet und saßen bei einem kalten Getränk in dem kleinen Café des Fitnessstudios zusammen.

»Und, wie kommst du mit deinen Renovierungen voran?«, fragte Paul unschuldig.

»Gut«, antwortete Will mürrisch. »So gut, dass sie fast beendet sind. Dann wird er weg sein.«

»Dann wird wer weg sein?«

»Jack. Jack Crawford, der Handwerker.«

»Und was kümmert dich das?« Paul schlug sich gegen die Stirn. »Jetzt kapier ich! Das ist der Kerl, auf den ich eifersüchtig sein sollte. Der verheiratete Hetero, der alt genug ist, um dein Vater zu sein.« Er lachte.

»Er ist nicht alt genug, um mein Vater zu sein«, schoss Will verärgert zurück. »Er ist nur vierzehn Jahre älter als ich. Aber ja...« – seine Mundwinkel zogen sich nach unten, als er hinzufügte: »... er ist hetero, richtig.«

»Du kennst meine Theorie diesbezüglich.«

»Ja, ja. Du denkst, dass niemand vollkommen immun ist, ich weiß. Du denkst, die gesamte menschliche Spezies ist eine einzige, große, sexuelle Schatzkiste, die darauf wartet, geplündert zu werden. Du denkst, wir sind alle bisexuell, aber die Gesellschaft bestimmt uns entweder zum einen oder zum anderen. Ich weiß, ich weiß.«

»Tja, die Erfahrung ist auf meiner Seite, oder? Erinnerst du dich an Jason?«

Jason war einer der Einpacker im örtlichen Supermarkt, laut Paul ein griechischer Gott. Paul war von dem Moment an verzaubert gewesen, als der Mann ihn gefragt hatte, ob er lieber eine Papier- oder eine Plastiktüte haben wollte. Obwohl er verlobt war, war er dennoch Pauls hartnäckigem Charme erlegen. Sie hatten ein paar wilde Nächte gehabt, bevor Paul das Interesse verloren hatte und weitergezogen war.

Will wusste, dass der einzige Grund für Pauls anhaltendes Interesse an ihm selbst exakt der war, dass sie nie etwas oberhalb der Hüfte miteinander zu tun hatten. Sie waren, um es mit Pauls Worten zu sagen, Fickfreunde.

»Ich erinnere mich an Jason, aber der war nur ein leicht zu beeinflussendes Kind. Dieser Mann ist Mitte vierzig. Er war hundert Jahre lang verheiratet. Zweifellos ist er in seinen äußerst heterosexuellen Pfaden der Tugend festgefahren.«

»Hast du ihm schon mal auf den Zahn gefühlt? Verabredet er sich wieder? Trifft er sich mit anderen Frauen? Wenn nicht, warum? Ist er einsam? Wenn du entschlossen bist, dem Kerl an die Wäsche zu gehen, könntest du vielleicht den Umweg über eine Freundschaft gehen.« Mit den Fingern malte Paul bei dem Wort *Freundschaft* Anführungszeichen in die Luft.

»Du weißt schon, ihn zum Mittagessen oder ein paar Drinks oder so einladen. Nichts für ihn Bedrohliches. Lern ihn einfach außerhalb seiner Arbeit kennen. Sei ein mitfühlender Zuhörer, wenn er einen braucht. Nähere dich vorsichtig dem Thema deiner eigenen sexuellen Orientierung. Warte ab, wie er reagiert. Denk dran, das meiste von dem, was wir wollen, kann erreicht werden, indem wir uns das Ziel bildlich vorstellen und dann darauf zustreben.«

Als Will anfangen wollte, zu protestieren, hob Paul eine Hand. »Hey, du wirst es nie wissen, wenn du es nicht versuchst. Wer nicht wagt, der nicht gewinnt. Solange er nicht unter die fünf Prozent der Bevölkerung fällt, die tatsächlich einhundert Prozent hetero sind, hast du eine Chance. Mehr als nur eine Chance, wenn man deinen heißen Körper und die traumhaft grünen Augen bedenkt. Scheiße, vielleicht holt er sich schon jede Nacht einen auf dich runter.«

Will schüttelte den Kopf. »Nicht jeder vertritt deine Weltansicht, Paul«, sagte er lachend. Nichtsdestotrotz hatte Paul vielleicht recht, zumindest, was die Möglichkeit anging, sich Jack zu nähern. Er würde warten, bis der Job so gut wie erledigt war – so verschaffte er Jack einen einfachen Ausweg, sollte er nicht interessiert sein.

***

Der Zeitpunkt kam sogar noch früher, als er erwartet hatte. Jack arbeitete schnell und bevor sie es richtig bemerkten, war die Küche so gut wie fertig. Will war begeistert, zu was sich der Raum entwickelt hatte, und gleichzeitig dämpfte die Aussicht, dass Jack bald weg sein würde, seine Stimmung.

Gestern war er, sehr zu Wills Enttäuschung, überhaupt nicht aufgetaucht. Als es nun an der Tür klingelte, ließ Will seinen Kaffee und die Zeitung liegen und beeilte sich, zur Haustür zu kommen. Jack stand mit einer großen Tüte in der Hand auf der Türschwelle.

»Hier sind endlich die Griffe für die Schranktüren. Ich hab's geschafft, das Eichblatt-Muster zu finden, über das wir gesprochen haben. Poliertes Silber.« Er hielt einen Griff hoch, damit Will ihn sich ansehen konnte. »Ich denke, sie werden einen netten Akzent setzen und sie passen zu der Zinndecke.«

Gemeinsam gingen sie zur Küche hinüber und standen Seite an Seite, während sie die glänzenden neuen Geräte, die strahlend weißen Schränke und die schwarzen Arbeitsflächen aus Marmor bewunderten.

Jack hielt einen der Griffe an einen Schrank und wandte sich Will auf der Suche nach Zustimmung zu. Will nickte – sie waren perfekt.

»Das rundet das Ganze ab. Ich werde nur noch eine weitere Schicht Farbe an der Wand über der Spüle und den Schränken auftragen und dann sollte ich hier fertig sein.«

»Sie sind wirklich was Besonderes«, schwärmte Will. »Ich kann nicht glauben, wie gut sich alles zusammengefügt hat. Sie sind ein echtes Universalgenie, wenn es um Renovierungen geht.«

Jack grinste. »Mir gefällt, was ich tue. Ich glaube daran, dass man alles für eine Sache geben muss, an der man gerade arbeitet – egal, was und wofür das ist. Wo wäre sonst der Sinn?«

»Tja, in der Tat«, murmelte Will. Pauls Bemerkung, dass Jack eventuell einsam war, geisterte ihm durch den Kopf. Er nutzte den Hinweis, den Jack ihm bezüglich seines Lebens in seiner vorherigen Anmerkung über den Laden für Küchenzubehör gegeben hatte, und bot mit einstudierter Beiläufigkeit an: »Ich habe mich gefragt... wenn Sie später nichts mehr vorhaben, könnten wir vielleicht eine Runde Pool spielen... ein paar Bier trinken, keine Ahnung. Da ich nicht mehr in die Stadt pendle, fällt mir hier abends manchmal die Decke auf den Kopf...«

Er brach ab. Jack würde zusagen oder ablehnen. Er würde ihn nicht drängen, falls Letzteres passierte. Es wäre ein Zeichen, dass niemals etwas zwischen ihnen geschehen konnte. Er würde es dann einfach auf sich beruhen lassen. Er würde Jack und seine nachdenklichen, blau-grauen Augen, seine kräftigen Unterarme und die muskulösen Schenkel für immer aus seinem Gedächtnis streichen.

»Klar, das wäre nett.« Jack lächelte. »Allerdings warne ich Sie lieber vor, ich habe den Großteil meiner Jugend ans Pool-Spielen verschwendet.«

»Das ist okay«, entgegnete Will. »Ich bin nicht ehrgeizig. Zumindest nicht, wenn es um Pool geht.«

***

Warum hatte er sich darauf eingelassen? Normalerweise zählte es zu Jacks Grundsätzen, sich nicht zu sehr mit den Leuten einzulassen, für die er arbeitete. Das schien ihm einfach richtiger zu sein. Sein Arbeitsleben spielte sich auf der einen Seite ab, sein Privatleben auf der anderen.

Nicht, dass er derzeit noch ein Privatleben gehabt hätte. Die Freunde, die er und Emma gehabt hatten, waren tatsächlich eher ihre Freundinnen und deren Ehemänner gewesen, erkannte er im Nachhinein. Keiner von denen hatte ihn besonders gestört, aber er hatte auch nie eine echte Verbindung zu einem von ihnen verspürt.

Als Emma gestorben war, hatten ihre Freunde halbherzige Versuche unternommen, ihn in ihr Leben miteinzubeziehen, aber als er abgelehnt hatte, hatten sie ihn auch nicht gedrängt; zweifellos waren sie erleichtert gewesen. Nach einer Weile – die nicht besonders lang gewesen war – hatten sie aufgehört, sich bei ihm zu melden, und das war Jack ganz gelegen gekommen.

Trotzdem war es beunruhigend, zuzugeben, dass er sich seit Luke nie wieder jemandem wirklich verbunden gefühlt hatte. Warum hatte er also zugestimmt, mit Will Spencer Pool spielen zu gehen? Ausgerechnet Will, von dem er ziemlich sicher war, dass der Mann schwul war.

Jack hatte sich selbst immer für aufgeschlossen gehalten und sich eingeredet, dass es egal war, ob Will homo- oder heterosexuell war. Er mochte den Mann. Er war klug und weltgewandt, sah aber zu keinem Zeitpunkt auf Jack herab, wie es so viele der College-Absolventen taten, nur weil Jack seinen Lebensunterhalt mit den Händen verdiente.

Tatsächlich erinnerte er Jack sogar an Luke – mit den grünen Augen und den welligen, braunen Haaren. Will war nach dem herrschenden Schönheitsideal ein attraktiver Mann. Selbst wenn er schwul war, war es unmöglich, dass er an Jack interessiert war, der ein Gesicht hatte, das nur eine Mutter lieben konnte. Nicht, dass Jack wollte, dass Will an ihm interessiert war...

Nein. Seit Luke hatte er nie wieder einen anderen Mann angeschaut und was zwischen ihnen passiert war, zählte nicht, da sie betrunken und sehr, sehr jung gewesen waren. Eigentlich hatte er seit Emma auch keine andere Frau mehr angeschaut. Um ehrlich zu sein war die Monogamie tief in ihm verwurzelt. Er hatte versprochen, Emma treu zu sein, und das war er gewesen. Aber jetzt war Emma fort.

Obwohl er sich mit vierundvierzig nicht mehr als jung bezeichnen konnte, hatte er noch einige gute Jahre vor sich. Es war inzwischen zwei Jahre her. Vielleicht war es an der Zeit, sich wieder umzuschauen – wieder anzufangen zu leben.

Lukes Worte, die er vor so langer Zeit ausgesprochen hatte, hallten als Echo dessen, was vielleicht hätte sein können, in seinem Kopf wider. *Ich will neue Sachen erleben.* Dann, als sich seine Hand auf Jacks Schenkel gelegt und Stromstöße direkt in Jacks Unterleib geschickt hatte, hatte er wiederholt: »Alle möglichen Dinge.«

Vielleicht war Jack jetzt – ein ganzes Leben später – bereit, das Gleiche zu tun.

***

Sie waren bei der zweiten Runde 8-Ball. Das erste Spiel war schnell beendet gewesen und währenddessen hatten sie sich darauf geeinigt, sich zu duzen.

Jack hatte Will den Anstoß überlassen. Will hatte den ersten Stoß verrissen. Als Jack an der Reihe war, hatte er alle Kugeln versenkt, ohne Will eine zweite Chance zu lassen. Will hatte das nicht wirklich gestört. Ihm gefiel es, Jack dabei zu beobachten, wie er sich über den Tisch beugte, das Gesicht vor Konzentration angespannt, während er im Geiste Winkel und Laufbahnen berechnete – oder was auch immer es war, das er berechnete, um eine Kugel in einem der Löcher zu versenken.

Will hatte erneut Anstoß und dieses Mal schaffte er es wenigstens, die weiße Kugel nicht über den Rand des Tisches zu schicken. Jack stand dicht hinter ihm.

»Wenn du den Queue so hältst«, sagte er, griff um Will herum und berührte sein Handgelenk, »hast du bessere Kontrolle über den Stoß.« Er beugte sich näher heran, seine Brust drückte sich gegen Wills Rücken. »Anstatt die Kugel mit dieser ruckartigen Bewegung zu attackieren, streichelst du sie besser, etwa so.«

Während er sprach, fasste er Will am Ellenbogen an und führte ihn sanft nach vorne, um seine Worte zu demonstrieren.

Will widerstand dem starken Bedürfnis, sich nach hinten an Jack zu lehnen. Er versuchte, sich auf das Spiel zu konzentrieren, und schaffte es sogar, besser als beim ersten Mal zu sein, obwohl Jack ihn immer noch mit Leichtigkeit besiegte.

Sie bestellten einen Pitcher Cola, den sie zusammen mit zwei eisgekühlten Gläsern zu einer Nische hinübertrugen. Sie nahmen auf den gegenüberliegenden Seiten Platz.

»Tut mir leid, dass ich keine besonders große Herausforderung bin«, sagte Will entschuldigend.

»Du hast dich gut geschlagen. Du brauchst nur ein wenig Übung. Es geht darum, dir bildlich vorzustellen, was du willst, und es dann geschehen zu lassen.«

Will grinste vor sich hin und rief sich Pauls ganz ähnlichen Kommentar ins Gedächtnis. Könnte er einfach die Augen schließen und sich wünschen, dass Jack ihm in die Arme fiel?

»Worüber lächelst du?«, fragte Jack mit schief gelegtem Kopf.

»Ich habe gerade nur gedacht, wie toll es wäre, wenn das wirklich funktionieren würde. Ich meine, einfach die Augen schließen und uns wünschen, die Welt zu verändern.«

»Das wäre schön«, sagte Jack lächelnd. »Aber das habe ich nicht gemeint. Ich meinte, dass du dich konzentrieren musst. Dass du deinen Blick auf eine Ebene mit der Kugel bringen und dir vorstellen musst, wohin sie rollt. Es kommt darauf an, wo du die Kugel triffst, auf welcher Seite. Es kommt auf die Kraft des Stoßes und den Winkel an. Du musst vorausschauend denken und vor deinem geistigen Auge sehen, wohin die Kugel rollt und wie das die Ausgangsstellung für den nächsten Stoß beeinflusst. Vermutlich könnte man sagen, dass es eine Metapher für das Leben ist: Alles, was man tut, hat Einfluss auf das, was als Nächstes geschieht.«

»Und manchmal«, fügte Will hinzu, »ist es einfach nur verdammtes Glück.«

»Sicher«, stimmte Jack zu. »Obwohl ich, je länger ich lebe, immer mehr glaube, dass wir glücklicher werden, je härter wir für etwas arbeiten.«

Sie leerten ihre Gläser und Jack schenkte ihnen erneut ein. In dieser vertrauten Umgebung fühlte er sich wie zu Hause. »Ich weiß nicht, wie es dir geht, aber ich bekomme langsam Hunger. Die machen hier ganz gute Pizza, wenn du reichlich salzigen Käse und Fett magst.« Jack grinste.

Will, der Feta-Käse, griechische Oliven und sonnengetrocknete Tomaten auf Pizzaboden aus Sauerteig frisch aus dem Holzofen favorisierte, log: »Meine Lieblingspizza.«

Mit einer Handbewegung winkte Jack eine Kellnerin herbei. Während er die Pizza bestellte, schenkte sie Will einen langen, musternden Blick. Er war an derartige Reaktionen von Frauen gewöhnt und beachtete sie deshalb kaum.

Sobald sie wieder weg war, wandte sich Will Jack zu. »Danke, dass du mitgekommen bist. Ich schätze, manchmal fühle ich mich ein wenig einsam.«

Wie er gehofft hatte, nahm Jack das Thema auf. Er war nun definitiv offener und entspannter, nachdem die Rechnung gezahlt worden war und sie nicht länger in einer Geschäftsbeziehung zueinander standen. »Ich fühle mich auch einsam. So viele Jahre lang verheiratet zu sein, trainiert einen darauf, jemanden um sich zu haben.«

»Das kann ich mir vorstellen. Du musst sie wirklich vermissen.«

»Ja, das tue ich, wenn auch nicht unbedingt auf die Art, die du vielleicht erwartest.«

»Was meinst du damit?«

»Na ja, wir haben so jung geheiratet. Eigentlich zu jung, um zu wissen, was wir da taten. Und dann haben wir irgendwie dringehangen. Ich war an sie gewöhnt, verstehst du. Und sie an mich. Aber ich weiß ehrlich nicht, ob das, was wir miteinander geteilt haben, wahre Liebe war oder einfach nur Gewohnheit.«

»Hm.« Will überdachte das. Er war überrascht, dass Jack eine so ungeschönte Wahrheit eingestanden hatte. Er entschied, ein wenig nachzuhaken. »Glaubst du, dass du immer noch mit ihr zusammen wärst, wenn sie… hm, wenn sie immer noch hier wäre?« Er fühlte die Spitzen seiner Ohren heiß werden aus Angst, dass er Jack mit der unhöflichen Erinnerung daran, dass sie tot war, verärgert hatte.

Jack sah nachdenklich aus, jedoch nicht beleidigt. »Darüber habe ich schon oft nachgedacht. Ja, wahrscheinlich wäre ich das. Wie trennt man sich von jemandem, der sich auf dich verlässt? Der sich fast sein ganzes Leben lang auf dich verlassen hat?«

Er hob sein Glas und trank. »Ich glaube, mein Pflichtbewusstsein hätte mich bei ihr bleiben lassen. Aber seit sie nicht mehr da ist, hatte ich eine Menge Zeit, mein Leben noch einmal richtig zu überdenken. Eine Bestandsaufnahme, könnte man sagen. Ich glaube nicht, dass es viel bringt, der Vergangenheit nachzutrauern – zumindest versuche ich, mir das in meinen zurechnungsfähigeren Momenten einzureden.

Trotzdem kann ich nicht aufhören, mich zu fragen, was wohl passiert wäre, wenn die Dinge anders abgelaufen wären…« Er machte eine Pause und starrte ins Leere. Will hätte alles dafür gegeben, in diesem Moment in seinen Kopf hineinsehen zu können.

Die Pizza wurde serviert und das Aroma der Tomatensoße und des geschmolzenen Käses ließ Will das Wasser im Mund zusammenlaufen. Peperoniringe mit kleinen Pfützen geschmolzenen Fetts in der Mitte besprenkelten die Oberfläche. Sie schnitten sich beide ein Stück heraus und für eine Weile schwiegen sie, während sie aßen.

Nachdem Jack sein erstes Stück aufgegessen hatte, griff er nach dem zweiten. »Also, was kommt als Nächstes? Die Küche ist fertig. Welcher Raum steht als Nächstes auf deiner Liste? In die Badezimmer könnte auch ein wenig Arbeit gesteckt werden. Ich erledige keine komplizierten Klempnerarbeiten, aber ich kenne ein paar gute, verlässliche Leute, die man für die schwierigeren Aufgaben anfragen könnte. Wir könnten ein paar Entwürfe für das Hauptbadezimmer anfertigen. Ich hab da dieses Bild von einem Whirlpool und einer Dampfdusche im Kopf. Du weißt schon, eins von diesen modernen Dingern mit fünfzig Düsen, bei denen dir aus allen Richtungen das Wasser entgegenspritzt.«

Will versuchte, gegen das breite Lächeln anzukämpfen, das sich auf seinem Gesicht auszubreiten drohte. War der Kerl nur hinter Folgeaufträgen her oder suchte er nach einem Weg, in Wills Nähe zu bleiben? Würde sich Pauls Theorie etwa bewahrheiten?

Hör auf damit. Er will nur den Job. Das ist nichts Persönliches.

Um seine Theorie zu überprüfen und sich selbst zu beweisen, dass da absolut nichts zwischen ihnen war, außer der Chance auf einen weiteren Job, sagte Will mit einer fast schon rücksichtslosen Unbekümmertheit: »Gehen wir nach der Pizza zurück zu mir. Wir können ein bisschen Gebäck von der großartigen, italienischen Bäckerei bei mir um die Ecke mitnehmen und uns in meiner wunderschönen neuen Küche ein Dessert und Kaffee genehmigen.«

Er hielt den Atem an, während er darauf wartete, dass Jack ablehnte.

»Haben die Cannoli? Ich habe eine Schwäche für gute Cannoli.«

»Ja, natürlich haben sie die«, bestätigte Will, obwohl er tatsächlich nicht den geringsten Schimmer hatte. Dieses Mal kämpfte er nicht gegen sein Grinsen an. Er konnte spüren, wie es sich wie Sonnenlicht über sein Gesicht ausbreitete. Sein Herz machte einen Salto, als Jack zurücklächelte.

Kapitel 4

Von seinem Platz am Esszimmertisch aus verfolgte Jack mit Blicken, wie Will sorgfältig ganze Kaffeebohnen abmaß und in eine schicke schwarze Kaffeemaschine aus rostfreiem Edelstahl – eins von diesen neumodischen Geräten – schüttete. Wahrscheinlich kostete das Ding so viel, wie sein alter Pick-up wert war. Er war sicher, dass der Kaffee gut schmecken würde, aber er bezweifelte, dass er sich im Geschmack sonderlich von dem Kaffee unterschied, den er seit zwanzig Jahren in seiner alten Filtermaschine zubereitete.

Der Kaffee duftete wundervoll, als er anfing, durchzulaufen. Die Cannoli lagen aufgeschichtet auf einem Teller, der vor ihm auf dem Tisch stand. Jack wollte einen davon essen – einfach das ganze Röllchen in seinen Mund stopfen, aber er wartete auf Will, weil er nicht unhöflich sein wollte.

»Soll ich Kaffeesahne und Zucker oder irgendwas holen?«, fragte er, da er sich ruhelos fühlte. Er war es nicht gewöhnt, sich von jemand anderem als Emma bedienen zu lassen. Aus irgendeinem Grund schien er seinen Blick nicht von Wills Körper lösen zu können. Dessen Jeans saß wie eine bequeme zweite Haut und schmiegte sich um die Rundung seines Hinterns und die langen, schlanken Beinen.

»Nein, hab alles im Griff. Nur eine Sekunde Geduld. Der Kaffee läuft schon durch. Manchmal glaube ich, man braucht erst eine Schulung, um dieses verdammte Ding zu bedienen.« Will wandte sich ihm zu und ließ ein Grinsen aufblitzen.

Nicht zum ersten Mal fiel Jack Wills perfektes Filmstarlächeln auf. In der linken Wange tauchte ein Grübchen auf und irgendwie formten sich seine Augen zu Halbmonden, wenn er breit grinste – was er den Abend über oft getan hatte. Zumindest kam es Jack so vor.

Was mache ich hier eigentlich?

Die Frage schoss ihm durch den Kopf und noch währenddessen fragte sich ein Teil von Jack, warum sie so lange auf sich hatte warten lassen. Was genau machte er bei einem jungen, attraktiven, schwulen Mann? Hatten sie etwa ein Date gehabt, um Himmels willen? Würden sie das Date jetzt mit einem Dessert und einem Gute-Nacht-Kuss beenden? Hatte er sich stillschweigend zu einem homosexuellen Intermezzo angeboten, indem er mit zu Wills Haus gekommen war?

Himmel, hör auf damit. Das Wort *homosexuell* klang so förmlich, so veraltet. Dann war Will eben schwul, na und? War es ein Verbrechen, einen schwulen Freund zu haben? Er hatte weibliche Freunde – oder wenigstens war er davon ausgegangen, welche gehabt zu haben –, als Emma noch da gewesen war. Wenn er mit einer von ihnen allein in der Küche gewesen wäre, hätte das notwendigerweise bedeutet, dass Sex in der Luft lag? Nein.

Er und Will waren über die zwei Wochen, die er an dessen Küche gearbeitet hatte, so etwas wie Freunde geworden. Will war ein angenehmer Gesprächspartner. Er verstand die Sache mit Emma und ging einfühlsam mit Jacks selbst auferlegten Einsamkeit um, ohne dass Jack sich dabei befangen fühlte.

Jack musste zugeben, dass er es mochte, wie Will an seinen Lippen hing, voller Ehrfurcht über seine Fähigkeiten bei der Renovierung und seinen *Künstlerblick,* wie Will es nannte. Wenn er mit Will zusammen war, kam er sich nicht wie ein einfacher Handwerker vor. Dann fühlte er sich, als würde die Arbeit, die er leistete, tatsächlich etwas bedeuten.

Er warf einen Blick durch den Raum und bewunderte seine eigene Handarbeit. Die Marmorarbeitsflächen glänzten, der Fußboden sah aus, als wäre er schon immer da gewesen, die Haushaltsgeräte fügten sich perfekt ein. Er sah hoch zur Decke, um die geprägte Eichenblattmusterung auf dem weißen Zinn zu begutachten. Diese Küche, dachte er stolz, könnte in einer dieser Heimwerker-Zeitschriften abgebildet sein.

Mit einem Tablett, auf dem Tassen, ein Kännchen Kaffeesahne und eine Schüssel mit Zucker standen, näherte sich Will dem Tisch. »Ich werde eine große Dinnerparty geben müssen, um meine neue Küche zu präsentieren.«

Unvermittelt stellte sich Jack diesen Esstisch, an dem acht Leute Platz hatten, voll besetzt mit Wills reichen, jungen Freunden vor – die aufstrebenden Macher der Finanzbranche. Oder vielleicht würde er nur Schwule einladen, Männer vom Typ *GQ-Model*, einer attraktiver als der andere. Sie würden ihre Champagnerflöten erheben, die kleinen Finger abgespreizt, während sie sich gegenseitig lispelnd zuprosteten, bevor sie sich einer ausschweifenden Orgie hingaben...

Komm schon, Crawford, reiß dich zusammen.

Will ließ ihn noch einmal kurz allein, um dieses Mal mit einer Flasche Cognac und zwei Cognacschwenkern zurückzukommen. »Ich dachte, wir könnten auf die neue Küche anstoßen«, sagte er, während er alles auf dem Tisch abstellte.

Er holte die Kaffeekanne und stellte sich neben Jack, als er in jede Tasse aromatischen, dampfenden Kaffee einschenkte. Als er sich nach unten beugte, streifte sein Arm Jacks Schulter und die Berührung schickte einen unerklärlichen Schauer an Jacks Wirbelsäule entlang.

Will setzte sich Jack gegenüber und deutete auf die Cannoli. »Bedien dich, bitte. Du hättest nicht auf mich warten müssen.«

Jack wählte einen Cannolo und biss in die luftige, knusprige Ummantelung. Die cremige Frischkäsefüllung explodierte himmlisch auf seinen Geschmacksknospen und er schloss die Augen, um in dem süßen Rausch zu schwelgen.

Als er die Augen öffnete, um nach seinem Kaffee zu greifen, bemerkte er, dass Will ihn anstarrte. Die großen, grünen Augen fokussierten ihn wie eine Katze die Maus. Er fühlte, wie er errötete, was absolut lächerlich war.

Will entkorkte den Cognac und goss eine großzügige Menge in die Schwenker, von denen er einen Jack reichte. Jack zögerte, nahm dann jedoch das Glas, weil er nicht unhöflich sein wollte.

Er sah auf die schwere, bernsteinfarbene Flüssigkeit hinunter, schwenkte das Glas und beobachtete den sich bildenden Strudel.

»Ist alles okay?«

Jack schaute zu Will auf und gestand aufrichtig: »Ist eine Weile her, dass ich so etwas Hochprozentiges getrunken habe. Man könnte sagen, dass ich in den ersten Monaten nach dem Tod meiner Frau in ein tiefes Loch gefallen bin. Ich denke, ich habe mich ein wenig zu sehr auf den Alkohol eingelassen, um den Tag zu überstehen, wenn du verstehst, was ich meine.«

»Das war mir nicht bewusst.« Will streckte die Hand aus. »Ich kann das wieder wegräumen, wenn du willst.«

»Nein, nein. Ich würde gerne einen Cognac mit dir trinken. Inzwischen ist genug Zeit vergangen. Ich denke, ich kann verantwortungsbewusst trinken.«

»Na gut.« Will hob sein Glas Richtung Jack, der sein eigenes ebenso erhob. »Auf meine wunderschöne neue Küche. Danke, Jack Crawford, für deine gewissenhafte, hochwertige Arbeit und deine Visionen. Du bist ein wahrer Künstler.«

Jack kam nicht umhin zu grinsen, gleichzeitig erfreut und belustigt über das überschwängliche Lob des jungen Mannes. »War mir ein Vergnügen«, murmelte er. Er setzte das Glas an und nahm einen Schluck von dem kräftigen, ein wenig süßlichen Alkohol. Es fühlte sich gut an, wie er seine Kehle hinunterbrannte.

»Noch einen?« Will hielt die Flasche hoch.

»Sicher, warum nicht?«

Will schenkte erneut ein paar Fingerbreit ein. Jack aß zwei weitere Cannoli und trank seinen Kaffee, der, wie er widerwillig zugeben musste, tatsächlich ein bisschen besser schmeckte als das Zeug, das er zu Hause zubereitete.

Will aß nichts. Er hatte einmal von seinem Gebäckstück abgebissen und den Rest auf seinem Teller liegen gelassen. Auch seine Kaffeetasse war noch beinahe randvoll. Stattdessen starrte er in seinen Cognac. Seine Hände umschlossen das bauchige Glas, als ob er sie daran wärmen würde. Er sah angespannt aus.

»Alles in Ordnung?«, fragte Jack.

»Bei mir? Ja. Was meinst du? Mir geht's gut.«

Jack lächelte. Er spürte, wie sich das Grinsen langsam und befreit auf seinem Gesicht ausbreitete. Er fühlte sich gut – und er wusste, dass er angetrunken war. Er wusste, dass seine Schilde heruntergefahren waren. Er wusste, dass er wahrscheinlich besser gehen sollte, aber wo zum Teufel sollte er schon hingehen? Zurück in sein leeres Haus, um fernzusehen oder zu lesen oder das verdammte Kreuzworträtsel aus der Tageszeitung zu lösen wie ein alter Mann, der auf seinen Tod wartete?

Er mochte Will. Er mochte die Art, wie Will ernsthaft an den Renovierungsarbeiten interessiert zu sein schien, wie er in jeden Schritt miteinbezogen werden wollte. Er hatte heute Abend beim Pool-Spielen und Pizza-Essen Spaß gehabt.

Demonstrativ starrte er Will an, der weiter in sein Cognacglas hinunterschaute. Ihm gefielen Wills Lippen, die zu einem Amorbogen geschwungen zu sein schienen. Er hatte ein kantiges Kinn, einen kräftigen Kiefer und gerade Brauen über diesen unglaublich grünen Augen.

Er sah wirklich aus wie Luke. Oder wie der Luke längst vergangener Tage. Der Luke, an den sich Jack erinnerte. Der, der seinen Oberschenkel berührt hatte, das Gesicht so ernst, während er sich nach vorne gebeugt und nicht gewollt hatte, dass Jack sich zurückzog, als sich ihre Lippen getroffen hatten…

»Jack, geht's dir gut?«

»Was?« Jack zwang seine Gedanken zurück in die Gegenwart und richtete den Blick verwirrt auf Will. »Ja. Tut mir leid. Ich glaube, ich habe mehr getrunken, als mir bewusst war.«

»Setzen wir uns doch aufs Sofa rüber, hm? Außer du willst noch mehr Cannoli?« Noch immer lagen zwei der süßen, üppigen Gebäckstücke auf dem Teller.

Jack schüttelte den Kopf. »Wenn ich noch einen esse, platze ich.«

Will stand auf und nahm seinen halbvollen Cognacschwenker mit. »Nachschub?«, fragte er und deutete auf Jacks leeres Glas.

»Nein, nein. Ich hatte mehr als genug«, versicherte Jack ihm. »Aber ich nehme gern noch Kaffee.« Er goss sich eine Tasse voll ein und fügte etwas Sahne hinzu, ehe er Will in den angrenzenden Raum folgte. Er würde die Tasse austrinken und danach hoffentlich wieder nüchterner werden.

Jack ließ sich auf die Couch sinken, während Will die Musikanlage einschaltete. Danach setzte sich Will ebenfalls auf die Couch, allerdings nicht dicht bei ihm. Halb hatte Jack erwartet, dass Will sich direkt neben ihm niederlassen würde, dass er einen Arm um ihn legen würde, ihn dichter an sich heranziehen würde...

Plötzlich ging ihm auf, dass er nur *angenommen* hatte, dass Will schwul war. Er hatte eine voreingenommene Vermutung angestellt, basierend auf Wills äußerer Erscheinung, seinem Interesse an der Küche, seiner Aufmerksamkeit bei künstlerischen Details, dem Fehlen einer Frau im Gesamtbild. Was, wenn er komplett falsch lag? Was, wenn Will genauso hetero war wie er?

Wie sprach man so etwas an? Nach einer Freundin oder einer Exfrau stochern? Nachfragen, ob er dieses Jahr bei der Schwulenparade mitmarschiert war?

»Du grinst, Jack, aber ich habe keine Ahnung, wieso«, sagte Will mit einem halben Lächeln.

Jack setzte sich auf und nahm einen Schluck Kaffee. »Hör mal, Will... Ich bin den Cognac nicht gewöhnt, das ist wohl meine Entschuldigung.« Er schenkte Will ein schiefes Grinsen und plapperte weiter: »Ich werde dich einfach direkt fragen, weil ich nicht weiß, wie ich es sonst anstellen soll. Bist du schwul?«

Will, der gerade an seinem Cognac genippt hatte, prustete in sein Glas. »Was?«

Jack spürte Hitze in seinem Gesicht aufsteigen. Gott, er war so ein Idiot. »Tut mir leid. Das war nicht angebracht. Mir fiel gerade nur auf, dass ich das irgendwie angenommen habe und, na ja, heute Abend... ich bin nicht sicher, was hier eigentlich vor sich geht. Ich meine, falls hier irgendetwas vor sich geht, und ich sage nicht, dass es so ist. Ich meine... du weißt schon. Es ist einfach...«

Erlös mich von diesem Gestammel.

Will erfüllte die stumme Bitte. »Hey, ganz ruhig. Schon okay. Ich hab die Frage nur nicht erwartet. Ich dachte, du wüsstest das.«

»Dann bist du es?« Jacks Mund wurde trocken.

»Ist das nur Neugier oder fragst du aus einem bestimmten Grund?«

»Ich weiß nicht«, murmelte Jack und fühlte sich mit einem Mal sehr viel nüchterner. Es war seltsam. Obwohl er offensichtlich der ältere von ihnen war, kam er sich vor wie ein Kind: verwirrt und außerhalb seines Erfahrungshorizonts.

Will rutschte ein wenig näher und wandte sich Jack zu. »Ich werde dich nicht anlügen. Du gefällst mir. Sehr. Aber ich weiß, wie die Dinge liegen. Ich bin nicht mit dir unterwegs gewesen, um dich anzugraben. Ich genieße deine Gesellschaft, und das meine ich vollkommen ernst. Du bist anders als alle, die ich bisher kennengelernt habe. Du bist klug und witzig. Du bist bescheiden, obwohl du jedes Recht dazu hättest, sehr stolz auf die erstaunliche Arbeit zu sein, die du ablieferst. Ich weiß nicht, wie ich das erklären soll – und wahrscheinlich sollte ich es nicht mal versuchen –, aber etwas an *dir* spricht etwas in *mir* an.«

Er schüttelte den Kopf und sagte: »Das trifft es nicht richtig. Was ich meine, ist, dass ich mich ruhiger fühle, wenn du in der Nähe bist. Ich neige dazu, mich zu sehr an Dingen aufzuhängen und festzukrallen. Sie ballen sich in mir zusammen und nagen an mir. Deshalb habe ich eine Pause von der Arbeit an der Wall Street gebraucht. Ich habe zugelassen, dass sie mich von innen heraus auffrisst. Aber aus irgendeinem Grund lässt die Spannung in mir nach, wenn du in der Nähe bist. Ich fühle eine Verbundenheit, irgendetwas zwischen uns, von dem ich manchmal glaube, dass du es auch spürst. Und ich habe diesen verrückten Gedanken, dass wir das vielleicht erforschen könnten – gemeinsam.«

Jack starrte Will vollkommen sprachlos an. Will nahm einen tiefen Atemzug und stieß die Luft wieder aus. »Fuck. Das wollte ich gar nicht sagen. Ich bin so ein Idiot.« Er hielt sein Glas hoch. »Schätze, ich hatte auch zu viel Alkohol. Wahrscheinlich möchtest du jetzt lieber gehen.«

»Nein. Ich möchte bleiben.«

***

Jedes stille Signal, das von Jack ausging, schien *Küss mich* zu sagen. Er starrte Will mit diesen intensiven, nachdenklichen Augen an, seine Lippen waren fest aufeinandergepresst, im Schoß knetete er die Hände. Unvermittelt wurde Will an seinen ersten Kuss mit Jane Cuthbert erinnert, als er neun Jahre alt gewesen war.

Jeden Sommer hatte Wills Vater sie aus der Stadt raus in ein Cottage in den Hamptons geschleppt. Diesen einen Sommer hatte sein Vater ihm dabei geholfen, ein Baumhaus für Will zu bauen – oder, um genau zu sein, hatte es gebaut, während Will ihm Werkzeuge und Nägel gereicht hatte. Tatsächlich war es nur eine Ansammlung von Holzbrettern und breiten Kanthölzern, aber in seinen neun Jahre alten Augen war es ein wundervoller, geheimer Schlupfwinkel, in dem er viele glückliche Stunden zubrachte.

Die zehnjährige Jane, deren Familie das Cottage gleich nebenan gemietet hatte, lud sich selbst ins Baumhaus ein, aber Will störte das nicht. Er war stolz auf sein Baumhaus und froh, es herumzeigen zu können, wenn auch nur einem Mädchen.

»Willst du mich küssen?«, fragte Jane. Sie war ein hübsches Mädchen mit langen, blonden Zöpfen, die ein elfenhaftes Gesicht einrahmten.

»Klar.« Warum nicht?

Sie saßen sich im Schneidersitz gegenüber, das Gesicht einander zugewandt und Wills Comicstapel zwischen sich. Er beugte sich vor und sie kniff die Augen zusammen und spitzte übertrieben ihre Lippen. Als seine Lippen ihre berührten, drehte sie heftig den Kopf zur Seite.

»Willst du nicht?«, fragte Will verwirrt.

»Doch, ich will. Ich hab nur Angst. Das ist mein erstes Mal, weißt du.«

»Meins auch.« Will zuckte die Schultern. Wo war das Problem, wenn sich zwei Lippenpaare berührten? Er versuchte es erneut und dieses Mal hielt sie still. Nach einem Moment zog er sich zurück und sie öffnete die Augen und grinste ihn an.

»Jetzt bist du mein Freund und ich deine Freundin.« Sie klang triumphierend.

»Meinetwegen.« Er klang unverbindlich.

Will fragte sich, ob Jack sich abwenden würde, wenn er versuchte, ihn zu küssen.

Doch, ich will. Ich hab nur Angst.

Will war nicht ganz sicher, was er hatte bezwecken wollen, als er Jack mit zu sich nach Hause genommen hatte. Na ja, das stimmte nicht so ganz.

Ein Teil von ihm – der Teil, der aus absolut unrealistischen Wunschgedanken bestand – hatte eine Art Fantasie gehegt, dass, sobald sie das Haus betreten hätten, Jack Will gegen die Eingangstür drängen und an seiner Kleidung zerren würde, während er ihn verzweifelt küsste und an dem Reißverschluss von Wills Jeans nestelte. Zusammen würden sie auf den Fußboden rutschen und sich gegenseitig die Klamotten vom Leib reißen in ihrer Hast, nackte Haut auf nackter Haut zu spüren.

Der zurechnungsfähigere Teil von ihm hatte gedacht, dass sie vielleicht miteinander reden könnten. Vielleicht – und seine Hemmschwelle war durch den Alkohol ein wenig gesunken – fühlte Jack sich nicht beleidigt, wenn Will ein wenig die Lage sondierte. Wenn er versuchte, abzuschätzen, ob es auch nur die geringste Chance gab, dass da etwas zwischen ihnen laufen könnte.

Jack hatte nicht sofort dicht gemacht, das war schon mal ein gutes Zeichen. Er war ehrlich gewesen und hatte gesagt, dass er nicht wusste, was er wollte. Das war zwar kaum eine Liebesbekundung, geschweige denn Interesse, aber wenigstens war es auch keine gänzliche Zurückweisung.

»Willst du nach draußen gehen? Die Nacht ist so angenehm. Wir könnten auf der Terrasse sitzen.«

Schnell stand Jack auf. »Das ist eine gute Idee. Ein bisschen frische Luft wäre gut.« Er folgte Will in die Küche und zur Hintertür hinaus. Will trug seinen Cognacschwenker, Jack seine Kaffeetasse.

Einen Moment blieben sie stehen und sahen nach oben in den Himmel, an dem die Sterne leuchteten. Will starrte in die klare Frühlingsnacht hinaus. Noch immer hatte er sich nicht daran gewöhnt, so viele Sterne zu sehen, da er in der Stadt aufgewachsen war.

»Als ob jemand einen Eimer Diamanten da hochgeworfen hätte. Ich weiß, das klingt kitschig, aber genau so sieht es aus.«

»*Funkel, funkel, kleiner Stern*«, sagte Jack mit einem Grinsen. Will war erleichtert, dass sich die Spannung zwischen ihnen gelöst hatte.

Nebeneinander ließen sie sich auf zwei gepolsterte Klappstühle nieder, die in einer Ecke der Terrasse standen, zwischen ihnen ein kleiner Tisch. Jack lehnte sich zurück, sah nach oben und zeigte dann auf etwas. »Siehst du das? Das ist der Gürtel des Orion, diese drei hellen Sterne in einer Reihe.«

Wills Blick folgte dem Fingerzeig, während er sagte: »Orion, der Jäger, und sein treuer Hund, Sirius. Ich hab mal gedacht, er würde sich wie das englische *serious* schreiben, also ernst, wie die Stimmung. Mein Dad hat mich in klaren Nächten immer mit hoch auf das Dach unseres Wohngebäudes genommen. Er hatte so ein altes Messingteleskop. Jetzt gehört es mir – es steht oben auf dem Dachboden. Ich sollte es demnächst mal runterholen.«

»Wow, wie cool. Ich liebe die Sterne und die Konstellationen. Ich war mal in der Lage, die gängigsten zu erkennen und sogar welche, die nicht jeder kennt. Zumindest dachte ich, dass ich das könnte.« Er hob erneut den Arm. »Siehst du den hellen, leicht orange gefärbten Stern links oberhalb des Gürtels? Das ist –«

»Gummirum!« Will lachte. »Ein widerliches Getränk aus pürierten Kondomen und Rum.«

Jack lachte ebenfalls. »Grumium – sehr beliebt in Kreuzworträtseln.«

Wieder starrten sie in den Himmel hinauf, die Stille zwischen ihnen war nun angenehm. Will war froh, dass er eben im Haus nichts Dummes angestellt hatte, wie etwa zu versuchen, sich Jack zu nähern. Jack war immer noch hier und das allein reichte ihm. Schüchtern warf er aus dem Augenwinkel einen Blick auf den älteren Mann, der weiterhin den Himmel absuchte. Wie seine Lippen wohl schmeckten?

Jack, der sich Wills geheimer Sehnsucht nicht bewusst war, deutete nach oben. »Schau mal da rüber. Ich bin ziemlich sicher, das ist die Konstellation für das Sternzeichen Löwe. Obwohl ich in meinem ganzen Leben noch nie etwas darin gesehen habe, das einem Löwen auch nur ähnlich sieht.«

Will sah zu der kleinen Anhäufung Sterne nach oben, von denen er annahm, dass Jack sie meinte. Er konnte ebenfalls nichts darin erkennen, allerdings hatte er noch nie irgendwelche Formen in den Sternen entdeckt. Jedes Mal kam er zu der Erkenntnis, dass ihm dafür die Vorstellungskraft fehlte. Trotzdem war es schön, etwas gefunden zu haben, das er mit Jack teilen konnte, etwas, das diesem offensichtlich Spaß machte.

»Ich bin froh, dass du hier bist, Jack. Ich bin froh, dass wir uns angefreundet haben.«

»Ich auch, Will. Es ist lange her, dass ich Zeit mit irgendjemandem verbracht habe, außer wenn ich arbeite. Ehrlich gesagt, bin ich so etwas wie ein Einsiedler geworden. Wenn meine kleine Schwester mich nicht dazu zwingen würde, sonntags zum Abendessen zu ihr zu kommen, würde ich wahrscheinlich niemals rauskommen. Allerdings sollte ich ehrlich zu dir sein. Ich habe wirklich keine Ahnung, was ich hier mache. Ich mag dich. Ich habe zuvor keine schwulen Männer gekannt, nicht wirklich.«

»Doch, hast du.«

»Entschuldige?«

»Du hast welche gekannt. Du hast einfach nur nicht gewusst, dass du sie kennst. Sie haben es dich nicht wissen lassen, weil sie nicht wollten, dass du über sie urteilst oder dass sie gefeuert werden oder was auch immer sie befürchtet haben, das du eventuell tun könntest, wenn du es herausfindest.« Will versuchte, die Bitterkeit aus seiner Stimme herauszuhalten.

»Natürlich leben wir in einer sehr viel aufgeklärteren Zeit als damals in den schlechten, alten Tagen, als ein Mann noch für seine sexuelle Orientierung bei lebendigem Leib verbrannt oder ins Gefängnis geworfen oder von entsetzten Heterosexuellen zu Tode geprügelt wurde. Wenigstens sind solche Sachen jetzt per Gesetz verboten, zumindest in diesem Land. Aber glaub ja nicht, dass sich Schwule oder Lesben jetzt frei für ihr Coming-out fühlen – frei, mit Stolz zuzugeben, dass sie so sind, wie sie sind.

Es erfordert immer noch Mut, der Welt zu sagen, dass sie dir den Buckel runterrutschen kann, wenn sie ein Problem damit hat. Nicht jeder ist verständnisvoll. Manche Leute unterliegen immer noch der falschen Annahme, dass das etwas ist, das wir uns ausgesucht haben – wie einen Karrierezweig oder ein neues Auto. Hast du dir ausgesucht, hetero zu sein? Hast du dir ausgesucht, Rechtshänder zu sein?«

Will unterbrach sich. »Okay, tut mir leid. Ich steigere mich bei dem Thema gerne mal rein. Du bist wirklich ein netter Kerl, und ich weiß es zu schätzen, dass du vermutlich vollkommen wertfrei bist und gut damit klarkommst, dass ich schwul bin. Schätze, ich bin überempfindlich. Ich verstecke meine Vorlieben nicht, aber ich gehe auch nicht damit hausieren und posaune sie von den Dächern. Ich habe zum Beispiel noch nie ein Date zu einem Geschäftstermin mitgenommen. Ich bin diskret, obwohl es mich manchmal ärgert, dass ich es sein muss. Und ich bin wütend auf mich selbst, dass ich mich weiterhin bedeckt halte, mich cool gebe, meine Umwelt rätseln lasse.

Jetzt, da ich nicht mehr in dieser Ellenbogen-Arbeitswelt unterwegs bin, habe ich weniger zu verlieren. Trotzdem muss ich vorsichtig bleiben. Da draußen gibt es eine Menge Arschlöcher, die jederzeit bereit sind, mich zu Brei zu schlagen – einfach nur, weil ich existiere. Ich weiß nicht, ob du dir vorstellen kannst, wie sich das anfühlt. Wie es die Art und Weise prägt, wie du deine Umgebung wahrnimmst.«

Jack schaute ihn mit ernstem Gesichtsausdruck an. »Das klingt wirklich hart. Ich schätze, so habe ich noch nie darüber nachgedacht. Ich wünschte, die Dinge wären anders. Wenn es ein Trost ist: Ich empfinde nicht so. Ich glaube daran, dass Menschen frei sein sollten, sich so zu geben, wie sie in Wahrheit sind.«

Will nickte. Er wusste, dass er wahrscheinlich besser die Klappe halten sollte, aber nachdem die Schotten nun schon mal geöffnet waren, konnte er nicht aufhören. »Manchmal denke ich, dass wir alle in Wirklichkeit bisexuell sind, die einen mehr, die anderen weniger. Ich meine, schau dir die Mädchen an. Mädchen ist es erlaubt, miteinander zu kuscheln und sich zu küssen, Hand in Hand irgendwo entlangzuspazieren und sich gegenseitig ihre Zuneigung zu versichern. Jungs dagegen werden streng davon abgehalten, sich so zu verhalten, aber wer sagt, dass der Impuls nicht trotzdem da ist? Ich glaube, jeder Mensch sucht Geborgenheit und Liebe, wo er sie finden kann, aber unsere Gesellschaft ermutigt nur das eine Geschlecht, das auch so auszudrücken. Außer auf sehr genau definierte, vorgeschriebene Art und Weise. Ich meine, denk doch mal darüber nach. Denk wirklich einmal darüber nach. Gab es da jemals jemanden, für den du starke Gefühle hattest? Einen Mann, meine ich. Jemanden, für den du vielleicht mehr gefühlt hast als das, was die Gesellschaft als angemessen ansieht?«

Langsam nickte Jack.

Ein bisschen überrascht fuhr Will fort: »Ich wette, du hast diese Gefühle unterdrückt. Ich wette, du hast dir nicht gestattet, sie zu erforschen, weil es falsch ist. Es war unangebracht, also hast du die Gefühle unterdrückt, weggesperrt oder sogar verworfen.«

»Ganz ruhig, Will. Reg dich nicht auf.« Jack berührte Wills Unterarm.

Will nahm einen tiefen Atemzug und stieß ihn mit einem scharfen, nervösen Lachen wieder aus. »Gott, tut mir leid. Ignorier mich einfach, okay?«

»Ich will dich nicht ignorieren. Ich finde das, was du sagst, wichtig.« Seine Hand lag immer noch auf Wills Arm. Will sah auf sie hinunter und wie erwartet zog Jack sie zurück.

»Will, ich bin nicht sicher, was genau hier vor sich geht. Ich weiß sicher, dass ich ein wenig zu viel Alkohol getrunken habe und nicht ganz klar im Kopf bin. Ich war viele Jahre lang verheiratet und ich schätze, ich habe nie wirklich darüber nachgedacht, dass die Leute auf zwei verschiedene Arten erzogen werden, wie du gerade gesagt hast. Ich habe mich nie für schwul gehalten.«

Peinlich berührt platzte Will heraus: »Ich wollte nicht unterstellen, dass –«

»Jetzt warte doch, entspann dich«, unterbrach ihn Jack. »Ich sagte, dass ich mich nie so gesehen habe. Aber ehrlich gesagt habe ich allgemein nie viel über meine Gefühle nachgedacht, Punkt. Es ist wirklich erst seit Emmas Tod, dass ich mir die Zeit genommen habe, über grundlegende Dinge nachzugrübeln. So wie das Leben und den Tod und warum wir hier sind und was wir aus unserem Leben herausholen sollten. Die letzten Wochen in deiner Nähe zu sein... na ja...« Jack errötete und sah zu Boden. Dann schaute er wieder hoch und begegnete Wills Blick. »Das war großartig. Du gibst mir das Gefühl, für meine Arbeit geschätzt zu werden und, noch wichtiger, du schätzt mich als Person.

Es hat mir Spaß gemacht, an deiner Küche zu arbeiten. Es hat mich richtig gefreut, zu sehen, dass du so großes Interesse an jedem einzelnen Arbeitsschritt gezeigt hast. Du hast mich dazu gebracht, die Dinge durch deine Augen zu sehen, und mich daran erinnert, warum ich diese Arbeit überhaupt mache.«

Will wollte etwas erwidern, aber Jack fuhr fort: »Ich mochte es, als du mir von deinem Investment Business erzählt hast, obwohl ich das nicht wirklich verstanden habe.« Er lächelte schüchtern. »Ich mochte es, mit dir Pool zu spielen, obwohl du grottenschlecht bist.« Sein Lächeln breitete sich zu einem Grinsen aus.

»Ich mochte es, Pizza mit dir zu essen und dir dabei zuzusehen, wie du in deiner schicken Maschine Kaffee kochst. Ich mag es, wie du so ernst und leidenschaftlich über die Rechte der Homosexuellen sprichst. Ich mag dich, Will. Ich habe keine Ahnung, was das für unsere Beziehung bedeutet, falls es überhaupt etwas bedeutet. Meine Frau hat immer gesagt, dass meine Zunge drauflosplappert, ohne sich mit meinem Hirn zu beraten, wenn ich ein paar über den Durst hatte, und ich bin sicher, jetzt hätte sie das auch gesagt. Ich wollte das nur einfach alles irgendwie loswerden. Ich habe keine Ahnung, wohin es von hier aus weitergeht.«

Genauso wenig wie er selbst, erkannte Will.

Kapitel 5

Der Mond ging auf, sein Licht erhellte Jacks Gesichtszüge. Er schien auf eine Antwort von Will zu warten. Will konnte die unterschwellige Spannung zwischen ihnen spüren und war nicht sicher, wie viel davon rein sexuell und wie viel dem Cognac und seinem eigenen Wunschdenken zuzuschreiben war.

Als er nicht sofort antwortete, wandte Jack das Gesicht ab, um wieder in den sternenübersäten Himmel hochzuschauen. Will kam es vor, als hätte er einen Schlüsselmoment verstreichen lassen, aber er wusste nicht, wie er ihn zurückholen konnte. Er war so auf seine unerwiderten Gefühle für den älteren Mann fixiert gewesen, dass ihn Jacks sprudelnder Wortstrom vollkommen überrumpelt hatte.

Er nippte an seinem Cognac und versuchte, seine Gedanken zu sammeln. Ganz offensichtlich war Jack betrunken, zumindest betrunken genug, um so offen zu sprechen und Dinge zu sagen, die er später, wenn er nüchtern war, vielleicht bereuen würde.

Während es Will unter den Fingernägeln brannte, Jack darüber auszufragen, was er gesagt hatte, wollte er diesen gleichzeitig auch nicht bedrängen oder ihn in Verlegenheit bringen, sodass er seine untypische Redseligkeit bereute.

Ich mag dich, Will.

Will nahm einen weiteren Schluck Cognac und verbot sich, dieser simplen Aussage allzu viel Bedeutung beizumessen. Ungebeten sah er vor seinem geistigen Auge, wie er sich hinüberlehnte und Jack in seine Arme zog. Er schloss die Augen und senkte das Gesicht für ihren ersten, perfekten Kuss in Richtung Jacks…

Das Bild veränderte sich und anstatt dass Jack sich ihm in süßer Hingabe anbot, beschwor Wills fiebernde Fantasie einen Jack, der mit geballten Fäusten vor ihm stand, ausholte und ihm eine harte Rechte verpasste, die Will auf seinen Hintern beförderte.

Will schüttelte den Kopf, konnte die unangenehme Vorstellung aber nicht ganz abschütteln. Er beschloss, sich zurückzuziehen, solange er noch zurechnungsfähig war.

»Hey, es war ein wirklich schöner Abend. Ich weiß nicht, wie's bei dir aussieht, aber ich hatte ziemlich viel Alkohol und vermutlich denkt keiner von uns noch so klar, wie er gerne würde. Ich glaube, es ist das Beste, wenn wir für heute Feierabend machen. Willst du noch eine Tasse Kaffee, bevor du fährst? Wie weit hast du's überhaupt?«

Jack war sichtlich verblüfft. Abrupt stand er auf und hätte beinahe den Stuhl umgestoßen. »Ich wohne etwa zwanzig Minuten von hier. Bezüglich des Kaffees: nein, danke. Wenn ich noch einen trinke, bin ich die ganze Nacht wach.« Sein Tonfall war ruppig, sein Gesicht, das vor einer Sekunde noch so offen und ernst gewesen war, zeigte sich nun verschlossen.

Will fühlte sich, als hätte ihm jemand Bleigewichte umgehängt. Er konnte sich kaum bewegen, überwältigt von dem niederschmetternden Gefühl, alles ruiniert zu haben. Wenn er Jack nur besser einschätzen könnte. Wenn er nur die Eier in der Hose hätte, um geradeheraus zu sein, um sich zu nehmen, was er wollte, was Jack vielleicht ebenfalls wollte.

Steif schoss Jacks Hand nach vorne. Will ergriff sie und wünschte sich, dass alles, was er fühlte, irgendwie, auf magische Weise durch Berührung übermittelt werden könnte. Er hielt die Hand zu lange fest und Jack zog sie zurück.

In dem Versuch, seinen Tonfall so locker und neutral wie möglich zu halten, sagte Will: »Ich hatte viel Spaß, Jack. Danke – für alles.«

»Ja. Ich auch. Wir sehen uns.«

***

Obwohl es bereits weit nach Mitternacht war, saß Jack wach in seinem Arbeitszimmer. Holzspäne sammelten sich um ihn herum an, während er an dem geschwungenen Bein eines Schaukelstuhls arbeitete, den er gerade baute.

Die Arbeit mit dem Holz und seinen Werkzeugen entspannte ihn, so wie sie es immer tat. Es war mehr als ein Akt der Schöpfung – es war beinahe so etwas wie eine Meditation. Er hatte schon immer am besten denken können, während er mit einem Holzmeißel oder an der Drechselbank zugange gewesen war.

Er war langsam nach Hause gefahren und absichtlich zehn Meilen unter der Höchstgeschwindigkeit geblieben, sodass kein Polizist in Versuchung geführt worden war, ihn anzuhalten. Noch immer konnte er kaum glauben, dass er den Mut gehabt hatte, diese ausschweifende Rede darüber zu halten, wie sehr er Will mochte und wie sehr es ihm gefiel, Zeit mit ihm zu verbringen.

Noch während er sprach, hatte er gewusst, dass er die Klappe hätte halten sollen, aber er hatte sich nicht stoppen können. Was hatte er denn erwartet, das Will sagte? Oder tat? Worauf hatte er gehofft? Ganz ehrlich, er wusste es selbst nicht.

Wills unvermittelte Verabschiedung hatte er jedenfalls nicht erwartet. Zunächst hatte er sich hängen gelassen gefühlt, dann gedemütigt und verlegen angesichts dessen, was ihm wie eine Zurückweisung vorgekommen war oder zumindest wie ein Korb.

Welche seltsame Hitze er sich auch immer zwischen ihnen eingebildet hatte, sie war schlagartig abgekühlt. War etwa alles einseitig gewesen? Hatte er, nur weil er bestätigt bekommen hatte, dass Will schwul war, fälschlicherweise angenommen, dass Will Interesse an ihm hatte?

Jack lachte verbittert auf. Warum sollte ein gut aussehender, junger Mann wie Will an ihm interessiert sein? Offensichtlich war er betrunkener gewesen, als er gedacht hatte, und hatte alles falsch gedeutet, was Will ihm möglicherweise an Hinweisen gegeben hatte.

Er war froh, dass Will im Keim erstickt hatte, was auch immer da zwischen ihnen passiert war. Er hatte für sie beide die richtige Entscheidung getroffen. Was für Gefühle Jack auch hatte, er war noch nicht bereit, sich mit ihnen auseinanderzusetzen, ganz besonders nicht vor Will.

Jack legte seine Werkzeuge beiseite und streckte sich selbst auf dem Boden inmitten des Sägemehls und der Holzspäne aus. Er starrte zur Decke hoch und sah ein lange vergessenes Gesicht vor sich.

Seine Gedanken wanderten, wie sie es in letzter Zeit oft getan hatten, zurück zu dieser einen schicksalhaften Nacht. Er nahm den Faden seiner Erinnerungen von letzter Woche wieder auf. Mit unvermittelter Klarheit erkannte er jetzt, dass es an Wills Auftauchen in seinem Leben lag, dass die Erinnerungen an Luke wieder aufgelebt waren, sogar noch bevor er sich ihrer gegenseitigen Anziehung bewusst gewesen war.

Damals, genau wie heute Abend, hatten Luke und er zu viel Alkohol getrunken. Emma und Jack waren beide noch Jungfrau. Sie hatten bereits heftig miteinander gefummelt und er war – obwohl er beschämt gewesen wäre, das zuzugeben – öfter als einmal in seiner Hose gekommen, während sie sich geküsst hatten und unter ihrer Kleidung zugange gewesen waren. Und das im Auto seiner Eltern, das sie nach der Abendvorstellung im Kino am Straßenrand geparkt hatten.

In dieser Nacht sprachen Luke und Jack über Mädchen, die Liebe, das Leben und ihre Zukunft. Das Bier lockerte ihre Unterhaltung auf und senkte ihre Hemmschwelle. Als Luke seine Hand auf Jacks Oberschenkel legte, war es beinahe, als würde die Welt den Atem anhalten und abwartend beobachten, welche Richtung Jack einschlagen würde.

Jack fragte sich, wie anders sein Leben verlaufen wäre, wenn er Luke damals zurückgewiesen hätte. Wenn er ihn gleich zu Beginn weggestoßen hätte, bevor es sich weiterentwickeln konnte. Dann hätte Jack nichts beweisen müssen.

Aber er hatte ihn nicht weggestoßen.

Ich will neue Sachen erleben. Lukes Absicht wurde deutlich, als er sanft den Schenkel seines besten Freundes drückte. Es war Ende Mai und beide trugen kurze Hosen. Lukes Hand auf seinem Bein fühlte sich warm an, seine Finger streichelten Jacks Haut.

Jacks Penis reagierte noch vor dem Rest seines Körpers auf die Berührung, als sich sein Blick mit dem der grünen Augen des Jungen verhakte, der schon so viele Jahre lang sein bester Freund und sein engster Vertrauter war. Als Luke sich mit geöffneten Lippen nach vorne beugte, kam Jack ihm entgegen.

Während sie sich küssten, dachte er, sein Herz müsste jeden Moment aus seiner Brust springen, so heftig schlug es. Er wusste, dass er nicht schwul war – er wusste, dass Luke es auch nicht war. Und trotzdem fühlte sich der Kuss so richtig an, so gut.

Anders als Emma, die enthusiastisch, fast schon übereifrig küsste, nahm Luke sich Zeit. Er neckte Jack mit der Zunge und strich verführerisch über seine Lippen, ehe er sie dazwischen gleiten ließ. Er hielt Jacks Gesicht mit den Händen umschlossen, während er saugte und Jacks Mund schmeckte.

Jack berührte seine Lippen, als würde er sich sogar jetzt noch an die Hitze dieses Kusses erinnern.

Er hatte nicht protestiert, als Luke an seiner Hose gezogen hatte und mit der Hand unter seinen Hosenbund geschlüpft war, um seinen anschwellenden Penis zu umfassen. Emma hatte ihn auch schon so angefasst, aber ihre Berührung war ungeschickt und unsicher gewesen.

Jack lehnte sich zurück und sagte sich, dass sie betrunken waren und das hier einfach vergessen würden. Er ließ zu, dass Luke ihn streichelte und massierte. Es fühlte sich gut an. Besser als gut.

Luke liebkoste ihn, anfangs zärtlich und dann mit mehr Nachdruck, als Jack sich in seiner Hand versteifte. Innerhalb von Minuten wusste er, dass er kommen würde. Er wollte sich nicht in seiner Hose ergießen, in Lukes Hand.

»Luke, hör auf, ich komm –«

»Genau das will ich von dir«, unterbrach Luke ihn. Seine Finger streichelten Jack, bis jeglicher Widerstand schwand. »Komm schon, du weißt, dass du das willst. Wir beide wollen das. Kämpf nicht dagegen an. Sei einmal in deinem Leben ehrlich zu dir selbst.«

»Luke, hör auf…« Jacks Protest wurde schwächer, als Luke seinen Griff verstärkte und unbarmherzig weiter an Jacks hartem Schaft auf und ab fuhr. Unvermittelt kam er in Lukes Hand und rang nach Atem, als der Orgasmus ihn erschaudern ließ.

Er fiel gegen die Sofalehne zurück und versuchte, seine Atmung wieder unter Kontrolle zu bekommen. Was zur Hölle war da gerade passiert? Was in Dreiteufelsnamen war da gerade zwischen ihm und seinem besten Freund passiert? Zwischen ihm und einem anderen *Mann*?

Jetzt, nachdem er gekommen war, war sein Verstand nicht länger vor Lust vernebelt und er begann, vor Schock zurückzuweichen. Luke beobachtete ihn aus schmalen Augen. Sein eigener Schwanz beulte immer noch seine Hose aus.

»Mach's mir«, flüsterte Luke eindringlich. »Lass mich auch kommen.« Er packte Jacks Hand und drückte sie auf seine Erektion. Jack zog sie zurück. Inzwischen fühlte er sich nicht mehr betrunken. Er schämte sich.

»Luke, nein. Ich kann nicht.«

»Natürlich kannst du. Ist ganz leicht. Komm schon. Ich hab's dir gemacht. Mach's mir. Daran ist nichts Falsches. Es ist nicht falsch, wie wir füreinander fühlen.«

»Ich habe keine Ahnung, wovon du redest. Wir fühlen nicht so füreinander. Wir sind Freunde. Kumpel. Das ist alles, was wir immer waren. Ich habe keine Ahnung, was zum Teufel hier gerade passiert ist, aber das war ganz sicher nicht geplant.«

Einen Moment lang hielt Luke seinem Blick stand, dann sah er mit einem Ruck zur Seite, das Gesicht hochrot angelaufen. Er verschränkte die Arme vor der Brust.

»Du hast dir nicht so viele Gedanken darüber gemacht, während ich deinen Schwanz in der Hand hatte.« Sein Tonfall klang spöttisch, obwohl Jack selbst damals wusste, dass er dahinter nur den Schmerz der Zurückweisung verstecken wollte.

Hitzig fuhr er fort: »Du willst die Wahrheit nur nicht sehen, Jack.

Das hast du schon immer getan, wenn es um uns ging. Ich dachte, wenn du älter wirst – insbesondere jetzt, da wir diese Scheißstadt endlich hinter uns lassen können –, könnten wir ehrlich zueinander sein. Ehrlich zu uns selbst. Schätze, ich war ein Idiot, das anzunehmen. Du bist genauso verklemmt und festgefahren wie all die anderen Arschlöcher.«

Tief getroffen konterte Jack: »Ich habe keine Ahnung, wovon zur Hölle du sprichst. Wir haben beide Freundinnen. Und jetzt plötzlich sollen wir schwule Lover sein? Das glaube ich nicht.«

»Verschwinde! Hau ab! Lass mich einfach allein.« Lukes Stimme war hart, seine Augen glänzten von unvergossenen Tränen. In diesem Moment wusste Jack, dass sie nie wieder Freunde sein konnten. Schweren Herzens und vollkommen durcheinander verließ er Lukes Haus. Er hatte nie jemandem erzählt, was geschehen war.

In der nächsten Nacht hatte er mit Emma geschlafen, hauptsächlich – wie er mittlerweile wusste –, um sich selbst zu beweisen, dass er hetero war. Unglücklicherweise, obwohl er sich aus ihr zurückgezogen und sie ihm versichert hatte, dass es die falsche Zeit des Monats war, hatte dieses eine Mal gereicht, damit sie schwanger wurde. In diesem Augenblick war der Kurs seines weiteren Lebens festgesetzt worden. Er hatte das Richtige getan – oder das, was damals das Richtige gewesen zu sein schien.

Den letzten Monat auf der Schule war ihm Luke aus dem Weg gegangen und gleich nach der letzten Klausur nach Europa abgehauen. Er war nicht einmal bis zur Abschlussfeier geblieben. Das war das letzte Mal gewesen, das er ihn gesehen hatte.

Jack hatte es geschafft, Luke aus seinem Gedächtnis zu streichen und damals sogar den kompletten Vorfall tagelang auszublenden. Er war hetero, er würde bald heiraten, er würde Vater werden. Wie sein eigener Vater unverblümt sagte, als er ihm gestanden hatte, dass Emma schwanger war, hatte er seine Entscheidung mit seinem Schwanz getroffen. Und jetzt würde er den Rest seines Lebens den Preis dafür zahlen.

Jack war in dem Glauben aufgezogen worden, dass Männer stark waren. Sie bewältigten das, was das Leben ihnen entgegenschleuderte, stoisch und mit Fassung. Was auch immer ihren Weg kreuzte, nahmen sie auf sich und kamen irgendwie damit zurecht. Gefühle kamen nicht dazwischen. Richtige Männer waren niemals Opfer ihrer Ängste oder Sorgen. Oder hatten Gelüste, Sehnsüchte, Verlangen oder Bedürfnisse.

Was für ein Haufen Scheiße das war. Was für eine Lüge. Er hatte erst seine eigenen Söhne großziehen müssen, um zu erkennen, wie albern und unterentwickelt so eine Macho-Einstellung sein konnte.

Wenigstens hatte er seine Söhne dazu ermutigt, sich offen zu zeigen und auszudrücken. Er hatte ihnen nie gesagt, dass große Jungs nicht weinen, so wie seine Eltern ihm eingeimpft hatten, als er klein, schutzlos und verängstigt gewesen war.

Jack atmete den süßen Geruch des Sägemehls ein und seufzte. Ein Träne lief seine Wange hinunter. Ja, er hatte den Preis für diese eine Nacht gezahlt. Er hatte ihn tausendmal gezahlt. Trotzdem war es kein schlechtes Leben gewesen. Sie hatten zwei wundervolle Söhne großgezogen.

Auf ihre Art und Weise waren Emma und er glücklich gewesen. Nein, zwischen ihnen war niemals ein Feuerwerk ausgebrochen. Sein Herz hatte nie so gehämmert wie bei Luke, als der ihn geküsst hatte. Aber er hatte das Richtige getan.

Doch jetzt lagen die Dinge anders, oder nicht? Er hatte keine Kinder mehr, die er unterstützen, keine Ehefrau, der er treu sein musste. Er war ein freier Mann. Sein eigener Herr. Er konnte tun, was er wollte, solange er dabei diskret vorging.

War er letzten Endes doch noch dazu bereit, die Möglichkeiten zu erforschen, die Luke vor so langer Zeit versucht hatte, ihm näherzubringen? Konnte er den Mut aufbringen, sich einem anderen Mann so zu öffnen? War Will dieser Mann?

Langsam setzte er sich auf und wischte sich die Tränenspur von der Wange. Mit den Fingern fuhr er sich durch sein dichtes Haar und seufzte. Er hatte keine Ahnung, was er als Nächstes tun sollte.

»Wenn du nicht weißt, was du tun sollst«, pflegte seine Mutter immer zu sagen, »dann tu einfach nichts.«

Für den Moment schien das ein weiser Ratschlag zu sein. Er würde ins Bett gehen und wenn er aufstand, würde er die Dinge vielleicht schon viel klarer sehen.

***

Will erwachte mit einem Ruck. Sein Körper schoss als Antwort auf einen nur noch halb bewussten Traum in die Höhe. Er saß in seinem Wohnzimmer. Mit einer Hand umklammerte er noch immer sein leeres Cognacglas. Nachdem er Jack weggeschickt hatte, hatte er sich weiter viel zu viel Cognac eingeschenkt und alles ausgetrunken, während er sich die ganze Zeit selbst verflucht hatte.

Ich hatte ihn. Er hat eine Hand nach mir ausgestreckt. Und ich hab ihm einen Korb gegeben. Ich hab ihn nach Hause geschickt, als wären wir Figuren in irgendeiner idiotischen, romantischen Komödie aus den Fünfzigern. Doris Day und Rock Hudson. Jetzt wird er nach Hause gehen, ausnüchtern und Gott dafür danken, dass er der Situation entkommen konnte. Ich werde nie wieder von ihm hören. Ich bin so ein beschissener Vollidiot.

Will seufzte und presste die Hände an seinen Kopf, der dumpf pochte. Behutsam stand er auf und ging in die Küche. Er goss sich ein Glas Wasser aus dem neuen Wasserhahn ein, den Jack mit ausgesucht hatte, und stand schweigend da, während er den Raum bewunderte.

Jack war mehr als ein Handwerker, mehr als ein Zimmermann. Er war ein Künstler. Der Raum war elegant, funktional und etwas fürs Auge. Niemand würde den stämmigen, maskulinen Jack ansehen und dabei vermuten, dass er zu so etwas fähig war. Will fiel auf, dass er umgekehrt ebenso sehr an Stereotypen festhielt, indem er annahm, dass ein heterosexueller Mann wie Jack nicht in der Lage wäre, etwas so Schönes zu erschaffen.

Will leerte das Wasserglas und goss es sich noch einmal voll. Ja, er hatte Jack weggeschickt, aber obwohl er wahrscheinlich eine Gelegenheit hatte verstreichen lassen, so wusste er doch, dass er das Richtige getan hatte. Sämtliche potentiellen erotischen Gefühle, die Jack gehabt hatte, waren zu unverbindlich gewesen, um sie auszunutzen, während er unter Alkoholeinfluss stand. Vielleicht hätte er ein One-Night-Etwas aus der Situation herausschlagen können, aber das war nicht das, was er wollte.

Er musste zugeben, dass er – warum auch immer – mehr von Jack wollte. Anders als bei Paul und all den anderen Sexpartnern, die er über die Jahre gehabt hatte, fühlte er eine Verbindung zu Jack, die er nicht erklären konnte. Es machte keinen Sinn, wenn er versuchte, sie zu analysieren – Jack war nicht gerade gutaussehend, er war zu alt, er war hetero. Und selbst wenn er das nicht gewesen wäre, trug er eine Menge Gepäck mit sich herum, das er erst noch ablegen musste, ehe sie tatsächlich eine Beziehung miteinander eingehen konnten, die etwas bedeutete.

Warum sollte Will sich mit so jemandem abgeben? Warum seine Zeit und Energie verschwenden? Er hätte jeden Mann haben können – warum sollte er jemanden wählen, der so unpassend war?

Genau, warum eigentlich? Was brachte jemanden dazu, sich zu verlieben? War es wirklich etwas so Banales wie das Lächeln eines Menschen, wenn man sich miteinander unterhielt? Die Art, wie er mit der Hand über die Wand fuhr, bevor er Farbe darauf auftrug, um versteckte Unebenheiten ausfindig zu machen, die er abschmirgeln müsste?

War es die Art, wie er Will am Ellenbogen berührt hatte, als er am Pool-Tisch dicht hinter ihm gestanden hatte? Wie er ihn mit sanftem, sicherem Griff geführt hatte, der von seiner stillen Selbstsicherheit sprach? War es sein Geruch, eine sexy Mischung aus Männlichkeit und irgendeiner Seife, die er benutzte, kombiniert mit dem frisch gewaschenen Duft seiner ausgeblichenen, weichen Arbeitshemden aus Jeansstoff?

Bin ich verliebt?

Mit Sicherheit war es zu noch früh, um das zu sagen. Will wusste, dass sein Verlangen geweckt war. Er wusste, dass er Jacks neu entdecktes Interesse ausloten wollte, wenn es das denn tatsächlich war. Er hätte beinahe alles dafür gegeben, zum Telefon zu greifen und ihn anzurufen – einfach nur, um zu sehen, ob er wohlbehalten zu Hause angekommen war, ob er damit zurechtkam, worüber sie gesprochen hatten.

Er warf einen Blick auf seine Armbanduhr. Zwei Uhr morgens war ein bisschen spät für einen derartigen Anruf, gemessen daran, dass er den Mann bereits vor Stunden weggeschickt hatte.

Seufzend schleppte er sich rüber ins Bett.

***

Am nächsten Morgen wurde Jack von einem einzelnen Sonnenstrahl geweckt, der auf sein Gesicht fiel. Noch ehe er voll bei Bewusstsein war, war er sicher, dass sich etwas verändert hatte. Etwas war passiert, das ihn sich anders fühlen ließ. Da er immer noch im Halbschlaf war, konnte er sich nicht daran erinnern, was es war.

Vor seinem Schlafzimmerfenster nahm er das Zwitschern der Vögel wahr. Er setzte sich auf, öffnete die Augen und blinzelte in dem hellen Sonnenlicht. Er entdeckte zwei Rotkehlchen, deren rote Brustkörbe stolz aufgeblasen waren, während sie ihr federndes Duett pfiffen. Jack lächelte. Schon immer hatte er Rotkehlchen als gutes Omen betrachtet.

Er sah auf die Uhr. Es war nach neun. Er schlief selten so lange. Musste an dem ganzen Cognac liegen. In einem einzigen Augenblick kehrt die Erinnerung an letzte Nacht zurück und spielten sich wie ein Stummfilm in seinem Kopf ab. Er lehnte sich in die Kissen zurück und verschränkte die Hände hinterm Kopf.

Was genau war da letzte Nacht eigentlich los gewesen? Er versuchte, sich Wills exakte Worte ins Gedächtnis zu rufen. *Ich fühle eine Verbundenheit, irgendetwas zwischen uns, von dem ich manchmal glaube, dass du es auch spürst. Und ich habe diesen verrückten Gedanken, dass wir das vielleicht erforschen könnten – gemeinsam.*

So etwas sagten Männer nicht zueinander. Zumindest keine heterosexuellen Männer. Trotzdem war Jack nicht zurückgeschreckt, als Will die Worte ausgesprochen hatte, auch wenn er nicht gewusst hatte, was er darauf antworten sollte. Tatsächlich fühlte er genau das Gleiche. Zumindest bis zu dem Punkt einer gewissen Verbundenheit – eine Leichtigkeit, die er selten bei jemandem gespürt hatte.

Will hatte sich bei ihm eingeschlichen. Mit seiner entwaffnenden Bewunderung und seiner offenen Freundlichkeit war er hinter Jacks übliche Zurückhaltung geschlüpft. Aber war das alles? Fühlte sich Jack lediglich einsam? War Will der erste Mensch, seit Emma gestorben war, bei dem er befürchten musste, dass er seine Schutzwälle überwand?

Oder war da noch mehr? Fand er Will anziehend? Als Mann? Als potentiellen… Liebhaber?

Allein das Wort ließ Jack erröten, obwohl er in seinem leeren Haus allein im Zimmer war. Errötete er, weil der Gedanke ihn abstieß? Oder weil er ihn erregte? War er endlich, nach sechsundzwanzig Jahren, bereit dafür, zu erforschen, welche homoerotischen Gefühle er eventuell unter einem Leben der Verleugnung begraben hatte?

Jack stand auf und verschwand im Badezimmer. Für den Augenblick lenkte ihn seine Blase von seinen Grübeleien ab. Nachdem er gepinkelt hatte, drehte er die Dusche auf. Er wartete darauf, dass sich der Wasserstrahl erwärmte, während er sich aus seiner Schlafanzughose und der Unterhose schälte.

Im Badezimmerspiegel starrte er sich an. Was konnte Will schon in ihm sehen? Er war in seinen Vierzigern, die Haare auf seiner Brust wurden grau, die Lachfältchen um seine Augen traten deutlicher hervor, ebenso wie die Linien um seinen Mund.

Sein Körper war noch kräftig und fest, das Ergebnis eines Lebens voll regelmäßiger, harter, körperlicher Arbeit. Keine Work-outs im Fitnessstudio oder Tennisspiele, um in Form zu bleiben, nicht für Jack Crawford. Er hatte seine Muskeln durch harte Arbeit und im Schweiße seines Angesichts aufgebaut. Er grinste über sich selbst, als ihm einen schrecklichen Moment lang bewusst wurde, dass er genau wie sein Vater klang.

Er drehte sich seitwärts, zog bewusst den Bauch ein und drückte die Brust raus. Dann brach er in schallendes Gelächter aus. Er verhielt sich lächerlich – eitel wie ein unsicherer Teenager.

Er stieg unter die Dusche und seifte Körper und Haare ein, während seine Gedanken zurück zu Will wanderten. Wills Körper war schlank und sehnig – der Körper eines Athleten. Zweifellos sah er gut aus – fast schon zu gut, fand Jack. Der Typ Mann, dessen Gesicht man in der Werbung für Männerparfüm oder edle italienische Schuhe sah.

Will hatte das Aussehen eines Aristokraten, das war das Wort, nach dem Jack gesucht hatte. Er war jung, reich und klug. Warum zum Teufel war er an Jack interessiert? War er überhaupt an Jack interessiert?

Vielleicht hatte Will einfach nur und exakt genau das gemeint, was er gesagt hatte: dass er Jack mochte und dass er ihn bewunderte. Das bedeutete nicht automatisch, dass er mehr wollte, oder? Nur weil er schwul war, musste das nicht heißen, dass er mit jedem Kerl, der ihm über den Weg lief, ins Bett springen wollte.

Jack spülte den Schaum unter dem heißen Wasserstrahl ab und seifte sich erneut ein. Dieses Mal verweilte er an seinem Penis und den Hoden. Er seufzte lustvoll auf, als sein Schwanz unter seinen Fingern steif wurde. Er schloss die Augen und hob das Gesicht dem heißen Wasserstrahl entgegen, während er seinen Schaft massierte.

Will… Gegen seinen Willen sah Jack diese großartigen grünen Augen vor sich, die eindringlich auf ihn gerichtet waren. Eine alberne Sekunde lang, in der ihm fast das Herz stehen blieb, fühlte es sich so an, als wäre Will tatsächlich anwesend. Als würde er ihm dabei zusehen, wie er sich selbst unter der Dusche streichelte.

Würde es Will gefallen, ihm dabei zuzusehen? Bei dem Gedanken errötete Jack, aber er versuchte, seine eigenen Vorstellungen nicht zu zensieren. Hatte Will sexuelle Fantasien mit ihm in der Hauptrolle? War er vollkommen auf dem Holzweg, was Wills Gefühle für ihn anbelangte? Immerhin hatte er nur gesagt, dass er ihn mochte. Er hatte gesagt, dass er es mochte, Zeit mit Jack zu verbringen.

Trotzdem hatte Will, als Jack versucht hatte, in gleicher Weise zu antworten – wenn auch zugegebenermaßen in umständlichem, betrunkenem Gewäsch – ihn fortgeschickt. Ihn abgewiesen. Obwohl ein Teil von ihm erleichtert war, nagte das nichtsdestotrotz an ihm.

»Mein Gott, lass es gut sein, Crawford«, sagte Jack laut. »Soweit ich weiß, hat der Kerl nicht das geringste Interesse und keine Absichten. Und hier stehe ich, bereite mich innerlich auf ein schwules Techtelmechtel vor und Will hat die ganze Sache wahrscheinlich schon wieder vergessen. Himmel, bin ich erbärmlich.«

Er zwang sich dazu, an eine nackte Frau zu denken, als er sich weiter einen runterholte. In dem Moment, als er abspritzte, übernahm seine Libido die Oberhand über sein bewusstes Denken und warf ihm das Bild von Will entgegen, wie er über den Pooltisch gebeugt dastand. Haarsträhnen fielen ihm in die Augen, die Lippen waren leicht geöffnet, als er sich für den nächsten Stoß bereit machte…

Jack stieg aus der Dusche und trocknete sich grob ab. Wenn er doch nur noch nicht die Arbeit in Wills Haus beendet hätte. Er war stolz auf sich, zuverlässig und schnell zu arbeiten. Das war einer der Gründe, warum er wiederholt Aufträge bekam, wenn nicht sogar der Hauptgrund.

Für die nächste Woche standen zwei Jobs an, obwohl keiner davon länger als ein oder zwei Tage dauern würde. Danach könnte er vielleicht Will anrufen und sich mit ein paar Entwürfen für Wills großes Badezimmer zu ihm einladen. Zweifellos könnte das ein paar Renovierungsarbeiten vertragen…

Moment mal. Was dachte er denn da? Jack sprach niemals einen Kunden für einen Auftrag an. Er ließ sie zu sich kommen. Falls Will noch mehr Arbeiten zu erledigen hatte, hatte er Jacks Telefonnummer. Er selbst würde sich nicht aufdrängen, nur weil sie vielleicht ein bisschen zu offen miteinander gesprochen hatten, nachdem sie ein bisschen zu viel Alkohol getrunken hatten.

Wenn Will ihn noch mal treffen wollte, würde er anrufen. Immerhin war Will auch derjenige gewesen, der ihn weggeschickt hatte. Sollte er ihn doch wieder zurückrufen, wenn es das war, was er wollte. Und falls es das nicht war, na ja, dann eben nicht. In den vergangenen zwei Jahren war Jack auch sehr gut allein zurechtgekommen. Es gab keinen Grund, anzunehmen, dass er so nicht auch die nächsten zwanzig Jahre weitermachen konnte.

Jack ging seiner Tagesroutine nach. Er bereitete sein Frühstück zu und aß vor dem Fernseher, während er die Freitagmorgennachrichten verfolgte. Anschließend wusch er das wenige Geschirr ab und stellte es zum Trocknen in das Abtropfgitter.

Am Nachmittag hatte er einen kleinen Auftrag zu erledigen: ein paar abschließende Feinarbeiten an einer Glasveranda, die er an einem Haus unweit von Wills angebaut hatte. Dann stand das Wochenende bevor.

Als er sich eine zweite Tasse Kaffee einschenkte, kam ihm ein unliebsamer Gedanke in den Sinn. *Was, wenn du auf seinen Anruf wartest, der aber niemals kommt? Wirst du dir diese zweite Chance entgehen lassen, genauso wie du dir die erste hast entgehen lassen?*

Darauf wusste er keine Antwort.

Kapitel 6

»Jack, Sie erledigen exzellente Arbeit. Ihre Frau kann sich glücklich schätzen, so einen handwerklich begabten Mann zu haben.« Mandy Williams, eine attraktive Frau Ende vierzig mit perfekt blondierten Haaren, großen blauen Augen und etwas zu viel Make-up und Schmuck, klackerte auf ihren enorm hohen Riemchensandalen auf Jack zu.

Der breite Ehering aus Platin und der riesige Diamant an ihrem Ringfinger ließen wenig Raum für Zweifel, was ihren Familienstand betraf. Allerdings hielt sie das nicht davon ab, mit Jack zu flirten – oder es zumindest zu versuchen –, seit er hergekommen war, um die Stuckleisten in ihrer neuen Glasveranda fertig anzubringen.

Über die Jahre hatte er sich daran gewöhnt, dass Frauen ihn anmachten, und er hatte sie immer erfolgreich abgewimmelt, für gewöhnlich mit einem Verweis auf seine Frau. Dieses Mal hatte er keine Ehefrau erwähnt, aber da sie sich bereits eine ausgemalt hatte, würde er sie nicht korrigieren.

Er stand auf der mittleren Sprosse einer Leiter und benutzte eine Nagelpistole, um einen Abschnitt der verzierten Stuckleiste zu sichern, die sie ausgesucht hatte. Ihre erste Wahl, die er persönlich bevorzugt hatte, hatte er bereits wieder abgenommen. Es war schließlich ihr Geld und wenn sie es dafür verwenden wollte, ihn Stuckleisten anbringen und wieder abnehmen zu lassen, war das ihre Entscheidung.

Sie trat direkt hinter ihn und stand nun so dicht bei ihm, dass er ihr Parfüm riechen konnte. »Glauben Sie, sie wird zulassen, dass ich Sie mir ausleihe, Jack? Nur für kurze Zeit? Hmm?« Ihre Stimme klang dunkel und sinnlich, der Tonfall war gleichzeitig zweideutig und zuversichtlich.

Er lächelte in sich hinein und fragte sich, wie viele Handwerker sie in all den Jahren schon verführt hatte, während ihr Ehemann unterwegs war und das großzügige Einkommen verdiente, das nötig war, um diese Vorstadtvilla zu unterhalten.

Sie rückte näher, ihre chirurgisch vergrößerten Brüste pressten sich hart von hinten gegen seine Beine. Er war überrascht – darüber, wie wenig ihn ihre Verführungsversuche rührten. Er zwar ziemlich sicher, dass er von der Leiter heruntersteigen und sie direkt hier in die Arme nehmen könnte, falls er wollte. Er könnte ihr in ihr Schlafzimmer folgen, in ihr King-Size-Bett fallen und sie ficken, wenn er wollte.

Allerdings verspürte er nicht das geringste Verlangen danach. Was er wirklich tun wollte, war, diesen Auftrag zu Ende bringen und sein Handy auf Nachrichten zu überprüfen. Er hatte es versehentlich im Wagen vergessen und es nicht bemerkt, bis er schon voll bei der Arbeit gewesen war.

Vielleicht würde er Will selbst anrufen. Und sich für seinen dummen, betrunkenen Monolog von gestern Nacht entschuldigen. Zunächst musste er jedoch diesen Annäherungsversuch abwehren.

»Meine Frau ist verdammt eifersüchtig.« Er drehte sich um, um auf Mrs. Williams herunterzulächeln. »Ich denke, Mr. Williams geht es bei Ihnen ähnlich.«

»Sag ruhig Mandy zu mir.« Unter langen, geschwungenen Wimpern blinzelte sie zu ihm hoch, während sie mit der Spitze ihrer Zunge anzüglich über ihre volle Unterlippe fuhr. »Und nein, es kümmert ihn nicht, was ich tue, wenn er nicht in der Nähe ist. Wir haben eine… Abmachung.«

Jack schoss den letzten Nagel in die Ecke der Stuckleiste und kletterte von der Leiter, wodurch er Mrs. Williams zwang, einen Schritt zurückzutreten. Er beschloss, so zu tun, als hätte er sie nicht gehört.

»Das sollte reichen. Der Raum ist damit fertig.« Demonstrativ schaute er auf seine Armbanduhr. »Entschuldigen Sie die Eile, aber ich habe noch einen Auftrag, den ich –«

Mandy griff nach seinem nackten Unterarm. »Geh nicht. Bitte.«

Die Sehnsucht in ihrem Gesicht, die Einsamkeit, war so offensichtlich, dass Jack spürte, wie er rot wurde. Nicht seinetwegen, sondern um ihretwillen. Sie kannte ihn kaum. Vor dem heutigen Tag hatten sie nur ein paar Worte miteinander gewechselt.

Er verstand, dass sie nicht ihn im Speziellen wollte, sondern einfach einen warmen Körper. Jemanden, der sie festhielt und sie bewunderte, jemanden, der die Leere füllte, die sie verspüren musste, wenn sie sich schon dem Handwerker an den Hals warf.

»Mrs. Williams, ich –«

»Mandy.« Ihr Griff verstärkte sich. Die langen, roten Fingernägel strichen über seine Haut.

»Mandy.« Sanft löste er ihre Finger von seinem Arm und trat zurück. »Sie sind eine wunderschöne Frau. Aber so was mache ich einfach nicht. Falls doch, wären Sie die erste auf meiner Liste.«

Mandy warf ihren Kopf zurück und lachte. Ein hoher, melodischer Laut, obwohl sich keine Freude auf ihrem Gesicht abzeichnete. »Na ja, wenigstens sind Sie höflich. Das halte ich Ihnen zugute.« Ihre Mundwinkel zogen sich nach unten und zeigten unvermittelt ihr wahres Alter.

»Dem kleinen Ehefrauchen bis zum bitteren Ende treu«, spöttelte sie. Sie warf ihr blondes Haar zurück und rümpfte die Nase. »Tja, das ist Ihr Problem, nicht meins. Später kommt noch der Klempner vorbei.«

Jack brauchte einen Moment, um die Bedeutung dieser Aussage zu verstehen. Mrs. Williams' Stimme war kalt. »Was schulde ich Ihnen?«

»Sie haben bereits alles bezahlt, Ma'am. Ihr Mann hat die Rechnung letzte Woche beglichen.«

»Oh Himmel, jetzt bin ich also *Ma'am*. Verschwinden Sie. Gehen Sie. Gehen Sie einfach.«

Jack ging.

***

Er hatte die Absicht, nach Hause zu fahren, fand sich stattdessen jedoch auf der Straße wieder, die zu Wills Haus führte. Das Handy lag auf dem Sitz neben ihm. Keine verpassten Anrufe oder Nachrichten wurden angezeigt. Vielleicht hatte er Will mit seinen betrunkenen Zuneigungsbekundungen verschreckt.

Inzwischen konnte er sich kaum noch daran erinnern, was er gesagt hatte, aber er wusste, dass er bis zum Gehtnichtmehr darauf herumgeritten war, wie sehr er Will mochte und wie gern er etwas mit Will unternahm und wie sehr er es mochte, in Wills Nähe zu sein. Vermutlich hatte er sich wie ein dämlicher Teenager angehört. Kein Wunder, dass Will ihn nach Hause geschickt hatte.

Nun, er würde das wieder einrenken. Er nahm einen Umweg, als er sich Wills Nachbarschaft näherte, und hielt bei der italienischen Konditorei, die Will ihm gestern Abend gezeigt hatte.

Er deutete auf die leeren Cannoli-Schalen hinter dem Glas. »Ich hätte gerne sechs von denen, bitte.«

Ihm lief das Wasser im Mund zusammen, als die Frau den frischen, gesüßten Ricotta mit einem Spritzbeutel in die zarten, gebackenen Waffeln füllte. Sie legte sie in eine kleine, weiße Schachtel und strahle ihn an, als er für seinen Einkauf bezahlte.

»Sie sind gestern Abend schon hier gewesen. Ich erinnere mich an Sie.« Sie gestikulierte mit einem leeren Cannolo-Röllchen in seine Richtung. »Sie mögen meine Cannoli. Sie sind ein guter Junge.«

Jack grinste über ihre Verwendung des Wortes *Junge*, obwohl er vermutete, dass das im Auge des Betrachters lag. Sie schien annähernd achtzig Jahre alt zu sein. Ihre kleinen, dunklen Augen verschwanden fast in den vielen Falten, dünnes, weißes Haar war zu einem Haarknoten zurückgefasst und entblößte Streifen nackter Kopfhaut.

Ihr Lächeln war freundlich, ihre Augen blitzten vor Vergnügen, als sie Jack dabei beobachtete, wie er einen Cannolo aus der Schachtel hob und ein Stück abbiss. Seine Augen schlossen sich vor Wonne.

Ihr italienischer Akzent trat schwer hervor und klang vom Alter rau. »Sie können nicht mal bis zu Hause warten, hm? Heben Sie sich noch ein paar für den hübschen Jungen auf, den Sie gestern dabeihatten, ja?«

Jack spürte die Hitze in seinen Wangen, obwohl er bezweifelte, dass die Frau sie für ein Liebespaar hielt. Nicht, dass sie das gewesen wären. Jack schüttelte den Kopf. Er würde sich noch selbst verrückt machen mit diesem ganzen Blödsinn.

Als Jack weiterfuhr, warf er einen Blick auf das Handy auf dem Beifahrersitz. Er fragte sich, ob er Will anrufen sollte, bevor er einfach bei ihm aufkreuzte. Vielleicht war er gar nicht zu Hause. Oder schlimmer: Vielleicht war er *mit* jemandem zu Hause.

Jack verlangsamte die Geschwindigkeit, als er in Wills Straße einbog. Noch immer versuchte er, zu entscheiden, ob er nicht vorher anrufen sollte. Aber wie das Schicksal es wollte, kniete Will im Vorgarten vor einem der Blumenbeete und jätete Unkraut. Da Jack das als gutes Omen betrachtete, lenkte er den Pick-up in die Einfahrt und stellte den Motor ab.

Die Sonne schien warm von einem leuchtend blauen Himmel und Will hatte sein Hemd ausgezogen. Beim Geräusch des anhaltenden Wagens drehte er sich um. Als er Jack erkannte, erschien ein strahlendes Grinsen auf seinem Gesicht und er winkte. Er stand auf und klopfte sich die Erde von der Jeans. Jack kam nicht umhin, die breiten, nackten Schultern und die wohl definierten Brust- und Bauchmuskeln zu bewundern.

Er kletterte aus dem Pick-up und durchquerte den Garten. Will kam ihm entgegen. »Na hallo. Ich wollte dich später sowieso anrufen. Ich vermute mal, du bist gestern Nacht gut nach Hause gekommen? Ich hab mich hinterher ganz schlecht gefühlt, weil ich dich eventuell mit zu viel Alkohol im Blut nach Hause geschickt habe. Ich hätte heute Morgen angerufen, aber ich, na ja, um ehrlich zu sein… war ich zu feige.« Er lächelte verlegen und sah auf seine nackten Füße hinunter.

Jack wusste nicht, was er darauf erwidern sollte. Stattdessen hielt er ihm die Schachtel mit dem Gebäck entgegen. »Ich hab noch mehr Cannoli mitgebracht. Obwohl ich zugeben muss, dass ich sie eher für mich als für dich gekauft habe.«

Will lachte und nahm die Schachtel entgegen. »Schon okay. Komm mit rein. Ich mach mich nur schnell frisch und dann können wir uns einen nachmittäglichen Zuckerschock verpassen. Ich mach eine Kanne Kaffee.«

Glücklich und erleichtert folgte Jack Will ins Haus. Will schien nicht verärgert zu sein, ihn zu sehen. Tatsächlich wirkte er sogar ziemlich glücklich. Angestrengt dachte er über Wills Bemerkung nach, zu feige gewesen zu sein, beschloss aber, dass er die Bedeutung zu gegebener Zeit schon herausfinden würde, wenn er sie denn erfahren sollte.

***

»Weißt du, wegen letzter Nacht –«

»Was ich letzte Nacht gesagt habe –«

Beide fingen gleichzeitig an, zu sprechen, verarbeiteten, was der jeweils andere gesagt hatte, und lachten dann.

»Du zuerst«, sagte Will.

»Nein, ich möchte hören, was du zu sagen hast. Bitte.«

Will nickte. Das musste härter für Jack als für ihn selbst sein, erkannte er. Wenigstens fühlte er, Will, sich sehr viel wohler auf dem Gebiet homosexueller Annäherungen, da er schon schwul und sich dessen bewusst war, seit er angefangen hatte, sexuelle Gefühle zu entwickeln.

Allerdings bezweifelte er, dass Jack bereit war, seine plötzliche Zugehörigkeit zu Wills Seite des Ufers zu verkünden. Doch dass er jetzt hier war, unaufgefordert und ohne die Entschuldigung, Arbeit erledigen zu müssen, sagte genauso viel aus wie seine wiederholt schüchternen Blicke in Wills Richtung, wenn er glaubte, dass dieser nicht hinsah.

»Ich wollte einfach nur sagen, dass ich es wirklich genossen habe, gestern Zeit mit dir zu verbringen. Allerdings fühle ich mich auch ziemlich schlecht deswegen, wie es geendet hat. Ich meine, ich hatte das Gefühl, dass du dachtest, ich wollte dich loswerden. Tatsächlich war das aber das Letzte, was ich im Sinn hatte. Die Wahrheit ist...« – Will schluckte, während er dachte: *Jetzt oder nie*, und einfach hineinsprang – »... dass ich viel zu sehr wollte, dass du bleibst. Ich wusste, wenn du geblieben wärst, und bei der Menge, die wir getrunken hatten, hätte ich etwas sehr Dummes angestellt und dich eventuell verschreckt. Das wollte ich wirklich nicht.

Du hast eine Menge Dinge gesagt. Dinge, die du unter anderen Umständen vielleicht nicht gesagt hättest, Dinge, die du im nüchternen Zustand vielleicht nicht einmal wirklich fühlst. Wenn ich das ausgenutzt hätte – und nichts anderes wäre es gewesen –, hättest du es hinterher vielleicht bereut. Oder sogar wir beide.«

Will holte tief Luft. Jack beobachtete ihn und wartete mit ruhigem Gesichtsausdruck ab, als würde er jeden Tag über solche Dinge reden. Will wurde von der ungewöhnlichen blau-grauen Farbe der tiefliegenden Augen eingenommen. Sie waren auf ihn gerichtet, während Jack ihm lauschte.

Wie so oft, wenn Jack zuhörte, hatte Will den Eindruck, dass Jack mit jeder Faser seines Körpers zuhörte. Er zappelte nicht herum oder spielte mit etwas auf dem Tisch oder in seiner Hand. Sein Blick schweifte nicht von Wills Gesicht zu irgendetwas anderem Interessanten im Zimmer, allzeit bereit, eigene Gedanken und Meinungen bei erster Gelegenheit einzuwerfen. Will wusste, dass die meisten Leute das normalerweise taten. Zu wissen, dass Jack ihm zuhörte – ihm wirklich zuhörte –, gab Will den Mut, fortzufahren.

»Ich versuche wohl zu sagen, dass ich denke, dass sich etwas zwischen uns entwickeln könnte, Jack. Etwas, von dem ich bis jetzt nur zu träumen gewagt habe. Dass du heute hierher gekommen bist, gibt mir Hoffnung. Möglicherweise ist das unangebracht. Und wenn es so sein sollte, verzeih mir bitte. Das Letzte, was ich möchte, ist, dass du dich meinetwegen unwohl fühlst. In der kurzen Zeit, die wir uns kennen, habe ich deine Freundschaft zu schätzen gelernt. Sie bedeutet mir mehr als ein One-Night-Stand. Sehr viel mehr.«

Er faltete die Hände auf der Tischplatte und versuchte ein Lächeln. »Okay. Du bist dran.« Der Ball war auf Jacks Seite des Spielfelds. Nun wartete er darauf, ob Jack ihn zurückspielen würde.

Langsam nickte Jack, als ob er seine Worte abwägen würde, bevor er sie aussprach. Er hob seine Kaffeetasse und nahm einen Schluck.

Als er sie wieder absetzte, sagte er: »Ich muss gestehen, dass ich eine Menge darüber nachgedacht habe, was letzte Nacht zwischen uns passiert ist. Du musst wissen, seit Emma gestorben ist, habe ich mich niemandem gegenüber so geöffnet wie dir. Ich weiß nicht mal genau, warum. Ich nehme an, zuerst habe ich getrauert. Wir sind zusammen aufgewachsen, Emma und ich. Sie war alles, was ich kannte.

Dann habe ich mich einfach daran gewöhnt, allein zu sein. Ich bin nie besonders gesellig gewesen. Ich meine, ich mag Menschen, meistens. Aber gib mir einen guten Holzklotz und eine Drechselbank und ich fühle mich pudelwohl, wenn ich etwas in meiner Werkstatt baue. Es war leichter, sich zu verstecken. Freunde, die nur das Beste im Sinn hatten, wegdriften zu lassen, nachdem ich sie oft genug abgewiesen hatte.

Wieder mit der Arbeit anzufangen, hat mir gut getan. Nicht nur finanziell«, grinste er und fuhr fort: »sondern weil es mich dazu zwang, mich der Welt zu stellen. Es verlangte von mir, unter Leute zu gehen oder wenigstens auf täglicher Basis mit ein paar Vertretern der menschlichen Rasse zu sprechen. Aber trotzdem hatte ich keinen wirklichen Draht zu meinem Umfeld. Na klar, ich habe mit ihnen geredet, aber ganz sicher habe ich außerhalb der Grenzen eines Arbeitsalltags nie Freundschaften geschlossen.

Dann bist du aufgekreuzt. Sehr an meiner Arbeit interessiert, sehr an...« – er hielt inne und errötete – »... an mir interessiert. Ich meine, anfangs hab ich dich ernst genommen. Ich dachte, dass du wirklich etwas über die Geschichte der Zinndecken in dieser Gegend wissen willst.«

Will wollte protestieren, dass er tatsächlich interessiert gewesen war, aber Jack hob eine Hand und schnitt ihm damit das Wort ab.

»Hey, schon okay. Du musst mir nichts vormachen. Ich vermute, genau das hat uns bis hierher geführt. Obwohl es bei mir eine Weile gedauert hat. Eigentlich habe ich seit letzter Nacht sehr viel darüber nachgedacht. Ich glaube, was zwischen uns passiert ist, ist Folgendes – und korrigier mich, wenn ich falsch liegen sollte.«

Will beugte sich vor. Das war's. Jack würde auf seine ihm eigene freundliche, ausschweifende, liebenswürdige Art dankend ablehnen und Will bliebe dann nichts anderes übrig, als seine Entscheidung zu respektieren. Er zwang sich dazu, ruhig zu bleiben, und versuchte, nicht irgendwelche voreiligen Schlüsse zu ziehen.

»Letzte Nacht hast du mir mit so vielen Worten gesagt, dass du…« Er unterbrach sich und ließ ein kleines, verlegenes Lachen erklingen. »Tut mir leid, ich kenne die richtigen Worte für so was zwischen Männern nicht, also sieh es mir nach. Ich kenne nicht einmal die Worte, die Erwachsene für so was verwenden. Es ist schon so lange her, dass ich zu haben gewesen bin. Falls ich das überhaupt jemals richtig war. Also sage ich es einfach so gut ich kann: Letzte Nacht hast du zugegeben, dass du auf mich stehst. Und ich habe versucht, dir zu antworten, dass es mir genauso geht.«

Will starrte ihn an. Sein Herz begann, heftig zu hämmern.

Jack sah betreten drein, versuchte es jedoch noch mal. »Ich meine, ich« – seine Stimme senkte sich beinahe zu einem Flüstern – »stehe auch auf dich.«

Will spürte, wie ein Lachen in ihm aufkam und drohte, herauszuplatzen. Er zwang es hinunter, da er sich bewusst war, dass Jack seine Worte sehr ernst meinte und obendrein sehr verlegen über das war, was er gesagt hatte. Das Letzte, was er gebrauchen konnte, war, dass Will über ihn lachte.

Trotzdem war es schwer, nicht zu lächeln. Seine Wortwahl war so anders, so süß wie in der Junior Highschool. Er stand auf ihn? Sie teilten die gegenseitige Anziehung? War der nächste Schritt, zu fragen, ob sie miteinander gehen wollten? Oder noch einen Schritt in der Generation zurückzugehen und Zettelchen auszutauschen?

Obwohl er über zehn Jahre jünger war, fühlte sich Will in diesem Moment älter als Jack und mehr als ein bisschen verbraucht. Die Leute, mit denen er rumhing – oder mit denen er bis vor kurzem rumgehangen war – hätten sich nichts dabei gedacht, einen Fremden in einer Bar aufzulesen, ihn über Nacht mit nach Hause zu nehmen und ihn dann sofort wieder zu vergessen, sobald er aus der Tür getreten war.

Freundschaft spielte in dieser Gleichung selten eine Rolle. Was für eine einsame Art, zu leben. Selbst bei Paul, den er auf eine entsprechende Nachfrage hin als Freund bezeichnet hätte, war das Einzige, was sie wirklich gemeinsam hatten und miteinander teilten, ihr Work-out im Fitnessstudio und der anschließende Sex. Sie unterhielten sich kaum über irgendetwas Bedeutsames und ganz sicher nicht über ihre Gefühle füreinander.

Aus diesem Blickwinkel betrachtet, war all dies für Will ebenfalls neu. Wie machte er mit einem Mann weiter, der nicht gesagt hatte, dass er schwul oder gar bi war, sondern nur, dass er auf ihn stand?

Na ja, immerhin war es ein Anfang, oder nicht? Wenigstens hatte er Will nicht gesagt, dass er nichts mehr mit ihm zu tun haben wollte. Oder hatte eine ermüdende, schmerzhafte Rede darüber gehalten, dass sie weiterhin Freunde sein konnten.

Da war also Hoffnung. Ein Zitat, das er irgendwann einmal gelesen hatte und das ihm im Gedächtnis geblieben war, trat an die Oberfläche. »Wenn es nicht aus Hoffnung geschieht, bricht es uns das Herz.« Er berührte seine Brust, die von einem gelben T-Shirt bedeckt wurde, und wusste, dass sein Herz absolut intakt war.

Breit grinste er Jack an und sagte, da er nicht widerstehen konnte: »Du stehst auf mich, Jack Crawford? Tja, das ist echt supercool.«

***

Um seine Verlegenheit zu verbergen, nahm Jack einen weiteren Connolo und biss in das leckere Gebäckstück. Er bemerkte einen Schmutzfleck auf Wills Wange und widerstand dem Drang, über den Tisch zu greifen und ihn wegzuwischen.

Er hatte ganz ehrlich keine Ahnung, was als Nächstes passieren würde. Würden sie jetzt nach oben gehen und Sex haben? Sein Verstand schreckte vor dem Gedanken zurück, wohingegen sein Schwanz ausgesprochen neugierig zu zucken begann. Neugierig. Das musste es sein. Man könnte auch sagen: Gierig auf alles Neue sein.

Will beobachtete ihn, das Lächeln verblieb auf seinen Lippen. »Gleich beginnt das Spiel. Ich wollte es mir ansehen. Magst du Baseball?«, fragte Will.

Einen Augenblick lang war Jack verblüfft. Als ihm bewusst wurde, dass er einfach angenommen hatte, dass Schwule keinen Gefallen an Sport finden würden, schalt er sich in Gedanken. Was für ein voreingenommener Idiot er doch war.

Laut sagte er: »Sicher. Glaubst du, die *New York Mets* haben dieses Jahr eine Chance?«

»Du bist auch *Mets*-Fan?« Will schnaubte. »Sie haben jedes Mal eine Chance – und dann brechen sie uns das Herz.«

»Ja«, stimmte Jack zu und fühlte sich mit einem Mal sehr viel wohler.

»Man kann zu Baseball aber keine Cannoli essen und Kaffee trinken.« Will lachte. »Ich hole uns ein Bier.« Er holte zwei Flaschen aus dem Kühlschrank und sie wechselten ins Wohnzimmer, wo sie es sich nebeneinander auf der großen, gemütlichen Couch bequem machten, die vor einem riesigen Flatscreen-Fernseher stand.

Das Spiel hatte gerade erst begonnen und die *Mets* waren auf der Schlagposition. Eine Weile unterhielten sie sich über die Spieler, diskutierten Statistiken und die Chance der *Mets* bei der *World Series*. Jack lehnte sich in die Kissen zurück. Er fühlte sich glücklich, aber auch nervös wie ein Teenager bei seinem ersten Date.

Er nahm einen langen Schluck von seinem Bier und linste zu Will hinüber, dessen Blick auf den Bildschirm fixiert war. Jack musterte Wills markante, attraktive Gesichtszüge und fragte sich erneut, was in aller Welt Will in ihm sah. War es nur der Nervenkitzel, hinter etwas her zu sein, das er nicht bekommen konnte? Jetzt, da er Jack hatte – was zur Hölle das auch immer bedeuten sollte –, würde er da das Interesse verlieren?

Was will ich denn, das passiert? Was erwarte ich?

Will sah in seine Richtung und ihre Blicken verhakten sich ineinander. Jack spürte, wie sich sein Herzschlag beschleunigte. Er umklammerte seine Bierflasche und erkannte, dass er sie so stark festhielt, dass sie zu zersplittern drohte. Mit zitternder Hand beugte er sich vor und stellte sie auf dem Tisch ab.

Will tat es ihm gleich, indem er seine eigene Flasche abstellte. Langsam streckte er eine Hand aus und berührte Jacks Oberschenkel. Unbewusst wiederholte er damit die Geste, die Luke vor so vielen Jahren gemacht hatte.

Jack erstarrte. Er sah auf Wills Hand hinunter, bemerkte die langen, schlanken Finger. Seine Haut war leicht gebräunt, die feinen Härchen auf seinem Arm ein goldener Braunton. Seine Berührung war fest, seine Finger drückten sanft Jacks Schenkel. Es fühlte sich an, als würde er gleichzeitig auch Jacks Herz drücken. Er bekam kaum Luft.

»Alles in Ordnung?«, fragte Will leise. »Ist das okay?«

Jack schluckte und nickte. Es war okay. Sie waren erwachsene Männer, die tun und lassen konnten, was sie wollten. Er war nicht länger achtzehn. Es war an der Zeit, endlich ehrlich zu sich selbst zu sein.

Will bewegte seine Hand über den jeansbedeckten Schenkel nach oben in Richtung von Jacks Schritt. Jacks Herz drohte, aus dem Gefängnis seines Brustkorbs auszubrechen. Wills Hand wanderte Jacks Schenkel wieder nach unten und er rutschte ein wenig dichter heran.

»Hey, Jack. Schon okay. Ich werde dich zu nichts drängen. Atme bitte wieder ruhiger, wenn du kannst. Zwischen uns wird nichts passieren, das du nicht willst. Das verspreche ich.«

Jack begegnete seinem Blick und schenkte ihm ein schwaches Grinsen. Er war sich der plötzlichen Verschiebung der Machtpositionen zwischen ihnen nur zu deutlich bewusst. Zum ersten Mal in seinem Leben als Erwachsener hatte er nicht die komplette Kontrolle über eine Situation. Das fühlte sich extrem seltsam an – gleichzeitig beängstigend und aufregend.

Wills Stimme klang beruhigend, seine Berührung war sanft. Instinktiv wusste Jack, dass er ihm vertrauen konnte. Er nahm einen tiefen Atemzug und stieß ihn aus, da er wollte, dass sich sein Herz beruhigte und seine Muskeln sich entspannten.

»Okay«, sagte er leise.

Will streichelte sein Bein, seine Finger kreisten über Jacks Innenschenkel. Jacks Schwanz drückte hart gegen seinen Reißverschluss und, unfähig zu widerstehen, sah er nach unten in Wills Schritt.

Die Beule dort war unmissverständlich. Erneut startete sein Herz einen schnellen Trommelwirbel und ignorierte damit seine Anstrengungen, sich zu entspannen.

Will beugte sich vor, sein Gesicht berührte um ein Haar Jacks. Jack drehte sich weg. Will küsste seine Wange. »Es ist okay«, versprach er.

Wieder küsste er Jacks Wange. Jacks Lippen prickelten erwartungsvoll und noch ehe er sich davon abhalten konnte, wandte er das Gesicht wieder Will zu. In einer keuschen Berührung trafen sich ihre Lippen. Ihre Augen waren geöffnet, da jeder den anderen beobachtete, während sie sich küssten.

Jack spürte, dass Will zitterte. Ihm kam der Gedanke, dass Will möglicherweise genauso nervös war wie er. Irgendwie schenkte ihm das Mut. Er schloss die Augen und öffnete seine Lippen.

Zärtlich glitt Wills Zunge über seine Unterlippe und schlüpfte zwischen seine Zähne. Erschrocken wich Jack zurück, sein Herz schlug so laut, dass er es hören konnte. Will zog sich ebenfalls zurück. Seine grünen Augen leuchteten, seine Wangen waren gerötet.

Obwohl er Angst hatte, konnte er nicht leugnen, dass das Verlangen durch seine Adern pulsierte. War er schwul, war er lediglich neugierig, spielte das überhaupt eine Rolle? Er wollte Will küssen, die weichen Lippen erneut schmecken. Er könnte seine Angst überwinden – Will würde ihm Sicherheit geben.

Wieder schloss er die Augen, lehnte sich vor und bot stumm seine Lippen dar. Will flüsterte leise: »Jack«, dann trafen sich ihre Lippen erneut. Will berührte seinen Hinterkopf. Seine eigenen Hände waren an seinen Seiten erstarrt.

Wills warme Zunge fuhr wieder seine Lippen entlang. Jack spürte, wie sie in seinen Mund eindrang. Will schmeckte nach Kaffee und Bier. Er roch wunderbar nach Shampoo und irgendeiner Art von subtilem Zitrus-Aftershave. Ihre Zungen begannen, umeinanderzutanzen.

Oh mein Gott, ich küsse einen Mann. Ich küsse einen Mann.

Eine Sekunde lang versuchte er, sich zurückzuziehen, als die Ängste in ihm beinahe die Oberhand gewannen. Will zog ihn jedoch zärtlich, aber bestimmt dichter zu sich.

»Es ist okay«, flüsterte er wieder. »Wir wollen das beide. Es ist nicht falsch. Es ist gut.«

Es *war* gut. Es fühlte sich gut an. Besser als jeder andere Kuss, den er jemals bekommen hatte. Er küsste keinen Mann, er küsste Will.

Schließlich waren Jacks Gedanken verschwunden – oder gingen zumindest in dem Rauschen des Blutes in seinen Ohren unter. Er wusste, dass er nicht wollte, dass der Kuss endete. Es fühlte sich so gut an, so richtig, sogar besser als der gestohlene Kuss vor so langer Zeit von einem anderen Mann. Damals war er viel zu jung und unsicher gewesen, um zu wissen, was er wollte, oder ohne den Mut, es einzufordern. Jetzt gab es keinen Grund, sich zurückzuhalten. Er wollte das hier. Es gab nicht länger Fragen oder Zweifel daran.

Ohne zu bemerken, was er tat, hob er seine Arme an und legte sie um Will. Er zog ihn näher und küsste ihn mit der jahrelang aufgestauten Leidenschaft unterdrückter Sehnsüchte. Er konnte Wills Herz gegen sein eigenes schlagen fühlen.

Die Zeit schien stehen zu bleiben, während sie gegenseitig ihre Münder erkundeten. Wills Hand rutschte von Jacks Hinterkopf zu seinem Hals und glitt unter das Hemd. Jack ließ seine Hände über Wills Rücken wandern. Durch die dünne Baumwolle seines T-Shirts spürte er die kräftigen, wohl definierten Muskeln.

Schließlich bewegte sich Will, zog sich von Jacks Mund zurück und wanderte mit den Lippen sein Kinn und den Hals entlang, während seine Zunge über Jacks Haut glitt. Jack fiel ins Sofa zurück und Will landete neben ihm.

Langsam konzentrierte sich Jack auf den Fernsehbildschirm. Während ihres ausdauernden Kusses hatte er kein Wort vom Spiel wahrgenommen. Selbst jetzt noch konnte er kaum hören, was der Sprecher über das Hämmern seines Herzens hinweg sagte.

»Na, nun sieh dir das an. Die *Mets* haben gerade einen *Grand Slam* erzielt.« Mit einem breiten Grinsen wandte sich Will ihm zu. »Vielleicht wird das unser Glücksjahr, Jack. Was meinst du?«

Kapitel 7

»Ich hole uns noch ein Bier. Die hier sind nicht kalt genug.« Will schnappte sich die halbleeren Flaschen, ging in die Küche und ließ Jack zurück, damit dieser sich sammeln konnte. Er schüttete das lauwarme Bier ins Waschbecken und stellte die Flaschen für den Glascontainer beiseite.

Mit zwei Fingern berührte er seinen Mund, erstaunt, dass der Mann im anderen Zimmer ihm erlaubt hatte, ihn zu küssen – ihn sogar mit mehr als nur ein wenig Enthusiasmus zurückgeküsst hatte. Will legte die Hand auf seinen Schritt, in dem noch immer seine Erektion pulsierte. Er schlüpfte in seine Hose und sortierte sich neu, um es sich bequemer zu machen. Einen Moment ließ er seine Hand um seinen Schaft gelegt ruhen und schloss die Augen, während er den Kuss noch einmal durchlebte.

In seinen Gedanken blitzte das Bild von Jack auf, der nackt auf seinem Bett lag und seinen Arsch Will zur Plünderung anbot. Beinahe konnte er den festen, samtigen Griff seiner Muskeln spüren, während er sich selbst in der jungfräulichen Enge entspannte.

Ich will ihn... so sehr.

Wenn Jack ein anderer Mann gewesen wäre, einer der Kerle, die er die letzten Jahre für ein bisschen Horizontaltango mit nach Hause genommen hatte, hätte Will bei seinem nächsten Schritt nicht gezögert. Er wäre ohne Hemd und mit offener Jeans aus der Küche zurückgekehrt. Er hätte seinem potentiellen Lover seine Hand entgegengestreckt und gesagt: »Lass uns nach oben gehen.«

Bei Jack wagte er das nicht. Tatsächlich *wollte* er das nicht einmal – noch nicht. Er wollte sich Zeit lassen, nicht nur wegen Jack, sondern auch für sich selbst. Irgendetwas war anders, anders als jede vorherige oder potentielle Beziehung. Ausnahmsweise wollte er nicht so schnell wie möglich zur Sache kommen. Ausnahmsweise wollte er die Vorfreude auskosten und sich nicht ausschließlich auf den Preis in Form eines harten, nackten Körpers in seinem Bett fixieren.

Was musste Jack wohl gerade durchmachen? Die lebenslange Gewissheit seiner eigenen sexuellen Orientierung geriet ins Wanken, war vielleicht, als Folge dieses außergewöhnlichen Kusses, schon umgekippt.

Wie hell seine Augen gewesen waren, als er sich endlich hatte gehen lassen. Der Schwanz in seiner Jeans war sichtbar hart gewesen und hatte wie ein Pfeil auf seine Hüfte gezeigt. Es hatte Will jedes bisschen seiner Willenskraft gekostet, ihn nicht durch den Jeansstoff hindurch anzufassen.

Will öffnete die Flaschen und kehrte ins Wohnzimmer zurück. Jack saß ziemlich genau so da, wie er ihn verlassen hatte. Er hatte sich zurückgelehnt, die Arme jetzt über die Rückenlehne des Sofas ausgestreckt, den Blick auf den Bildschirm gerichtet. Als Will eintrat, sah Jack zu ihm herüber, beugte sich vor und griff nach der Flasche.

»Danke«, sagte er und lächelte.

Will ließ sich neben ihm nieder. »Wie steht's?«

»*Mets* 10, *Astros* 6.«

»Großartig.«

Sie tranken ihr Bier. Will fühlte, wie seine steinharte Erektion ein wenig nachließ. Er legte die Füße auf den Couchtisch und versuchte, sich auf das zu konzentrieren, was die Kommentatoren sagten. Es war das Beste so. Er gab Jack die Gelegenheit, die Dinge zu verarbeiten und in seiner Wohlfühlzone zu bleiben, zumindest so weit es sie beide betraf.

Er wurde sich Jacks Bein bewusst, das in einer nervösen, irgendwie lästigen Bewegung auf und ab wippte. Beiläufig legte Will eine Hand auf Jacks Oberschenkel. Jack stellte das angespannte Wippen ein. Er sah zu Will herüber.

»Tut mir leid. Schätze, ich bin irgendwie nervös.«

»Schon okay.« Will lächelte zurück. Er zog seine Hand weg und wandte seine Aufmerksamkeit wieder dem Spiel zu. Ein paar Minuten später fing Jack wieder mit dem nervösen Herumgezappel an. Sein Fuß klopfte einen gleichmäßigen Rhythmus auf den Fußboden.

Will sah Jack an, der die nervöse Bewegung erneut abbrach, als er sich Wills Blick bewusst wurde. »Tut mir leid.«

»Schon okay.« Will folgte einem Geistesblitz, der ihm plötzlich durch den Kopf schoss. »Hey, was hältst du von einer Massage? Das könnte dich entspannen oder jedenfalls deinen Körper. Mir wurde gesagt, dass ich ein begnadeter Masseur bin. Hättest du gerne eine?«

»Das musst du nicht machen. Ich bin nur etwas unruhig, das ist alles. Mir geht's gut.«

»Nein, das macht mir nichts aus. In meinem Schlafzimmer steht auch ein Fernseher. Komm mit hoch und wir sehen uns das Spiel da an. Du kannst dich hinlegen und zuschauen, während ich dir den Rücken ein bisschen massiere. Keine Sorge.« Bei Jacks plötzlich panischem Gesichtsausdruck musste er lachen. »Du kannst deine Hose anlassen. Keine schmutzigen Tricks, das verspreche ich dir. Denk dran, das hier richtet sich zu einhundert Prozent nach deinem Tempo und deinem Empfinden. Ich würde es gar nichts anders wollen.«

Jack nickte und stand auf. »Okay. Geh vor.«

Will setzte sich aufs Bett und beobachtete Jack, der sein Hemd aufknöpfte und es sorgfältig über die Rückenlehne eines Stuhls hängte. Sein Oberkörper war breit gebaut – eine kräftige, stämmige Brust mit gelockten, dunklen Haaren, die von Silber durchzogen waren. Die Muskeln in seinen Armen und den Schultern waren ausgeprägt.

Will sog scharf Luft ein, begeistert von Jacks rauer Männlichkeit. Ihm war ganz ehrlich nicht bewusst gewesen, wie stark und muskulös gebaut Jack war, da sein Körper bis zu diesem Moment unter lockerem Jeansstoff und Arbeitshemden verborgen gewesen war.

Er bezwang das drängende Bedürfnis, sich zu Jacks Füßen hinzuknien und die Hose von diesen kräftigen, mit Muskeln bepackten Beinen zu ziehen. Er musste der heftigen Versuchung widerstehen, ihm die Unterhose vom Leib zu zerren und seinen Schwanz tief in seinen Mund aufzunehmen. Ihn nicht eher gehen zu lassen, bis Jack um Gnade flehte. Will schüttelte den Kopf und zwang die lebhaften Bilder aus seinem Kopf.

Jack sah ausgesprochen nervös aus, als er sich dem Bett näherte. »Äh, wie soll ich's machen? Wie willst du mich?«

Nackt auf allen vieren.

»Leg dich einfach auf den Bauch, den Kopf am Fußende des Bettes, damit du den Fernseher sehen kannst.« Will griff nach der Fernbedienung und schaltete das Spiel an.

Jack legte sich hin. Seine Bewegungen waren steif und ungeschickt. Mitfühlend ging Will das Herz auf, auch wenn sein Schwanz gleichzeitig voller Leidenschaft zum Leben erwachte. Er rutschte näher heran, um die massigen Schultern zu massieren. Die Muskeln waren vor Anspannung verhärtet. Will erkannte, dass hier eine ausgiebige Rückenmassage vonnöten sein würde.

»Deine Schultermuskeln sind ziemlich verspannt. Ich setze mich rittlings auf dich, dann habe ich einen besseren Winkel, okay? Du entspannst dich einfach und konzentrierst dich auf das Spiel.«

Jack nickte knapp. Will hatte eine Menge Arbeit vor sich. Wenn der Mann sich noch mehr versteifte, würde er in zwei Hälften brechen. Er stieg über Jacks Beine und machte es sich auf ihm bequem. Zunächst strich er nur flach über Jacks Haut, damit er sich an seine Berührungen gewöhnen konnte. In gewisser Weise war es, als würde er ein wildes Tier beruhigen. Er wollte keine plötzlichen Bewegungen machen, die seine Beute eventuell verschrecken könnten. Jack blieb starr unter ihm liegen, die Schultermuskeln verhärtet und verkrampft.

Anfangs konzentrierte Will sich auf den Lendenwirbelbereich, indem er die Muskeln auf jeder Seite der Wirbelsäule massierte und knetete. Langsam arbeitete er sich den breiten, kräftigen Rücken nach oben. Unter seinen Fingern fühlte sich Jacks Haut glatt und geschmeidig an.

Jack lag ganz still, obwohl sein Körper nicht länger in seiner steifen Haltung verharrte. Will bewegte sich auf Jacks Schultern zu. Er ließ sich Zeit, knetete zunächst das Fleisch, ehe er tiefer ging und mit starken Fingern auf die verkrampften Muskeln eindrang, bis Jack stöhnte.

Er hörte nicht eher auf, bis die Muskeln ihre gesamte Spannung aufgegeben hatten.

Jack seufzte. In Wills Ohren klang der Laut dunkel und sinnlich. Er widerstand dem Drang, sich an Jacks Körper zu schmiegen und seinen Penis gegen Jacks Arsch zu drücken, und zwang sich stattdessen dazu, sich auf seine Aufgabe zu konzentrieren.

Während er die Muskeln bearbeitete, konnte er förmlich spüren, wie sie sich unter seinen Händen lockerten und entspannten. Er verstärkte den Druck und gab nicht auf, bis Jack vollkommen schlaff in die Matratze sank.

Jack wandte den Kopf zur Seite, ohne noch länger vorzugeben, den Fernseher im Blick zu behalten. Will beugte sich vor, um sein Gesicht zu sehen. Seine Augen waren geschlossen, seine Lippen leicht geöffnet. Seine Atmung kam langsam und regelmäßig. Will wurde klar, dass er seinen potentiellen Lover gerade schlafen gelegt hatte.

Reumütig grinste er in sich hinein. »Ich bin so aufregend, dass er darüber einschläft.« Aber er wusste, dass es ein Beweis dafür war, dass Jack sich in seiner Gegenwart wohlfühlte, und das war vermutlich wichtiger als alles andere.

Er kehrte zu ausladenderen Berührungen mit seinen Handflächen zurück, behielt jedoch den sanften Druck auf Jacks Haut bei. Jacks Arme lagen locker an seinen Seiten. Will massierte erst den einen, dann den anderen und zog sie zur Seite und von Jacks Körper weg. Jack blieb schlaff und sank in tieferen Schlaf.

Er berührte Jacks Seiten und fühlte die Rippen unter seinen Fingern. Jack rührte sich nicht. Will war versucht, ihn herumzurollen, um seine Aufmerksamkeit auf weniger unschuldige Bereiche von Jacks Anatomie zu richten. Er hätte wetten können, dass ihn das in Windeseile aufwecken würde. Bei der Aussicht verhärtete sich sein Penis, auch wenn sein Verstand die Idee bereits über den Haufen geworfen hatte.

Stattdessen fuhr Will damit fort, Jacks Rücken und die Seiten zu streicheln, während er sich an seine erste sexuelle Begegnung mit einem anderen Mann erinnerte. Na ja, eigentlich eher mit einem anderen Jungen, da sie beide zu dem Zeitpunkt fünfzehn gewesen waren.

Justin Peterson war sein Laborpartner in der zehnten Klasse in Physik gewesen. Bevor sie als Partner zusammengesteckt worden waren, hatte Will Justin nicht wirklich gekannt, außer dass sie sich auf dem Schulflur gegenseitig zugenickt hatten. Er hatte Gerüchte gehört, dass Justin schwul war, da er – anders als Will zu dieser Zeit – nicht versucht hatte, als hetero durchzugehen. Er hatte diese affektierte, weibische Art, die einige Schwule an den Tag legten, und schien sich nicht darum zu kümmern, ob man sich über ihn lustig machte – was Will getan hatte.

»Ich hab Probleme bei den Hausaufgaben«, sagte Justin eines Tages nach Unterrichtsschluss. »Würdest du vielleicht mit zu mir rüberkommen und mir dabei helfen? Danach könnten wir Pizza bestellen, wenn du willst.«

Will dachte darüber nach. Mit den langen, glatten Haaren, den großen, braunen Augen und der schlanken Statur sah Justin auf eine feminine Weise ziemlich gut aus. Wenn Will mit zu ihm nach Hause ginge, würde dann jeder denken, dass er auch schwul war? Störte ihn das? War das endlich der Zeitpunkt, um sich der Welt gegenüber zu offenbaren?

Bis jetzt hatte er es weder seinen Eltern noch seinem älteren Bruder John erzählt. Er war noch nie in der Position gewesen, es zu leugnen, und er hatte sich selbst geschworen, dass er es nicht leugnen würde, wenn es dazu kam. Aber die Frage war bis jetzt noch nicht aufgekommen.

Manchmal, wenn er sich leichtsinnig und einsam fühlte, wollte er, dass jemand ihn damit konfrontierte, dass ihn jemand beschuldigte, das zu sein, was er tatsächlich war. Aber vielleicht vermuteten die Leute einfach, dass er hetero war, weil er stark und schnell und gut in Sport war und obendrein mit Tracey Baker zum Ball gegangen war, als sie ihn gefragt hatte. Es war leichter, sie in diesem Glauben zu lassen – gerade in der Schule.

Unvermittelt traf er seine Entscheidung und scherte sich nicht weiter um die Konsequenzen. Stattdessen sagte Will: »Klar. Klingt gut.«

Sie lernten in Justins Zimmer. Will kam sich wichtig und kompetent vor, als er Justin die Sachen erklärte, bei denen er Verständnisprobleme hatte. Justin schien so auf die Hausaufgaben fixiert zu sein, dass Will plötzlich der beunruhigende Gedanke kam, dass Justin möglicherweise keinerlei Absichten über das hinaus hegte, was er gesagt hatte: Hausaufgaben und dann Pizza.

Der Gedanke deprimierte Will. Hier war er nun, bereit für ein paar entscheidende, erste Erfahrungen – seine jungfräuliche Verkündung gegenüber der Welt, oder wenigstens gegenüber einem Jungen, dass er schwul und stolz darauf war – und doch schien Justin nicht das geringste Interesse an dieser Angelegenheit zu haben.

Diese Angst wurde allerdings bald zur Seite geschoben, als Justin Will schüchtern fragte, ob er ihm den Rücken massieren sollte. Will verstand den Code und was er bedeutete und sein Herz begann, erwartungsvoll zu hämmern.

»Ist sonst noch jemand da?«, fragte er. Justin hatte ihnen mit seinem eigenen Schlüssel die luxuriöse Wohnung in Manhatten aufgeschlossen.

»Nein. Meine Eltern werden noch stundenlang weg sein. Meine ältere Schwester ist fürs College ausgezogen. Carmen, die Haushälterin, ist heute nicht da. Wir haben die Wohnung für uns.«

Nickend verarbeitete Will die Information. Justin grinste breit. »Zieh dein Hemd aus«, sagte er. »Dann kann ich dich besser massieren.«

Will stimmte zu, zog sein Hemd über den Kopf und warf es auf den Boden. Er legte sich auf Justins Bett und schloss die Augen, während er sich gleichzeitig sehr mutig und sehr ängstlich fühlte. *Entspann dich,* sagte er sich, *ist doch nur eine Massage. Justin ist wahrscheinlich genauso nervös wie du.*

Justin setzte sich rittlings auf Wills Hintern, ziemlich genau so, wie Will sich eben auf Jacks niedergelassen hatte. Eine Weile massierte er Wills Rücken. Hin und wieder glitten seine Hände über Wills Seiten. Will lachte nervös und zappelte unter Justin. »Hey, das kitzelt.«

»Weil du nicht entspannt genug bist. Leg dich auf den Rücken. Ich massiere deine Brust. Das ist sehr wichtig, wenn du dich vollkommen entspannen willst.« Justin klang selbstsicher.

Er stieg von Will herunter und wartete darauf, dass dieser ihm gehorchte. Obwohl Will ihm nicht ganz glaubte, rollte er sich herum. Warum auch nicht?

Justin ließ sich wieder auf Will nieder und saß nun auf seinem Bauch. Sein Hintern ruhte an Wills Schritt. Konnte er die Erektion spüren, von der Will wusste, dass er sie hatte? Falls das der Fall war, ließ Justin sich nichts anmerken, als er damit fortfuhr, Wills Brust zu bearbeiten. Es war ein wenig lästig, aber Will war zu sehr auf Justins Hintern an seinem Schwanz konzentriert, um besonders darauf zu achten.

Nach ein paar Minuten rutschte Justin nach unten, sodass er nun auf Wills Schenkeln saß. Seine Hände wanderten zu Wills Bauch und verweilten dort ein paar Sekunden, ehe sie sich auf ihr eigentliches Ziel zubewegten.

Den Blick auf Wills Gesicht gerichtet, schlüpften Justins Hände in Wills Jeans. Die Finger glitten unter den Bund seiner Unterhose. Sie berührten die Spitze von Wills Penis und Will schloss die Augen. Mittlerweile schlug sein Herz tausendmal in der Minute. Zumindest kam es ihm so vor.

Justin rutschte von seinen Beinen und drehte sich, um einen besseren Winkel zu bekommen. Er öffnete den Knopf von Wills Hose und dann den Reißverschluss über dem sehr harten Glied. Kühn schob er die weißen Pants nach unten, sodass Wills Erektion hervorsprang.

»Ich wusste es«, triumphierte Justin. »Ich wusste, dass du schwul bist, trotz deines Sportler-Getues für die anderen.«

Will leugnete es nicht. Wie hätte er es auch leugnen können, während sein steifer Penis in Justins Hand pulsierte? Es brauchte nur ein paar Striche und er befand sich am Rand seines Orgasmus. Er war noch nie vor jemand anderem oder von der Berührung eines anderen gekommen. Es fühlte sich unglaublich an – sehr viel besser als sein eigenes, heimliches Gefummel in der Dunkelheit.

Dann tat Justin etwas, das sein Hirn explodieren ließ und seine Sinne mit Lust überschwemmte. Er senkte seinen Mund über Wills Schaft. Seine warme Zunge leckte über die Spitze und die Seiten entlang. Er schloss die Lippen und wanderte mit dem Kopf wieder nach oben.

Das Saugen schickte Will eine Spirale prickelnder Leidenschaft hinauf. Er stöhnte und richtete sich halb auf, als er in Justins Mund kam. Justin schluckte alles und saugte und leckte weiter an Wills Penis, bis er erschlafft war. Erst dann zog er sich zurück. Will fiel aufs Bett zurück. Sein Herz trommelte gleichmäßig vor sich hin, während Endorphine durch seine Blutbahnen flitzten wie eine Droge.

»Das war dein erstes Mal, oder?« Bäuchlings lag Justin neben Will auf dem großen Bett und stützte sich auf die Ellenbogen auf. »Deswegen bist du so schnell gekommen.«

Will errötete, verlegen darüber, Jungfrau zu sein, obwohl es natürlich der Wahrheit entsprach. »Ja«, gab er zu. »Ich bin noch nie mit einem Jungen zusammen gewesen. Oder mit einem Mädchen.«

»Also war die Show mit Tracey tatsächlich eine, hm? Eine Fassade, hinter der du verstecken kannst, was du wirklich bist. Schämst du dich für das, was du bist?« Justins Stimme hatte einen bitteren, anklagenden Unterton bekommen.

Will packte seinen schlafen Penis zurück in seine Hose und zog den Reißverschluss hoch. Er wandte sich Justin zu und sagte ehrlich: »Es war keine Show. Ich hab nie gesagt, dass ich ihr Freund bin. Ich bin nur mit ihr zu dem Ball gegangen, das war alles. Die Leute haben sich den Rest selbst zusammengereimt. Sie haben Vermutungen angestellt.«

»Und du hast sie gelassen.«

»Stimmt.« Alles in Will sträubte sich. Was bildete sich der Kerl ein, ihm zu sagen, wie er sich zu verhalten hatte? Er wusste von allen doch am besten, wie schwer es war, sich zu outen, sogar im ach so fortschrittlichen New York.

Justin ließ sich rücklings aufs Bett plumpsen und stieß die Luft aus. Er verschränkte die Hände hinter dem Kopf und starrte an die Decke. Will lag neben ihm und sah ebenfalls nach oben. Die Decke war so gestrichen, dass sie wie ein nächtlicher Himmel aussah. Unzählige Sternenkonstellationen verteilten sich in kleinen, silbernen Pünktchen, die im Dunklen leuchteten, über den mitternachtsblauen Hintergrund.

»Ich hätte nicht so hart zu dir sein sollen«, sagte Justin, den Blick immer noch gen Decke gerichtet. »Ich sollte einfach dankbar sein, dass du mit mir nach Hause gekommen bist. Ich wollte dich schon ewig fragen, aber ich hatte Angst. Ich war ziemlich sicher, dass du schwul bist, aber was, wenn du es nicht gewesen wärst? Oder wenn du einfach nicht hättest herkommen wollen?«

Mit den Fingerspitzen berührte er Wills nackte Brust. »Ich verrate dir ein Geheimnis. Ich bin auch noch nie zuvor mit jemandem zusammen gewesen. Ich habe schon seit Ewigkeiten darüber fantasiert, aber das hier ist auch für mich das erste Mal.«

Überrascht platzte Will heraus: »Aber wie du mich angefasst hast... Ich meine, das hat sich definitiv so angefühlt, als wüsstest du, was du da machst.«

»Ich hab einfach das gemacht, von dem ich mir wünsche, dass es ein anderer bei mir macht. Ich hab schließlich dieselbe Ausstattung, nicht wahr?«

Will lachte und Justin grinste. Die Anspannung, die eben noch da gewesen war, war verschwunden.

Will war neugierig auf Justins Penis. Er hatte sich Bilder und Videos im Internet angeschaut. Er hatte sogar schon Männer im Umkleideraum der Schule nackt gesehen. Aber außer seinem eigenen hatte er noch nie einen erigierten Penis so nah und vor allem nicht von Angesicht zu Angesicht gesehen. Er hatte noch nie einen anderen berührt, seinen Umfang gespürt, seine weiche, samtige Haut geschmeckt...

»Kann ich es mal versuchen?«, flüsterte er.

»Was? Ich hab dich nicht verstanden.«

Will räusperte sich und wiederholte: »Kann ich es versuchen? Dich... dich anfassen? Das machen, was du bei mir gemacht hast?«

Er musste Justin nicht erneut fragen. Schnell wie der Blitz war er seine Klamotten losgeworden. Er legte sich im Bett zurück und präsentierte einen der größten Schwänze, den Will je gesehen hatte, davor oder danach.

Will schluckte die Beklemmung hinunter und senkte seinen Mund über die große Eichel, während er den Schaft an der Wurzel umfasste. Es schmeckte salzig, die Haut war überraschend weich; weich wie Satin, der über Stahl gespannt war. Er konnte eine Vene unter seinen Fingern pulsieren spüren, als er nach oben streichelte, sodass seine Hand auf seinen Mund traf.

Justin stöhnte und packte Wills Kopf, um ihn nach unten auf seinen Penis zu drücken. Erschrocken zog Will sich zurück und entließ Justin aus seinem Mund.

»Bitte, bitte, bitte«, bettelte Justin, während sein riesiger Schwanz zwischen ihnen wippte.

Will senkte den Kopf und leckte mit der Zunge über den Schaft, ehe er ihn erneut in den Mund nahm. Er saugte an ihm wie an einem Lolli. Sein eigener Penis wurde in seiner Hose wieder hart, als Justin stöhnte und sich unter ihm wand.

Nach ein paar Minuten rief Justin: »Scheiße, ich komme! Ich komme!«

Sperma traf Wills Zunge, klebrig und ein wenig bitter. Nicht darauf gefasst fuhr Will zurück, sodass ihn noch einige Spritzer an der Wange und am Hals trafen.

Einen Augenblick lang blieb Justin still liegen, abgesehen von dem Heben und Senken seiner schmalen, nackten Brust. Will strich sich das Sperma von Gesicht und Hals und wischte es an der Bettdecke ab, da er nicht wusste, wo er damit sonst hin sollte.

Noch immer regungslos und mit geschlossenen Augen verkündete Justin dramatisch: »William H. Spencer. Ich glaube, ich bin verliebt.«

Jetzt lächelte Will über die Erinnerung. Justin und er hatten eine heimliche, heiße Liebesaffäre begonnen. Na ja, oder jedenfalls eine Sexaffäre, die den Grundstein für seine späteren *Beziehungen* legte.

Sie sprachen sehr wenig miteinander, trafen sich jedoch regelmäßig bei Justin zu Hause, um schnellen, wiederholten Oralsex zu haben. In der Schule waren sie distanziert und lediglich höflich zueinander. Ironischerweise war es Justin, der die Distanz beibehielt, trotz seiner vorherigen Anschuldigung, dass Will sich wegen seiner sexuellen Orientierung schämte.

Nach Monaten ihrer Beziehung zueinander gestand er eines Tages, dass er das getan hatte, um Will für sich zu behalten. »Ich will nicht, dass du wählen kannst, verstehst du. Wenn ich dich dein kleines Hetero-Spielchen an der Schule weiterspielen lasse, habe ich dich ganz für mich allein.«

Sie waren nie über Oralsex und Küssen hinausgegangen und kurz bevor das Schuljahr geendet hatte, war Justins Vater nach Kalifornien versetzt worden. Justin war es erlaubt gewesen, das Schuljahr noch zu beenden, dann war er aber gegangen. Und obwohl sie sich versprochen hatten, in Kontakt zu bleiben, hatten sie diesen bald verloren.

Will hatte die Sextreffen vermisst, allerdings hatte er Justin nicht wirklich hinterhergetrauert. Niemand hatte je genug Eindruck bei ihm hinterlassen, dass er ihn vermisst hätte, als er verschwunden gewesen war. Er fragte sich, ob das an seiner Unzulänglichkeit oder der der anderen lag.

Möglicherweise an beidem. Aus welchem Grund auch immer hatte er jedes Mal Männer ausgesucht, die ihn nicht kümmerten, die ihn nicht verletzen konnten, deren Verschwinden ihn nicht störte.

Er rutschte von Jacks Rücken, legte sich neben ihn und legte zärtlich einen Arm über seine Schultern. Wie musste sich das anfühlen, so viele Jahre lang verheiratet zu sein und dann den Ehepartner zu verlieren?

Fehlte sie ihm? Wachte er voller Sehnsucht nach ihr auf und drehte sich zu ihrer Seite des Bettes um, ehe ihm wieder einfiel, dass sie dort niemals wieder liegen würde? Hatte er während all der Jahre seiner Ehe jemals schwule Fantasien gehabt? War es möglich, erst so spät im Leben *schwul zu werden*?

Will wusste, dass es nicht so sehr darum ging, es zu werden, als sich dessen *bewusst* zu werden. Er dachte an Pauls Theorie des *Kontinuums sexueller Wünsche*. Wo fand sich Jack da wieder? War er lediglich neugierig? Würde er Will und das, was er zu bieten hatte, zurückweisen, nachdem seine Neugier gestillt war? Würde er sich nach der Berührung einer weiblichen Hand sehnen? Nach den geheimen Tiefen eines weiblichen Körpers?

Worauf zur Hölle lasse ich mich da eigentlich ein?

Jack stöhnte und schlug die Augen auf. »Hey«, sagte er verschlafen. »Schätze, ich bin eingenickt.«

Will lächelte. »Schätze, das stimmt.«

Jack lächelte zurück. Langsam hob er die Hand. Mit seinen großen, rauen Fingern berührte er Wills Wange. Er hielt den Blick auf Will gerichtet, sein Gesichtsausdruck war offen, verwundbar – zum Teil ängstlich, zum Teil fragend, zum Teil zärtlich.

Will verspürte ein seltsames Ziehen in seinem Herzen, als ob jemand hineingreifen und es fest umfassen würde. Als Jack sein Gesicht berührte, wusste er, dass es nicht länger darum ging, sich auf etwas einzulassen. Er steckte schon längst drin – und zwar tief.

Langsam schlossen sich Jacks Augen wieder. Seine Hand fiel herunter, als er zurück in den Schlaf driftete, ein halbes Lächeln auf den Lippen. Will widerstand dem Drang, ihn aufzuwecken, dicht an sich heranzuziehen und ihn nie wieder loszulassen.

Die Verknalltheit, wie Jack es vermutlich bezeichnet hätte, hatte sich inzwischen seit Wochen aufgebaut. Er war über den Punkt hinaus, an dem er hätte zurücktreten können. Zum ersten Mal in seinen dreißig Jahren auf diesem Planeten lag sein Herz offen. Er war verwundbar. Er war Jacks Gnade ausgeliefert. Er war – *oh Gott, bitte lass es nicht so sein* – verliebt.

Kapitel 8

Jack öffnete die Augen und blinzelte in dem dämmrigen Zimmer. Einen Moment lang wusste er nicht, wo er war. Er wusste jedoch, dass er sich sehr wohlfühlte. Sein Körper lag vollkommen entspannt auf einer festen Matratze und unter weicher Bettwäsche. Er lag auf dem Bauch, das Gesicht dem Fenster zugewandt, durch das die untergehende Sonne in außergewöhnlichen Gold-, Pink- und Dunkelrottönen auf dem dunkler werdenden blauen Himmel auslief.

Er hörte Wasser laufen. Als er richtig wach wurde, erinnerte er sich wieder daran, wo er war, auf wessen Bett er lag. Das Geräusch war das Rauschen der Dusche. Wills Dusche. Er sah zum Badezimmer hinüber. Die Tür stand einen Spalt weit offen.

Er setzte sich auf, fuhr sich mit den Händen durchs Haar und gab sich einem langen, ausgiebigen, befriedigenden Strecken hin. Seit er denken konnte, hatte er sich nicht mehr so entspannt, so körperlich locker gefühlt. Er war energiegeladen – bereit für einen Marathon oder um eine Meile im Ozean zu schwimmen. Er war glücklich.

Er schwang die Beine aus dem Bett und sah sich nach seinem Hemd um, ehe er es da entdeckte, wo er es zuvor über den Stuhl in der Ecke des Zimmers gehängt hatte. Er stand auf und bewegte sich darauf zu. Sein Weg führte ihn an der offen stehenden Badezimmertür vorbei.

Unfähig, zu widerstehen, spähte er hinein. Im Zimmer war es warm und dunstig, Schwaden von Wasserdampf ließen die Spiegel beschlagen und wirbelten durch die Luft. Er trat über die Türschwelle, noch bevor ihm bewusst wurde, was er da machte. Er erstarrte mitten im Gehen, fasziniert von dem Anblick, der sich ihm bot.

Die Dusche war aus Glas und befand sich in einer Ecke des Raumes. Anders als die meisten Duschen, die Jack bekannt waren, war diese hier aus durchsichtigem Glas. Durch die Wassertropfen und den Wasserdampf konnte er Wills nackten Körper erkennen.

Er wusste, dass er auf dem Absatz kehrtmachen und das Badezimmer verlassen sollte. Er verhielt sich unhöflich. Er spionierte.

Trotzdem rührte er sich nicht vom Fleck. Seine Augen wurden magisch von dem Anblick angezogen, den nur ein dünner Schleier aus Wasserdampf verbarg. Die eine Hand gegen die Wand gelehnt, die andere um seinen langen, dicken Schwanz geschlossen, stand Will da. Er hatte den Kopf zurückgelegt, sodass der Wasserstrahl seinen Hals und seine Brust traf.

Jack trat näher, getrieben von einer Kraft, die zu stark war, als dass er sie hätte bekämpfen können. Er beobachtete die langen, eleganten Finger, die um den eingeseiften Schaft geschlungen waren und die auf eine Art und Weise daran auf und ab glitten, die Jack sehr vertraut war.

Die Bewegungen waren langsam und sinnlich. Jack spürte, wie sein eigener Penis bei dem erotischen Anblick des nackten Mannes, der sich selbst befriedigte, hart wurde. Jack war sich kaum bewusst, was er tat, als er eine Hand in seinen Schritt wandern ließ. Durch den Jeansstoff massierte er sein steifes Glied, während er weiterhin auf Wills anziehende, anmutige Bewegungen starrte.

Obwohl er wusste, dass er gehen sollte, konnte er seinen Blick nicht von Wills Körper losreißen, von seiner Hand an seinem Glied, von seinem schlanken, athletischen Oberkörper, von seinem Kopf, den er zurückgelegt hatte. Die Lippen waren leicht geöffnet, als würde er auf einen Kuss warten.

Jack legte die hohle Hand um seine Erektion. Seine Hoden zogen sich zusammen. Er leckte sich über die Lippen und versuchte, zu schlucken. *Verschwinde, bevor er dich entdeckt.* Er ignorierte die leise Stimme, die über das Hämmern seines Herzens kaum zu hören war.

Wills Bewegungen wurden schneller. Seine Brust hob und senkte sich heftig, sein Mund stand offen, als seine Hand in Ekstase über seinen Schwanz flog. Unvermittelt erstarrte Will und zuckte mit einem kleinen, erstickten Schrei nach vorne. Jack konnte seinen Schwanz durch das beschlagene Glas erkennen, wie er immer noch steif auf und ab wippte.

Mit brennendem Gesicht und rasendem Herzen zog sich Jack aus dem Badezimmer zurück, nicht sicher, ob Will wusste, dass er ihn beobachtet hatte. Er betete, dass dem nicht so war. Er war fassungslos, nicht nur wegen dem, was er beobachtet hatte, sondern wegen seiner Reaktion darauf.

Wieder ließ er seine Hand in seinen Schritt wandern. Sein Penis war steinhart. Unfähig, es nicht zu tun, massierte er sich erneut durch die Hose, obwohl er bewusst dem Drang widerstand, seine Hand in seine Unterhose zu schieben.

Oh mein Gott. Ich bin schwul. Er schüttelte den Kopf. *Nein, nein. Du weißt nur körperliche Schönheit zu schätzen.*

Das musste es sein. Genauso wie er die anmutig geschwungene Kante eines Holzblocks zu schätzen wusste, hatte Jack schon immer den menschlichen Körper bewundert, sowohl den männlichen als auch den weiblichen. Es machte einen nicht gleich schwul, nur weil man die Wölbungen von Muskeln, die Linien und Winkel von etwas wunderschön Modelliertem bewunderte.

Das Bild von Luke tauchte in seinem Kopf auf. Hatten seine Augen tatsächlich das gleiche lebendige Grün wie Wills oder brachte er die beiden Männer zusammen mit seinen Gefühlen durcheinander? Schwer ließ er sich auf den Stuhl fallen, die Hand immer noch auf seinem Penis. Luke hatte ihn beschuldigt, seine Gefühle zu verleugnen. Zu dem Zeitpunkt war Jack zu verängstigt und verwirrt gewesen, um zuzugeben, dass da auch nur ein Fünkchen Wahrheit in Lukes Behauptung steckte.

Genau wie jetzt hatte sein Körper damals reagiert, noch ehe er die Chance gehabt hatte, ihn in seine Schranken zu weisen. Über zwanzig Jahre später konnte er sich noch immer an die Macht dieses einen Kusses erinnern, an die heftige, versengende Hitze des Verlangens, als Luke seinen Penis gepackt und ihm einen Orgasmus gestohlen hatte.

Hatte er ihn gestohlen? Oder war Jack an dem Akt mitschuldig gewesen, indem er kaum Widerstand geleistet und indem er vorgegeben hatte, so sehr verwirrt zu sein, dass es ihn hilflos gemacht hatte?

Der Kuss, den er mit Will ausgetauscht hatte, war genauso mächtig gewesen, aber süßer, sehr viel süßer. Er hatte diesen Kuss gewollt, hatte aktiv danach verlangt. Die Angst, die er mit achtzehn verspürt hatte, war auch mit vierundvierzig noch da, aber jetzt mischte sich Verlangen dazu. Ein Verlangen, das er dieses Mal nicht verleugnen würde.

Als Will sich rittlings auf seinem Hintern niedergelassen hatte, um mit seinen starken, fähigen Händen Jacks Muskeln in die Nachgiebigkeit zu massieren, war er froh gewesen, dass Will seine Erektion nicht hatte sehen können. Wills Berührungen hatten Spuren elektrisierender Sehnsüchte auf seiner Haut zurückgelassen.

Aber als Will erst einmal angefangen hatte, ihn ernsthaft zu massieren, hatten seine kräftigen, kundigen Berührungen Jack gelöst zurückgelassen. Sein Körper hatte sich vollkommen entspannt und, von seiner anhaltenden Wachsamkeit abgesehen, auch wenn er nicht länger wusste, wovor er sich selbst beschützte.

Was wäre passiert, wenn er sich, anstatt einzuschlafen, unter Will herumgedreht und ihn in seine Arme gezogen hätte? Jack schüttelte den Kopf. So prickelnd die Vorstellung auch war, er wusste, dass er für eine so kühne Handlung noch nicht bereit war. Außerdem war er nicht ganz sicher, wie Will auf einen derartigen Vorstoß von seiner Seite aus reagieren würde.

Hastig nahm er seine Hand aus seinem Schritt, als Will das Schlafzimmer betrat. Die untere Hälfte seines Körpers war in ein Handtuch gewickelt. Jack rutschte auf dem Stuhl herum und schlug die Beine übereinander, um seine Erektion zu verstecken.

Wills Haare waren nass, seine Haut glühte. »Hey, du bist wach. Du hast so tief geschlafen, da wollte ich dich nicht stören.«

Jack musterte Wills Gesicht und suchte nach Anzeichen, dass er bemerkt hatte, dass Jack im Bad gewesen war, aber sein Gesichtsausdruck war offen und vollkommen arglos. Unendlich erleichtert erkannte Jack, dass er ungesehen davongekommen war.

Will kam auf ihn zu und eine verrückte Sekunde lang dachte Jack, er würde sich über ihn beugen und ihn küssen. Er verspannte sich, unsicher, wie er reagieren sollte.

Aber Will lehnte sich einfach nur herüber und griff nach der Lampe, die neben dem Stuhl stand, auf dem Jack saß. Er schaltete sie ein, ohne Jacks plötzliches Erröten zu bemerken.

»Es wird dunkel hier drinnen. Die Sonne geht bald unter. Keine Ahnung, wie es dir geht, aber ich bin am Verhungern. Hast du noch ein bisschen Zeit? Willst du irgendwo hingehen und was essen?«

Bei der Erwähnung von Essen grummelte Jacks Magen. Er hatte keine Ahnung, ob er für mehr mit Will bereit war oder nicht, aber er wollte definitiv noch *Zeit haben*. Gemeinsam etwas zu essen, wäre eine gute Möglichkeit, um sich wieder in seiner Wohlfühlzone einzufinden.

»Das wäre großartig. Hast du was Bestimmtes im Sinn?«

»Ja, habe ich. Hin und wieder gehe ich in dieses nette English Pub. Die haben gute Biersorten, dunkles Bier vom Fass und herzhaftes Essen. Es gibt auch Dart-Scheiben. Ich bin ein bisschen besser beim Dart als beim Pool.« Er lachte. »Vielleicht kann ich dich zu einem Spiel herausfordern.«

Jack grinste. »Hört sich nach einem perfekten Abend an. Bin ich passend angezogen?« Er sah an sich herunter und bemerkte, dass er so in Gedanken versunken gewesen war, dass er vergessen hatte, sein Hemd anzuziehen.

»Die Jeans sind okay. Willst du dir ein Hemd von mir leihen? Ich meine, natürlich kannst du dein Arbeitshemd tragen, aber falls du was anderes anziehen willst, habe ich einen ganzen Schrank voll. Such dir was aus.«

Er ging zum Kleiderschrank und schob die Türen auf, um mehrere Dutzend Hemden mit Knöpfen zu enthüllen. »Das hier würde dir gut stehen, glaube ich. Es hat einen lockereren Schnitt als die meisten meiner Hemden, also sollte es dir trotz breiterer Statur passen.« Er hielt ein weißes Hemd hoch.

Jack nahm es, überrascht, wie weich sich der Stoff zwischen seinen Fingern anfühlte. Er stand auf, um es anzuziehen. Will beobachtete ihn dabei, wie er die Knöpfe schloss, und machte Jack damit ganz befangen.

»Sieht es gut aus?«

»Sieht sogar großartig aus. Betont deine kräftige Brust und die Schultern. Von diesem Moment an gehört das Hemd dir. Sieht aus, als wäre es für dich geschneidert worden.«

»Oh, ich kann doch nicht dein Hemd –«, setzte Jack an, gleichzeitig verlegen und erfreut über Wills Anerkennung.

»Nimm es ruhig. Wie du siehst, habe ich mehr, als ich brauche. Und speziell das da hat mir eh nie richtig gepasst. Ich würde mich freuen, wenn du es nimmst. Dann denkst du immer an mich, wenn du es trägst.«

Sekundenlang standen sie einfach nur da und lächelten sich an. Dann erkannte Jack plötzlich, dass Will in seinem Handtuch vermutlich darauf wartete, sich anzuziehen.

»Ich muss mir mal die Beine vertreten. Ich bin unten.« Mit ein paar langen Schritten erreichte er die Tür.

***

Will schlüpfte in schwarze, knappe Unterwäsche aus Seide und schwarze Jeans. Dann entschied er sich für ein schwarzes Seidenhemd als Kontrast zu Jacks weißem. Er hatte keine Witze gemacht, als er gesagt hatte, dass es aussah, als wäre es für ihn geschneidert worden. Ein Körper wie Jacks sollte nicht versteckt werden.

Will sammelte Jacks abgetragenes Jeans-Arbeitshemd auf und studierte das Etikett. Es war mehrere Nummern zu groß, sogar für Jack. Obwohl er es nur ungern zugab, aber das Klischee, dass Heten nicht wussten, wie man sich vernünftig anzog, entsprach nur allzu oft der Wahrheit.

Jacks Jeans saßen genauso locker. Er würde fantastisch aussehen, wenn diese muskulösen Oberschenkel in gut sitzenden, schwarzen Jeans steckten oder – noch besser – in Leder. Will lachte über sich selbst, da er bezweifelte, Jack jemals in Lederklamotten zu bekommen.

Ein Schritt nach dem anderen, sagte er sich grinsend. *Ein Schritt nach dem anderen.*

Er hob Jacks Hemd an sein Gesicht und sog tief die Luft ein. Jacks männlicher Geruch haftete dem Kleidungsstück an. Es roch nach Schweiß, aber auch holzig und frisch, ein bisschen nach Aftershave. Er faltete das Hemd zusammen und legte es sorgsam auf dem Bett ab, ehe er ins Bad zurückkehrte, um sich fertig zu machen.

Die Dinge hatten sich bereits so weit entwickelt, wie er es sich noch vor ein paar Tagen nicht einmal erträumt hätte. Wie heftig es ihn angemacht hatte, als ihm aufgefallen war, dass Jack wie angewurzelt in der Badezimmertür gestanden und Will dabei beobachtet hatte, wie er sich selbst berührte...

Er hatte versucht, die Show in die Länge zu ziehen, als er bemerkt hatte, dass er einen Zuschauer hatte. Aber das Wissen, dass Jack ihn beobachtete, hatte ihn so erregt, dass er sich nicht lange hatte zurückhalten können.

Während des Abtrocknens hatte er beschlossen, dass er Jack nicht wissen lassen würde, dass er ihn beim Spannen erwischt hatte. Auch wenn er Jack erst so kurz kannte, vermutete er, dass es ihm zu peinlich gewesen wäre, das zuzugeben. Obwohl er vor Neugier beinahe umkam, ob seine kleine Show Jack erregt hatte oder ob er einfach nur neugierig gewesen war, wusste er, dass jetzt nicht die Zeit war, um dem weiter auf den Grund zu gehen.

Stattdessen würden sie ins Pub gehen und ganz nett, unkompliziert und unbedrohlich Zeit miteinander verbringen. Vielleicht würde er Jack anschließend zu sich nach Hause einladen, vielleicht auch nicht. Jack würde es ihn wissen lassen, auf die eine oder andere Art, das Richtige zu tun. Ein Schritt nach dem anderen...

***

Über heißen, knusprigen Fish 'n' Chips und Gläsern mit *Guinness Stout* unterhielten sich Will und Jack über ihre Arbeit, Filme, die sie gesehen hatten, Politik, den Aktienmarkt und die Benzinpreise, eigentlich über alles, außer über das, was direkt unter der Oberfläche schwelte – zumindest nach Jacks Empfinden.

Noch immer sah er das Bild von Will vor seinem geistigen Auge: nackt, von Wasserdampf umgeben, den Kopf zurückgelegt, seinen Penis in der Hand… Wieder bettelte sein Schwanz um Aufmerksamkeit. Jack grinste in sich hinein, als ihm der Gedanke kam, dass er seit seiner Teenagerzeit nicht mehr so viele Erektionen gehabt hatte, wenn der kleinste Reiz das Blut geballt in seinen Unterleib schickte.

Es war schwer, Will zu folgen – was auch immer er gerade erzählte. Jack nahm einen tiefen Atemzug und ließ ihn langsam wieder entweichen. Er zwang sich dazu, sich zu beruhigen und aufmerksamer zu sein. In ein paar Minuten würde er aufstehen und Dart spielen müssen und das Letzte, was er da gebrauchen konnte, war eine verräterische Erektion, die seine Hose ausbeulte.

Will plauderte weiter. Seine Themen entbehrten absolut jeden Anzeichens sexueller Anspannung, die bei ihm zu Hause zwischen ihnen aufgekommen war. Ein Teil von ihm war über die Atempause erleichtert, aber gleichzeitig war er auch verstimmt. War dieser atemberaubende Kuss keine große Sache für Will gewesen? Küsste und massierte er jeden Kerl, den er bei sich im Haus hatte? Hatte Jack die ganze Angelegenheit vollkommen falsch interpretiert?

Das war alles so neu, dieses Gefühl, außerhalb seines Erfahrungshorizonts zu sein. Jacks Leben war immer so vorhersehbar gewesen, so leicht, so… langweilig. Er hatte ein Leben damit verbracht, auf der sicheren Seite unterwegs zu sein. Er hatte keine Haken geschlagen. Er tat, was erwartet wurde. Er hatte Emma geheiratet, als man ihm gesagt hatte, dass es das Anständigste wäre. Er hatte das College auf Eis gelegt, weil ein Vater seine Kinder unterstützte.

Er hatte nie das berüchtigte Feuerwerk mit Emma erlebt, obwohl sie eine liebenswerte Frau gewesen war. Zum Teil hatte das an ihrer Zurückhaltung, fast schon Widerstand im Bezug auf Sex gelegen.

Anfangs hatte er versucht, Emma davon zu überzeugen, dass ihr nackter Körper wunderschön war, aber das hatte er bald aufgegeben. Ihr Körper hatte Emma beschämt, nicht weil er hässlich gewesen wäre – absolut nicht –, sondern weil sie in dem Glauben aufgewachsen war, dass der menschliche Körper sündig war und versteckt werden sollte. Sex war etwas gewesen, das heimlich hatte vonstatten gehen müssen, immer im Dunklen und vielleicht zu seinem Vergnügen, aber nicht zu ihrem.

Der Kurs war in ihrer ersten Nacht eingeschlagen worden, als sie noch im Abschlussjahrgang der Highschool gewesen waren und sie sich ihm hingegeben hatte. Wie er später erkannte, hatte sie Sex als Mittel benutzt, um ihn zu kontrollieren, für sich zu gewinnen und ihn zu halten.

Da war keine Leidenschaft gewesen, nur zusammengekniffene Augen und geballte Fäuste, während sie ihn gedrängt hatte, sich zu beeilen und zum Ende zu kommen. Jung, geil, dumm und noch immer auf der Flucht vor den Gefühlen, die Luke in ihm aufgewühlt hatte, hatte er irrtümlicherweise angenommen, dass sie nur Angst hatte, weil das ihr erstes Mal gewesen war. Er hatte ebenfalls Angst gehabt, aber er war zu erregt gewesen, um sich darum zu kümmern.

Sie war eine pflichtbewusste Ehefrau gewesen und hatte ihm erlaubt, während ihrer Ehe ein- oder zweimal die Woche Sex mit ihr zu haben, mit Ausnahme der Zeit während und direkt nach ihrer Schwangerschaft. Soweit er wusste, hatte sie niemals einen Orgasmus gehabt.

»Ist schon okay«, hatte sie ihm stets versichert. »Ich brauche das nicht. Das hier ist für dich. Halt mich einfach fest. Das ist alles, was ich will.«

Anfangs hatte er ihr nicht geglaubt. Während ihres ersten Ehejahres war er überzeugt gewesen, dass er sie ändern konnte. Er würde derjenige sein, der ihr dabei helfen würde, diese idiotischen, fehlgeleiteten Ansichten niederzustrecken, die ihre Gedanken verzerrten und verhinderten, dass sie körperliche Befriedigung erfuhr. Wenn er sie nur dazu bringen könnte, sich genug zu entspannen, würde er ihr zeigen, was sie verpasste. Sie würde dankbar sein und seine persönliche Sexgöttin werden.

Sie hatte ihm hart seitlich gegen den Kopf geschlagen, als er das erste – und einzige – Mal versucht hatte, sie zu lecken.

»Das ist ekelhaft! Es ist schmutzig!«, hatte sie ihn angeschrien, das Gesicht rot vor Scham und Wut. »Geh weg von mir. Wage es nicht, das noch einmal zu tun, Jack Crawford.«

Sie hatte auch nie seinen Schwanz mit den Händen berührt und ganz bestimmt nie mit ihrem Mund. Immerhin schien sie Gefallen an der Missionarsstellung zu finden, die sie zur Genüge eingenommen hatten. Sie hatte geseufzt, ihm zugemurmelt, dass sie ihn liebte, und sich unter ihm gewunden, um ihm schneller zum Orgasmus zu verhelfen, aber zwischen ihnen hatte sehr wenig Leidenschaft existiert.

Zunächst hatte er es auf die Schwangerschaft geschoben, die der Ehe vorausgegangen war. Sie hatten nie die Gelegenheit gehabt, sorglos zu sein. Danach hatte er es auf die Anforderungen an eine junge Mutterschaft geschoben, dann auf die vergangene Zeit, in der sie sich mit ihm gelangweilt hatte. Nach einer Weile hatte er das Thema komplett aus seinem Kopf gestrichen. Es war, wie es war, und in jeder anderen Hinsicht war sie eine wundervolle Ehefrau gewesen.

Während er Will beobachtete, der lächelte und angeregt gestikulierte, kam Jack die Erkenntnis, dass der Mangel an Leidenschaft in ihrer Ehe nicht komplett Emmas Schuld gewesen war. Vielleicht war er genauso mechanisch und vorhersehbar gewesen wie sie, indem er ihren Körper als Ventil für seine Lust benutzt hatte, ohne sich Gedanken über seine eigene Mitschuld zu machen.

Vielleicht war er es ihm nicht bestimmt, mit einer Frau zusammen zu sein.

Dieser Gedanke war für den Augenblick viel zu gefährlich und er schob ihn mit einem körperlichen Schulterzucken ablehnend beiseite. Wenn er nun allerdings zurückdachte, hatte er nie einen so überwältigenden Orgasmus mit Emma erlebt, wie er ihn in dieser einen Nacht mit Luke gehabt hatte.

Konnte es sein, dass er sein Leben damit verschwendet hatte, das *falsche* Leben zu führen?

Du bist genauso verklemmt und festgefahren wie all die anderen Arschlöcher.

Hatte Luke recht gehabt? Jack hatte das die ganze Zeit vehement bestritten. Andererseits bedeutete, verklemmt und festgefahren zu sein, sich nicht einzugestehen, wer man wirklich war. Man versteckte sich vor sich selbst – vor der eigenen Natur.

Er hatte die Fassade jahrelang aufrechterhalten – ein Leben lang. Aber jetzt, nach einem einzigen Kuss, sah Jack das Gebilde von dem, was er dachte, zu sein, in sich zusammenstürzen.

»Du hörst mir kein bisschen zu, oder?«, beschuldigte Will ihn, aber er lächelte dabei und seine grünen Augen funkelten.

»Was? Doch, tue ich. Du hast davon gesprochen, wie sich der Aktienmarkt auf die Benzinpreise auswirkt – oder war es andersherum…?« Jack grinste und zuckte ergeben die Schultern.

»Das war vor zwanzig Minuten.« Will lachte. Er stand auf und schob seinen Stuhl zurück. »Wie wäre es mit einer Runde Dart? Der Verlierer zahlt dem Sieger eine weitere Runde *Guinness*.«

»Abgemacht, auch wenn ich besser auf Cola umsteige.«

Beim Dart-Spielen lagen sie im Vergleich zu Pool fast gleich auf. Jeder von ihnen gewann ein Spiel, dann durchbrach Will in der neunten Runde des dritten Spiels die Serie. Mit frischen Getränken kehrten sie an ihren Tisch zurück. Jack fühlte sich wesentlich entspannter. Die körperliche Aktivität des Spiels hatte möglicherweise etwas von der anhaltenden sexuellen Energie umgewandelt.

Schließlich wagte Jack es, das Gespräch auf das zu lenken, was zwischen ihnen passiert war.

»Dieser Kuss…«, setzte er an. Er fühlte seine Wangen warm werden und hoffte, dass der Raum zu dämmerig war, als dass Will es hätte erkennen können.

… war atemberaubend. War der unglaublichste Kuss, den ich jemals bekommen habe.

… war das erste Mal, dass ich einen Mann geküsst habe…

Nein. Er würde nicht lügen. Tatsächlich war das vielleicht sogar der Schlüssel. Wenn er sich Will anvertraute, wenn er jemandem erzählte, was vor über zwanzig Jahren geschehen war, könnte er es vielleicht besser verstehen. Es verarbeiten und sehen, wie oder ob es überhaupt etwas mit seinen jetzigen Reaktionen und Wünschen zu tun hatte.

»Dieser Kuss«, wiederholte Will sanft, sein Gesichtsausdruck zärtlich, aber aufmunternd.

»Das… das war nicht mein erster.«

Will neigte fragend den Kopf. »Na ja, das habe ich auch nicht gedacht. Ich meine, du warst verheiratet und so.«

»Nein, nein«, sagte Jack fahrig. Als er das Lächeln bemerkte, das sich auf Wills Lippen ausbreitete, wurde ihm bewusst, dass er es absichtlich falsch aufgefasst hatte. Will zog ihn auf. Wie konnte er so unbeschwert mit etwas so Gewaltigem umgehen?

Oder vielleicht war es gar nicht so gewaltig? Es war nur ein Kuss gewesen. Jack machte aus einer Mücke einen Elefanten – oder nicht?

»Einen Mann«, sagte er schließlich. »Ich habe einmal einen Mann geküsst. Vor langer Zeit. Wir waren beste Freunde. Sein Name war Luke. Wir waren noch Kinder, gerade mal achtzehn.« Er hielt die Luft an, während er Wills Reaktion abwartete.

Will nickte, obwohl ihn die Offenbarung nicht zu überraschen schien, im Gegenteil. »Okay. Viele Leute experimentieren rum. Das ist absolut normal. Das bedeutet nicht, dass du schwul bist.«

»Wir haben mehr gemacht, als uns nur zu küssen.« Jack wusste, dass sein Gesicht inzwischen feuerrot war, aber er war entschlossen, Will die Wichtigkeit seines Geständnisses aufzuzeigen. »Zumindest… zumindest hat er mehr gemacht. Mit mir.« Er verbarg sein Gesicht hinter seiner Cola, als er das Glas leerte.

Will sah erheblich interessierter aus. »Im Ernst? Aber dann hast du geheiratet…«

»Ja. In der nächsten Nacht haben meine Freundin und ich es durchgezogen. Sie wurde schwanger. Wir haben geheiratet. Ende der Geschichte.«

»Wow. Und dieser Kerl –«

»Luke.«

»Luke. Was war mit ihm?«

»Er hat die Stadt verlassen. Ist verschwunden. Seit wir zwölf waren, war er mein bester Freund, aber danach habe ich ihn nie mehr gesehen.«

»Also war es nur dieses eine Mal.«

»Genau.« Jack wartete, während Will das Gesagte verarbeitete. Nach einem Augenblick lächelte er. »Schon okay. Das macht dich immer noch nicht schwul.«

Jack stellte sein Glas etwas zu heftig auf dem Tisch ab. Ihm wurde klar, dass er gewollt hatte, dass Will bestätigte, dass er schwul war. Oder wenn schon nicht das, dann wenigstens neugierig. Oder dass er bisexuelle Tendenzen zeigte. Die Worte sprudelten weiter aus ihm hervor, als er Dinge sagte, die er jahrelang nicht einmal zu sich selbst zu sagen gewagt hatte.

»Es hat mir gefallen. Verstehst du? Ich war so erregt. Seitdem habe ich so was Intensives nie wieder erlebt. Nie. Nicht bis« – seine Stimme wurde zu einem Flüstern – »heute.«

Mehrere Herzschläge lang schwieg Will. »Ich weiß nicht, was ich sagen soll.«

»War es... war es für dich auch etwas Besonderes? Ich meine, mache ich hier einfach eine große Sache wegen nichts?« Jack hörte den Anflug von Verzweiflung in seiner Stimme.

Er unterbrach sich, schluckte und räusperte sich. Er war ein erwachsener Mann. Er konnte ehrlich sein. Vielleicht zum ersten Mal in seinem Leben konnte er absolut aufrichtig zu jemandem sein, ganz egal, wie beängstigend sich das anfühlte.

»Ich muss gestehen, Will, ich habe keine Ahnung, was ich hier gerade mache. Ich kenne den nächsten Schritt nicht. Ich weiß nicht, was du in mir siehst, falls du überhaupt etwas in mir siehst, das über eine kleine Abwechslung hinausgeht. Das übersteigt meinen Erfahrungshorizont bei Weitem. Das solltest du wissen. Ich kenne die Regeln nicht. Ich weiß nicht, wie man das hier spielt.«

Jack wusste, dass er hoffnungslos naiv klang, aber andererseits war er das auch, oder nicht? Dieser Kuss und wie Will ihn anschließend berührt hatte. Die Hände, die seinen Rücken gestreichelt, seine Muskeln gelockert und ihn in den Schlaf massiert hatten, nur damit er anschließend aufwachte und den sexy nackten Mann dabei beobachtete, wie er sich selbst Vergnügen bereitete...

Jack fühlte sich ruhelos, verängstigt, aufgeregt, beinahe schüchtern und doch zur selben Zeit ausgesprochen energiegeladen von der Erkenntnis, dass sein Leben gerade vor Möglichkeiten explodierte, die er sich bis jetzt nie erträumt hatte.

Will taxierte ihn. Sein Blick war intensiv, beinahe grimmig. »Das ist kein Spiel, Jack. Es gibt keine Regeln. Ich weiß, das alles ist sehr neu für dich. Ich würde gerne mehr über dich und Luke hören. Ich möchte besser verstehen, was du fühlst, was du erwartest. Was das zwischen uns auch immer ist, ich möchte, dass wir uns Zeit lassen. Wenn du dich dann besser fühlst: Das alles ist auch neu für mich.«

»Was? Aber du –«

Will hob eine Hand und Jack presste die Lippen zusammen und wartete. »Ich meine die Gefühle. Klar, ich bin schon mit Männern zusammen gewesen. Mit vielen Männern, worauf ich nicht unbedingt stolz bin. Was ich sagen will, ist, dass ich noch nie verliebt war.« Jetzt war Will an der Reihe, zu erröten, was zum Ergebnis hatte, dass Jack ruhiger wurde. »Nicht, dass ich sagen will, dass wir ineinander verliebt sind«, verbesserte sich Will hastig.

»Nein, nein, natürlich nicht«, stimmte Jack zu.

»Ich schätze, was ich meine, ist das Gefühlslevel, diese tiefe Verbundenheit… das hab ich zuvor noch nicht erlebt. Ich bin Jungfrau, wenn du so willst« – er grinste, sein Gesichtsausdruck war mit einem Mal schelmisch – »wenn es um Liebe geht.«

Das Lächeln verschwand von seinen Lippen, als er plötzlich in traurigem Tonfall sagte: »Ich hatte noch nie eine richtige Beziehung, mit niemandem. Bis jetzt hat mich das nie gestört. Ich glaube, irgendwie hat mich das auf eine verdrehte Art und Weise stolz gemacht. Schätze, damit habe ich mich in Sicherheit gewiegt. Das klingt so klischeehaft, aber wenn man sich nicht verliebt, muss man sich auch nicht entlieben. Wenn man sich emotional auf nichts einlässt, kann man auch nicht verletzt werden.

Und für mich hat das super funktioniert, wenn man chronische Einsamkeit, die sich als ungebundene Freiheit tarnt, nicht dazuzählt. Wenn man nicht dazuzählt, neben jemandem aufzuwachen, an dessen Namen man sich kaum erinnern kann, oder – schlimmer – ihn zu ficken und noch währenddessen zu wissen, dass man ihn nicht wiedersehen will.

Man sagt ja, dass Timing alles ist. Vielleicht stimmt das. Ich bin dreißig geworden und habe erkannt, dass mein Leben ein Haufen Scheiße ist. Ich habe Geld und eine Karriere, die mein Leben vollständig auffrisst. Abgesehen von den Stunden, die ich mit bedeutungslosem Sex mit praktisch Fremden verbringe oder mit Männern, von denen ich weiß, dass ich sie niemals lieben könnte. Ich habe das alles hinter mir gelassen in dem Versuch, etwas Frieden zu finden, und Zack! – Auftritt Jack Crawford.«

»Ein Kerl, der vierzehn Jahre älter ist als du und der nicht die geringste Ahnung hat, was er hier eigentlich macht«, warf Jack mit einem reuevollen Grinsen ein.

»Na und? Darauf will ich ja hinaus, glaube ich. Ich habe auch keine Ahnung. Um es mit deinen Worten auszudrücken: Das übersteigt auch komplett meinen Erfahrungshorizont. Unbekannte Gewässer. Für dich körperlich gesehen, für mich emotional.«

Jack grübelte über Wills Worte nach. Es war ihm ganz ehrlich nicht in den Sinn gekommen, dass Will auch nur ein Fitzelchen der Angst verspürte, die er in den vergangenen paar Tagen verspürt hatte. Obwohl er immer noch nicht wusste, was er tun, wie er reagieren sollte oder was ihnen beiden noch bevorstand, war es einfacher, dem entgegenzusehen, nachdem er nun wusste, dass Will in gewisser Weise ebensolche Angst hatte wie er.

Er wollte über den Tisch greifen und seine Hand in einer Trost spendenden Geste auf Wills legen, aber Jahre der Konditionierung hielten ihn an einem öffentlichen Ort wie diesem davon ab. Stattdessen tätschelte er Wills Arm.

»Offenbar stolpern wir also gemeinsam da durch«, sagte er.

»Okay. Aber, Jack, du musst mir etwas versprechen.« Wills Gesichtsausdruck war ernst.

Jack lehnte sich vor, sein Lächeln verblasste. »Ja, natürlich. Was denn?«

»Sei zärtlich zu mir. Ich bin Jungfrau.« Noch einen Moment lang behielt Will den ernsten Gesichtsausdruck bei, aber dann zog ein Lächeln seine Mundwinkel nach oben und er brach in schadenfrohes Gelächter aus. Jack gab Wills Hinterkopf einen Klaps.

Trotzdem musste er ebenfalls lachen. Ihm wurde leicht ums Herz, wie er es seit vielen Jahren nicht mehr gespürt hatte. »Lass uns von hier verschwinden.«

Kapitel 9

»Das ist solides Messing. Wenn du es aufpolierst, hast du hier eine echte Schönheit.« Jack strich über die Seite des abgenutzten, alten Teleskops, das Will vom Dachboden geholt hatte. Sie standen draußen auf der hinteren Terrasse. Das Teleskop war auf ein Stativ montiert, die Linse auf den Himmel ausgerichtet.

Will beobachtete Jack, der an den Knöpfen herumdrehte, nachdem er sein Gesicht nahe an das Okular herangebracht hatte. Es war die perfekte Nacht, um Sterne zu deuten, klar und warm und ohne Mond, der noch nicht aufgegangen war.

Aber Will hatte nur Augen für Jack. Obwohl er wusste, dass er nicht zu viel in Jacks Worte hineininterpretieren sollte – immerhin waren sie darin übereingekommen, es langsam angehen zu lassen –, hatte Wills Körper mit antrainiertem Verlangen reagiert, als Jack gesagt hatte: »Lass uns von hier verschwinden.«

In seinem Wortschatz und nach seiner Erfahrung war das der Code für: »Lass uns irgendwo hingehen und ficken.« Will, der nicht daran gewöhnt war, seine körperlichen Bedürfnisse anderweitig umzulenken, zwang sich dazu, die Erektion, die sich wie ein Eisenstab gegen seinen Reißverschluss drückte, zu ignorieren. Er hatte versprochen, das hier nach Jacks Bedingungen, nach seinem Tempo durchzuziehen, und das hatte er auch so gemeint.

In der Vergangenheit war Will bereits mit ein paar Kerlen zusammen gewesen, die nur neugierig auf das gleiche Geschlecht gewesen waren. Allerdings hatte er dabei in den meisten Fällen herausgefunden, dass ihre Neugier eher so etwas wie unkontrollierte, ungezügelte Lust war. Nach den ersten zögerlichen, peinlichen Minuten waren sie genauso unersättlich und begierig darauf gewesen, in seine Hose zu kommen, wie jeder offen schwule Mann, mit dem er ins Bett gegangen war.

Aber er wusste, dass es mit Jack anders war. Sein verlegenes Geständnis, schon mal einen Mann geküsst zu haben, war gleichzeitig liebenswert und erregend gewesen. Es war schon so lange her, dass Will mit jemandem zusammen gewesen war, der nicht die Absicht hegte, ihn so schnell wie möglich zu ficken, dass er kaum wusste, wie er sich verhalten sollte.

»Sieh dir das mal an.« Jack trat von dem Teleskop zurück. »Schau einfach hier durch, verändere nicht die Position. Ich hab's genau im Fokus.«

Als Will wie geheißen näher trat, stellte sich Jack direkt hinter ihn. Es kostete Will jedes Fitzelchen Willenskraft, sich nicht nach hinten gegen ihn zu lehnen.

»Das ist der Mars. Großartig, oder? Er hat sogar einen roten Schimmer um sich.«

Will linste durch das Okular und konzentrierte sich auf den blassen, pinken Punkt, der durch die Linse erkennbar war.

»Siehst du ihn?«, fragte Jack aufgeregt.

»Ja, das ist umwerfend«, sagte Will und versuchte, Begeisterung in seine Stimme zu legen, um Jacks zu imitieren. Jack fing an, etwas über Polarkappen und die Atmosphäre des Mars zu erzählen. Will trat von dem Teleskop zurück und sagte ehrlich: »Du weißt wirklich eine Menge über Astronomie.«

»Ich?« Jack sah verlegen aus. »Nicht wirklich. Ich habe nur ein bisschen was darüber gelesen. Ich hatte diese Astronomiekarten, als ich noch ein Kind war. Meine ganzen Wände und die Decke meines Schlafzimmers waren damit tapeziert. Mein Großvater war sehr vernarrt in das alles. Wahrscheinlich hat er mein Interesse geweckt. Ist aber nur ein Hobby.«

»Na ja, dieses alte Teleskop stand jahrelang nur rum. Es wäre mir eine Ehre, wenn du es haben willst.«

»Oh, das kann ich nicht annehmen. Das ist eine echte Antiquität. Siehst du das hier?« Er deutete auf ein paar Wörter, die verschlungen ins Messing eingraviert waren. »Das ist ein *Dollond*, wahrscheinlich aus dem frühen neunzehnten Jahrhundert. Das da am Zylinder ist Mahagoni. Das Messing muss nur mal ein bisschen aufpoliert werden. Die Linsen sind in einem hervorragenden Zustand. Das ist definitiv einiges wert.«

»Es ist etwas wert, wenn du es benutzt. Ich habe nicht die leiseste Ahnung davon. Ich wäre froh, das Teleskop jemandem überlassen zu können, der es zu schätzen weiß.«

»Wie wäre es damit: Ich akzeptiere, lasse es aber hier stehen. So habe ich eine Entschuldigung, um herzukommen, wann immer ich möchte.«

Will lachte. »Du brauchst keine Entschuldigung, aber gut. Abgemacht.« Er wollte nach drinnen gehen, Jack nach oben in sein Schlafzimmer bringen und ihn irgendwie aus den Klamotten bekommen. Aber wie sollte er das anstellen, ohne zu aufdringlich zu sein?

Er stürzte sich auf den ersten Gedanken, der ihm durch den Kopf geisterte, und sagte: »Du hast mal ein paar Ideen bezüglich meines Masterbadezimmers erwähnt. Sollen wir uns das mal anschauen? Ich habe über diese Dusche nachgedacht, die du vorgeschlagen hast.«

»Na klar.« Jack schluckte den Köder. »Wir können das Teleskop so hier stehen lassen und uns später den Mond anschauen.« Er tätschelte das Teleskop wie den Kopf eines braven Hundes.

Er folgte Will ins Haus, durch die Küche und das Wohnzimmer bis zu der gewundenen Treppe. Jack drehte sich um und sah sich beeindruckt im Zimmer um. »Das ist ein tolles, altes Haus. Hier gibt es eine Menge Potential.«

»Ja.« Will lachte. »Potential. Ist mir noch gar nicht aufgefallen.«

»Hey, die Küche ist fertig – das ist ein guter Anfang. Der Kamin da könnte etwas Restaurierung vertragen. Sieht aus, als hätte jemand eine unechte Marmorverkleidung über eine bestehende angebracht. Wer weiß, was für ein Originalhandwerk darunter liegt? Denk doch nur daran, was wir unter dieser abscheulichen abgehangenen Decke gefunden habe.«

»Ja«, sagte Will und fragte sich insgeheim, ob es ein Fehler gewesen war, vorzuschlagen, dass sie sich das Badezimmer ansehen sollten. Jack schien in den Geschäftsmodus gewechselt zu haben. Seine Gedanken waren auf mögliche Renovierungsarbeiten gerichtet statt auf seine wiederentdeckte Neugier. Er würde Jack wieder darauf zustoßen müssen, dachte er mit einem ironischen Grinsen.

Als sie im Badezimmer standen, schien Jack seinen gedanklichen Faden zu verlieren. Sein Geplauder über mögliche Designs für den Raum verstummte, als er die mit Glas umschlossene Dusche anstarrte. Will beobachtete, wie Röte in Jacks Wangen kroch, und wusste, dass ihm wieder einfiel, wovon er früher am Nachmittag Zeuge geworden war.

Will trat dicht hinter ihn. »Hat dir gefallen, was du gesehen hast?«, sagte er weich, seine Lippen dicht an Jacks Ohr.

Jack sog die Luft ein, sein Körper erstarrte. »Ich wollte nicht –«

»Hey, schon okay. Ich hätte die Tür schließen sollen. Vielleicht habe ich sie absichtlich offen gelassen. Vielleicht wollte ich, dass du reinkommst.«

»Hm, ich –« Jack wirbelte herum, aber was auch immer er sagen wollte, wurde von Will verhindert, indem er sich nach unten beugte und diese vollen, nachgiebigen Lippen küsste.

Jack begann, sich zurückzuziehen, aber Will hielt ihn davon ab, indem er sanft seinen Hinterkopf umfasste. Er rückte näher, sodass sich ihre Oberkörper berührten. Jacks Herz hämmerte direkt an seinem. Dann trat Will zurück und sah ihn an. Jacks Augen leuchteten, in ihnen kämpfte Angst mit Verlangen.

»Dein Tempo«, flüsterte Will, ehe er noch einen Schritt zurücktrat. »Legen wir uns aufs Bett. Ich massiere dich noch mal. Das wird dir dabei helfen, dich zu entspannen.« Er wandte sich um und ging ins Schlafzimmer, ohne sich noch einmal umzusehen, ob Jack ihm folgte. Wenn er zurückscheute, wenn er sagte, dass er jetzt gehen müsse, würde Will ihn gehen lassen. Instinktiv wusste er, dass zwischen ihnen alles zu Jacks Bedingungen passieren musste – oder gar nicht.

Als er auf sein Bett zuging, knöpfte er sein Hemd auf und ließ es von seinen Schultern rutschen. Er kickte sich die Schuhe von den Füßen und zog die Socken aus. Die Hose würde er erst später ausziehen – oder gar nicht, das hing von Jack ab. Er setzte sich aufs Bett und erlaubte sich erst dann, nachzuschauen, ob Jack ihm gefolgt war.

War er. Er stand am Fußende des Bettes. Sein Blick fixierte Wills, während er langsam das Hemd aufknöpfte, das Will ihm geschenkt hatte. Will beobachtete seine großen Hände, als ihm die kräftigen, rauen Finger auffielen.

Obwohl er aus persönlicher Erfahrung wusste, dass es nur ein weit verbreiteter Volksglaube war, dass die Größe der Hände auf die Größe des Penis schließen ließ, kam er nicht umhin, sich vorzustellen, dass Jacks Schwanz proportional zu seinen kräftigen Fingern dick und lang war.

Jack ließ das Hemd zu Boden fallen, wie Will es getan hatte. Zu Wills freudiger Überraschung machte Jack mit seinem Gürtel weiter, ehe er seine Jeans öffnete. Sein Blick war noch immer auf Wills Gesicht geheftet, während er die Hose über seine Schenkel und die Waden nach unten schob.

Er trug dunkelblaue Boxershorts aus Baumwolle. So locker, wie sie saßen, konnten sie die offensichtliche Erektion, die gegen den Stoff drückte, nur unzureichend verbergen. Will lief tatsächlich das Wasser im Mund zusammen und er musste schlucken, damit er nicht erstickte.

Will beantwortete Jacks unausgesprochene Einladung, indem er aufstand, seine eigene Jeans öffnete und sie ebenfalls auszog. Seine knappe, schwarze Unterhose tat wenig, um seine Erektion zu verbergen, sodass die Spitze unter dem Bund hervorlugte.

Jacks Blick wanderte in Wills Schritt. Falls das überhaupt möglich war, wurde Will unter Jacks intensivem, fast schon glühendem Blick noch härter. Erneut ließ sich Will auf der Bettkante nieder.

»Komm her.« Er klopfte neben sich auf die Matratze. Mehrere Herzschläge lang stand Jack wie erstarrt an Ort und Stelle. Will wartete und gebot sich, geduldig zu sein. Endlich bewegte sich Jack um das Bett herum und setzte sich unbeholfen auf die Kante.

»Komm hier rüber«, wiederholte Will. »Leg dich mit dem Gesicht nach unten auf den Bauch.«

Jack gehorchte und legte den Kopf auf seine gefalteten Arme ab, das Gesicht von Will abgewandt, genau wie Will erwartet hatte.

Er griff hinüber und streichelte Jacks kräftigen, nackten Rücken mit den Fingerspitzen. Jack erschauderte unter der Berührung, rührte sich ansonsten jedoch nicht. Nur sein beschleunigter Atem gab Hinweise darauf, wie er sich fühlte.

Will rutschte näher an ihn heran und nahm die andere Hand hinzu, mit der er sanft Jacks massige Schultern zu massieren begann. Seit dem Nachmittag hatten sich die Muskeln wieder zu unzähligen Knoten verkrampft.

»Hey, entspann dich. Ich bin's nur. Du kennst mich. Ich werde nichts tun, das du nicht willst. Okay?«

Jack antwortete nicht. Will änderte seine Position, indem er sich rittlings auf Jacks unterem Rücken niederließ, und beugte sich vor, um mit der Massage fortzufahren. Mehrere Minuten lang drückte und knetete er das nachgiebige Fleisch und bemerkte zufrieden, dass es sich unter seinen Fingern zu lockern begann. Er arbeitete sich weiter nach unten und bearbeitete Jacks Rücken Stück für Stück. Erfreut stellte er fest, dass Jack tiefer und langsamer atmete, während er sich zunehmend entspannte.

Will fuhr seine Seiten entlang und bewegte sich in Richtung von Jacks Hüften. Er arbeitete sich weiter abwärts, bis er auf Jacks Waden saß. Eine Weile konzentrierte er sich auf Jacks Schenkel, indem er die breiten, harten Muskeln massierte. Dann ließ Will seine Finger unter die losen Beine von Jacks Shorts schlüpfen, jederzeit bereit, beim kleinsten Widerstand oder Protest aufzuhören. Er ließ seine Hände höher gleiten und drückte die Handflächen sachte gegen Jacks nackte Hüften.

Wieder war Jack dazu übergegangen, schneller zu atmen, aber davon abgesehen bewegte er sich nicht. Mehrere Sekunden ließ Will seine Hände, wo sie waren, und wartete darauf, dass Jack sich wieder beruhigte. Immer noch unter dem dünnen Stoff der Boxershorts schob er die Hände vorsichtig über Jacks feste Pobacken. Jack erstarrte und sog scharf die Luft ein. Erneut hielt Will inne, bis Jack sich unter der Berührung entspannte.

Will hatte dieses Spiel bereits zuvor gespielt, allerdings schon seit mehreren Jahren nicht mehr. Nach seiner ersten Erfahrung mit Justin hatte er Bryan während seines ersten Jahres auf dem College kennengelernt. Bryan hatte sein Coming-out noch vor sich, aber er war auf einem guten Weg dahin. Eines Abends hatte er Will in sein Zimmer im Studentenwohnheim eingeladen, wo sie sich gegenseitig massiert hatten.

Will hatte die Sache harmlos angefangen, da er nicht sicher war, wie weit er bei Bryan gehen konnte. Denn obwohl er definitiv schwule Signale aussandte, sprach er oft von seiner Freundin, die er zu Hause zurückgelassen hatte. Allerdings hatte Bryan, als er an der Reihe gewesen war, genau das gleiche getan, was Will jetzt machte. In winzigen Schritten hatte er sich von einer verbotenen Zone von Wills Körper zur nächsten vorgearbeitet. Will hatte die stumme Verführung genossen.

Er fragte sich, ob Jack sie auch genoss oder ob er zu verängstigt war, um die Lust wahrzunehmen. Wills Hände lagen mit festem Druck auf seinem nackten Hintern und bis jetzt war er weder zurückgeschreckt, noch schreiend hochgefahren oder hatte versucht, Will zu schlagen, also mochte er vielleicht, was er hier tat. Würde es ihm auch gefallen, was als Nächstes passierte?

Langsam nahm Will eine Hand von Jacks Arsch und ließ die Finger unter seine Hüfte wandern, indem er die Flexibilität der Matratze ausnutzte, um da hinzukommen, wo er hinwollte. Er spürte die seidige Berührung von Jacks Schamhaar. Seine Finger streckten sich in Richtung des dicken, harten Schafts, der zwischen Jacks Körper und dem Bett eingezwängt war.

Während er versuchte, sein eigenes, stetig steigendes Verlangen zu kontrollieren, schloss Will die Finger um Jacks Penis. Er fühlte sich heiß an und gleichzeitig hart wie Stahl. Sekundenlang hielt er ihn einfach nur fest. Er konnte Jacks Puls in dem Schaft hämmern fühlen. Wie lange mochte es her sein, dass jemand – Mann oder Frau – Jack so intim berührt hatte?

Hatte er sich das eingebildet oder hatte Jack sich auf dem Bett bewegt, sodass sein Körper leicht angewinkelt war, damit Will leichter an seinen Schwanz kam? Ermutigt fuhr Will mit dem Daumen über die Spitze von Jacks Glied und fand dort die klebrigen Lusttropfen, nach denen er gesucht hatte. Er bewegte den Daumen wieder weg und an der seidigen Härte entlang, während er seine Finger neu positionierte. Da seine Hand unter Jack gefangen war, hatte er Schwierigkeiten, richtig zuzugreifen.

Es war offensichtlich, dass Jack das hier wollte. Sein Verlangen schien größer zu sein als seine Angst. Will versuchte sein Glück, beugte sich hinunter und flüsterte: »Dreh dich auf den Rücken. Lass die Augen geschlossen. Wenn du willst, dass ich aufhöre, sag es einfach. Denk dran, dein Tempo.«

Er ließ Jack los und rutschte von seinen Beinen, um sich neben ihn zu setzen. Jack rührte sich nicht. Dann rollte er sich auf den Rücken, einen Arm über sein Gesicht gelegt. Das erinnerte Will an Kleinkinder, die dachten, dass sie nicht gesehen werden konnten, wenn sie sich die Augen zuhielten. Er grinste in sich hinein.

In gewisser Weise war Jack ein Kleinkind, sexuell gesehen, aber wenn Will erst einmal loslegte, würde er in Windeseile erwachsen werden. Er sah nach unten in Jacks Schritt. Sein Schwanz beulte die Boxerhorts zu einem kleinen Zelt aus.

Will beugte sich über ihn und hob den elastischen Bund an, um Jacks Penis aus seinem Gefängnis aus Baumwolle zu befreien. Er schob die Boxershorts über Jacks Schenkel nach unten und warf sie aus dem Bett.

»Ah.« Er konnte nicht anders, als laut aufzuseufzen. Jacks Schwanz war genauso dick und lang, wie er es sich vorgestellt hatte, und erhob sich stolz aus einem Nest dunkler Haare. »Himmel, Jack, du hast einen geilen Körper.«

Jack antwortete nicht. Er hätte schlafen können, wenn da nicht das schnelle Heben und Senken seiner Brust und der steil aufragende Schaft gewesen wären. Will leckte über seine Handfläche, ehe er sie um Jacks Glied schloss. Er wollte ihn in den Mund nehmen – sich auf ihn hinabsenken –, aber er zwang sich, es langsam angehen zu lassen.

Vorsichtig bewegte er seine Hand an dem steifen Schwanz auf und ab. Seine andere Hand umschloss sanft die schweren, warmen Hoden darunter. Jack stöhnte. Wills Erektion hatte sich aus seiner knappen Unterhose gestohlen, sodass sie zur Hälfte gut zu erkennen war, dunkel vor Blut und pulsierend vor Lust. Beinahe konnte er den festen Griff von Jacks jungfräulichem Arsch darum spüren.

Er schloss die Augen und atmete tief ein. Im Augenblick galt seine Aufmerksamkeit Jacks Vergnügen. Vollkommen vergessend, es langsam angehen zu lassen, beugte er sich hinunter und schloss seine Lippen um Jacks Spitze. Sie schmeckte warm und herb, nach der ureigenen Essenz der Männlichkeit. Gierig senkte Will seinen Kopf, leckte an dem Schaft entlang und hörte nicht eher auf, bis die Spitze seinen Rachen berührte.

»Himmel! Oh mein Gott! Oh mein Gott...« Die Worte entkamen Jack in einem heiseren Schrei.

Will hielt inne und wartete darauf, dass Jack ihm sagte, dass er aufhören sollte. Stattdessen hob Jack seine Hüften leicht an, ein stiller Wink, weiterzumachen. Will grinste um Jacks Penis herum.

Mit all dem beachtlichen Geschick, das er besaß, begann Will, zu lecken und zu saugen. Mit seinen Händen massierte er Jacks Hoden, drückte sie hin und wieder zärtlich. Jack ächzte, sein Atem kam schnell und flach. In gemächlichen Kreisen leckte Will abwärts und dann wieder hoch, ehe er ihn ganz in sich aufnahm und nicht eher stoppte, bis seine Nase auf Jacks Schambein traf. Er verharrte in dieser Position, bis der Drang nach Luft ihn zum Rückzug zwang. Jack hatte wieder zu stöhnen begonnen, eine Aneinanderreihung heiserer, atemloser Schreie.

Nach einigen Minuten packte Jack Wills Haare mit beiden Händen und zog kräftig daran, während er wieder ein kryptisches Gebet gen Himmel sandte. »Oh Gott. Bitte... bitte... Gott...«

Jacks Hoden zogen sich in Wills Hand zusammen. In den Sekunden vor seinem Orgasmus erstarrte plötzlich sein ganzer Körper. Als Jack heftig kam, war Will darauf vorbereitet. Eifrig schluckte er und zog sich zurück, um auch jeden Tropfen von Jacks Schaft zu lecken.

Er legte den Kopf auf Jacks Hüfte und griff nach oben, um seine Brust zu berühren. Jacks Haut war glühend heiß und sein Herz hämmerte einen Moment lang so heftig, dass Will Angst hatte, er könnte einen Herzinfarkt bekommen.

»Schhh...«, flüsterte er, »schhh.« Er schob sich an Jack hoch, der noch immer einen Arm über sein Gesicht gelegt hatte. Seine Lippen waren geöffnet und er atmete schwer. »Jack. Alles okay? Du machst mir irgendwie Angst. Kannst du ein bisschen langsamer atmen?«

Jack nahm den Arm herunter und sah Will ins Gesicht. Seine Wagen waren gerötet, seine Haut schimmerte vor Schweiß und seine Augen blickten fiebrig.

»Mir geht's gut«, sagte er mit einem heiseren Flüstern. »Besser als gut.« Er richtete sich auf, sodass er sich gegen die Kissen und das Kopfteil lehnen konnte. Langsam legte er den Kopf von einer Seite zur anderen und stieß ein langes, tiefes Pfeifen aus. »Das war unglaublich. Das war das erste Mal für mich. Jetzt weiß ich, was daran so großartig ist.«

»Du meinst, das erste Mal, dass ein anderer Mann es dir gemacht hat? Ich dachte, du hast gesagt, dass du und dieser Kerl, Luke –«

»Nicht das. Das hat er nicht gemacht. Ich meine, was du gemacht hast... mit deinem Mund. Niemand hat das je bei mir gemacht.« Jack errötete und senkte den Blick, ehe er seine Hände schützend über sein erschlafftes Glied legte.

»Aber sicher hat Emma –«

»Nein.« Nachdrücklich schüttelte Jack den Kopf. »Sie nicht. Nie.«

Das verschlug Will die Sprache. Er versuchte, sich vorzustellen, wie es war, erst vierundvierzig Jahre alt werden zu müssen, bevor man seine erste Erfahrung mit Oralsex machte. Er konnte es nicht. »Wow. Das ist kein Witz.«

»Es war... unfassbar.«

»Ich hab noch einige davon zu verteilen.« Er lachte. »Und eine Menge anderer Sachen.«

Jacks Aufmerksamkeit richtete sich auf Wills immer noch steifen Penis, der zur Hälfte über den dünnen Rand schwarzer Seide emporragte. »Kann ich... ihn anfassen?«

Will war nicht ganz sicher, dass er ihn richtig verstanden hatte. »Ob du ihn anfassen kannst?«

Jack nickte. Will kam nicht umhin, den Gegensatz von Jacks bezauberndem Zögern und den Männern, mit denen er normalerweise schlief und die sich einfach nahmen, was sie wollten, ohne Fragen zu stellen, zu bemerken.

Will zog seine Unterhose aus und warf sie zur Seite. Er lehnte sich in die Kissen zurück, verschränkte die Arme hinter seinem Kopf und schloss die Augen, um es Jack leichter zu machen. Er spürte die federleichte Berührung von Jacks schwieligen Fingern auf seinem Bauch, dann eine zaghafte Hand, die sich um seinen Schwanz legte.

Jacks Finger waren kühl auf der Hitze von Wills Verlangen. Ermunternd drängte er sich der Berührung entgegen, aber Jack verharrte unbeweglich. Will öffnete die Augen und hob den Kopf ein wenig, um nachzusehen, was das Problem war. Wie hypnotisiert starrte Jack Wills Körper an, die Lippen geöffnet, seine Zungenspitze berührte seine Unterlippe.

»Bist du okay?«, fragte Will.

Jack schien aus einer Trance zu erwachen. »Was? Ja.« Er ließ Wills Schwanz los und wich zurück. »Es... es tut mir leid. Im Moment geht mir so viel im Kopf herum. Ich glaube, ich brauche etwas Zeit. Ich weiß nicht. Um das zu verarbeiten.«

Ah, dachte Will und versuchte, die Bitterkeit aus seinen Gedanken herauszuhalten. *Typisch Mann. Jetzt, nachdem er gekommen ist, nachdem er seinen Orgasmus hatte, kann er plötzlich wieder klar denken.*

Überdachte Jack jetzt alles noch mal? Bedauerte er die Hast, mit der er Will ins Bett gefolgt war? Wie praktisch, dass das alles passierte, nachdem Will ihm einen runtergeholt hatte.

Jack setzte zum Sprechen an und Will kämpfte darum, zuzuhören, ohne voreilige Schlüsse zu ziehen. »Bitte denk nicht, dass ich dich nicht attraktiv finde. Das tue ich. Ich bin nur... ich weiß nicht... ich muss das erst mal verarbeiten. In meinem Kopf dreht sich gerade alles. Für dich ist das hier wahrscheinlich nur ein Experiment. Mal schauen, wie weit du bei dem alten Kerl kommst –«

»Nein«, unterbrach Will ihn plötzlich verärgert. »Ich kann nicht glauben, dass du das gerade gesagt hast. Glaubst du, ich hab mir alles ausgedacht, was ich gesagt habe? Glaubst du wirklich, ich hätte all diese Dinge über Liebe gesagt, nur um einen schnellen Fick mit einer Jungfrau zu bekommen?«

»Nein, nein, ich schätze nicht. Bitte, es tut mir leid. Aus mir spricht nur die Unsicherheit. Du siehst so gut aus und bist so selbstbewusst. Ich kann mir nur einfach immer noch nicht vorstellen, was du in mir siehst.«

Besänftigt entgegnete Will: »Hey, sorry, dass ich dich so angegangen bin. Immerhin kennst du mich nicht gut. Du weißt nicht, dass ich sonst nie so gefühlsduselig bin und über Dinge wie Liebe und Gefühle rede. Ich habe heute nicht gelogen, als ich gesagt habe, dass das genauso meinen Erfahrungshorizont übersteigt wie deinen. Nur auf eine andere Art und Weise.«

»Vielleicht auch auf ähnliche Art und Weise.« Jack senkte den Blick. Seine Wangen färbten sich pink. »Was gerade passiert ist... das kann nicht nur körperlich sein. Ich meine, oder doch? Ich habe so was wie das eben noch nie zuvor erlebt, Will. Um ehrlich zu sein, manchmal habe ich mich gefragt, was Sex für eine große Sache sein soll. Warum die Leute, insbesondere die Männer, so versessen darauf sind, dass sie unglaublich dumme Dinge anstellen, um welchen zu bekommen.« Jack lehnte sich gegen die Kissen und blickte an die Decke.

»Zuerst der Kuss heute Nachmittag. Ich habe schon vorher geküsst. Ich wurde sogar schon mal von einem Mann geküsst. Aber als *wir* uns geküsst haben, war es anders. Als wäre er mit irgendwas Elektrischem aufgeladen. Nein, nicht mal elektrisch – irgendwas Kosmisches. Etwas, das über meine Vorstellung hinausgeht.

Und als du mich heute Nachmittag berührt hast, hat es sich natürlich gut angefühlt. Ich meine, jeder mag eine Massage, aber mein Penis war die ganze Zeit, die deine Hände mich berührt haben, steinhart. Und als ich dich in der Dusche gesehen habe...«

Aus dem Augenwinkel riskierte er einen Blick zu Will, der ihn anlächelte und ihm nickend zu verstehen gab, fortzufahren. »Na ja, als ich dich gesehen habe, so jung und kräftig, deinen Schwanz in der Hand, deinen Kopf zurückgelegt... Das war, als hätte ich bei einem Tanz zugeschaut. Der mit Abstand sinnlichste, erotischste Tanz, den ich je gesehen habe.

Und dann das gerade. Oh mein Gott. Dein Mund, als er mich berührt hat, ich dachte, ich würde explodieren. Ich habe mich gefühlt, als würde das Blut mit hundert Meilen pro Stunde durch meine Adern rasen. Es hat sich nicht nur gut angefühlt. Es hat sich *unglaublich gut* angefühlt. Als ob ich mein ganzes Leben lang darauf gewartet hätte, dass dein Mund mich so berührt, nur dass ich nicht mal gewusst habe, dass ich darauf warte. Mein ganzes Leben habe ich mit dem vagen Gefühl von Unbehagen verbracht, als ob ich mich in meiner eigenen Haut nicht ganz wohl fühlen würde. Plötzlich fühle ich mich nicht mehr so. Ich fühle mich...«

Er unterbrach sich und drehte Will den Kopf zu. Auf seinem Gesicht zeichnete sich Verwunderung ab. »Mir ist nach Singen zumute. Ich kann nicht mal einen einzigen Ton halten, aber mir ist nach Singen zumute. Danach, durch den Raum zu tanzen. Das Fenster aufzureißen und der Welt entgegenzubrüllen, dass mein Leben endlich angefangen hat.« Er atmete ein und wieder aus.

»Ich weiß, das macht keinen Sinn. Du musst mich für verrückt halten. Scheiße, ich glaube, ich bin verrückt. Ich hatte gehofft, wenn ich versuche, diese ganzen aberwitzigen Sachen laut auszusprechen, würde es Sinn ergeben. Tut es aber nicht.«

»Doch, tut es.« Will grinste so breit, dass seine Wangen schmerzten. »Es macht Sinn, jedenfalls für mich. Ich habe mich genauso gefühlt, als wir uns geküsst haben. Und genau wie du habe ich vorher auch schon Männer geküsst. Viele Männer.«

Er berührte Jacks Arm und lächelte beruhigend. »Jack, vielleicht machst du dir zu viele Gedanken. Es ist zum Teil auch meine Schuld. Ich habe versprochen, es langsam angehen zu lassen, und dann konnte ich meine Hände und meinen Mund nicht bei mir behalten. Ich liebe es, wie unfassbar empfindlich du bist. Es gibt noch so viel, das wir gemeinsam erforschen können. Mit dir zusammen zu sein, fühlt sich an, als wäre es auch für mich wieder das erste Mal, weil ich es in gewisser Hinsicht durch deine Sinne miterlebe. Jede Berührung, jedes Gefühl ist neu.«

Er zog Jack in seine Arme. Jack lehnte sich an ihn und verbarg das Gesicht an Wills Hals.

Noch immer pochte Wills Schwanz vor unerwiderter Lust, aber überrascht stellte er fest, dass er die Bedürfnisse eines anderen über seine eigenen stellen wollte. Er schob die Worte, die ihm vom Rand seines Bewusstseins aus zugeflüstert wurden, beiseite: *Weil du verliebt bist.*

»Kannst du über Nacht bleiben? Das wäre schön, wenn das geht. Vielleicht können wir morgen Früh da weitermachen, wo wir aufgehört haben.«

»Klingt gut. Nur dass ich nicht bis morgen warten will.«

Kapitel 10

Zum ersten Mal in dieser Nacht, tatsächlich sogar zum ersten Mal, seit er angefangen hatte, sexuelle Gefühle gegenüber Will zu entwickeln, hatte das unaufhörliche, panische Geplapper in seinem Kopf aufgehört – oder wenigstens hatte sich der permanente Singsang beruhigt: *Du bist mit einem Mann zusammen, du bist mit einem Mann zusammen, du könntest schwul sein, oh mein Gott, du bist mit einem Mann zusammen, du berührst einen Mann, du begehrst einen Mann, du könntest schwul sein, du bist schwul, oh mein Gott…*

Die Beklemmung war immer noch da, aber der Schrecken ließ nach und wurde von so etwas wie Verwunderung ersetzt. *Du bist mit einem* Mann *zusammen – mit Will.*

Trotz der Tatsache, dass er gerade erst gekommen war, wurde sein Schwanz hart, als er sich gegen Wills starken, nackten Körper lehnte. Sein Herz hämmerte noch immer in seiner Brust und es war schwer, wieder zu Atem zu kommen. Wills Erektion presste sich gegen seinen Oberschenkel.

Als sich Wills Lippen um seine Spitze geschlossen hatten, war Verlangen durch seinen Körper gerast und hatte ihn in eine verzehrende Hitze aus Empfindungen gesogen. Wie leicht Will ihn tief in seinen Mund gesaugt hatte, als wäre es die einfachste Sache der Welt.

Er hatte keine Ahnung, was er als Nächstes tun sollte. Erwartete Will, dass er ihm auch einen blies? Konnte er das? Wollte er das überhaupt?

Ja, das will ich, aber er wird mich wahrscheinlich auslachen. Ich habe nicht die leiseste Ahnung, was ich machen muss.

Die Vorstellung, Wills Penis zu berühren und in den Mund zu nehmen, stieß ihn nicht ab. Für einen Mann, der sein Leben lang gedacht hatte, durch und durch heterosexuell zu sein, war das eine seltsame Erkenntnis. Nein, es stieß ihn nicht ab, aber er hatte Angst.

Die letzten zwanzig Jahre hatte er mit einer sexuell verklemmten Frau verbracht. Anstatt dass er versucht hatte, ihr beim Wachsen und Gedeihen zu helfen, hatte er schlicht kapituliert und sich gezwungen, mit der wenigen Intimität zufrieden zu sein, die sie miteinander geteilt hatten.

Jetzt stand ihm die Welt weit offen. Der sexy Mann, der in diesem Augenblick seinen Hals küsste, erwartete zweifellos von ihm, dass er den Gefallen, den er gerade bekommen hatte, erwiderte. Anders als Emma war Will alles andere als sexuell verklemmt. Wahrscheinlich hatte er Dinge angestellt, und genauso waren Dinge mit ihm angestellt worden, die Jack bis jetzt noch nicht einmal in den Sinn gekommen waren. Wie seltsam es war, sich so jung und unbedarft zu fühlen, obwohl er vierzehn Jahre älter war als sein Liebhaber.

Sein *Liebhaber*. Wagte er es, dieses Wort zu benutzen? Implizierte es das Wort *Liebe*? Oder war es nur eine Beschönigung für einen Sexpartner? Auch das war schwer zu schlucken.

Jack versuchte, seine Gedanken zum Schweigen zu bringen. Auch wenn Will sicher protestiert hätte, das hier könnte immer noch so was wie ein seltsames sexuelles Experiment für ihn sein. Ein lustiger Zeitvertreib, um zu sehen, ob er den Handwerker verführen konnte.

Tja, er war erfolgreich gewesen, oder nicht? Jack fühlte sich vollkommen verwundbar, komplett entblößt. Er wollte Will vertrauen. Und in seinem Herzen wuchs bereits ein zartes Pflänzchen Vertrauen in den jüngeren Mann, aber die kleinste falsche Bewegung von einem von ihnen könnte es zertrampeln – zumindest dachte er das.

Hör auf, zu denken.

»Hey«, sagte Will leise, seine Stimme dunkel und sinnlich an Jacks Ohr. »Wo warst du? Fühlt sich an, als wärst du gerade ganz woanders gewesen. Komm zurück zu mir.«

Jack war verblüfft, dass Will das wahrgenommen hatte. Er entzog sich Wills Umarmung und legte sich auf den Rücken, den Kopf Will zugewandt.

»Tut mir leid. Du hast recht. Ich habe mich in meinen eigenen Gedanken verloren. Ich kann immer noch nicht ganz glauben, dass ich mit dir hier bin. Oder was zwischen uns passiert.«

Will stützte sich auf den Ellenbogen auf. Ein paar Haarsträhnen fielen ihm in die Stirn. Seine Augen funkelten im Licht des inzwischen aufgegangenen Mondes, der durch das Fenster schien.

»Schon okay. Wir müssen uns nicht jetzt sofort über alles klar werden. Was auch immer zwischen uns passiert, mir gefällt es. Ich hoffe, dir auch.«

Jack antwortete nicht, unfähig zuzugeben, dass es ihm nicht nur *gefiel*, sondern dass es ihn verzehrte.

Will beugte sich nach unten zum Fußende des Bettes, wo zerwühlt die Bettdecke lag. Er zog sie über ihre nackten Körper und legte sich wieder hin. Dann schloss er die Augen, was Jack die Gelegenheit gab, sein Gesicht näher zu betrachten.

Der Mann war klassisch schön, mit seiner langen, geraden Nase, dem kantigen Kiefer, den hohen Wangenknochen und der glatten Stirn. Zweifellos war er einer der attraktivsten Männer, die Jack je gesehen hatte. Wieder fragte er sich, was zum Teufel Will mit ihm wollte. Mit Sicherheit könnte er jeden bekommen, den er haben wollte.

Er sagte sich, dass man einem geschenkten Gaul nicht ins Maul schaute. Aus welchem Grund auch immer und egal, wie lange es halten mochte, in genau diesem Augenblick schien Will ihn zu wollen. Und er wollte Will, oh ja, und wie er ihn wollte.

Jacks Blick wanderte an Wills Körper hinunter. Er konnte seinen Penis sehen, der – noch immer steif – gegen die Bettdecke drückte. Versuchsweise berührte er Wills Brust. Anders als seine eigene war sie glatt. Seine Haut fühlte sich kühl an, die Muskeln darunter hart.

Will lächelte, nur eine Andeutung, die seine Mundwinkel anhob. Jack nahm seinen Mut zusammen und legte die Hand fester auf Wills Brust. Unter seinen Fingerspitzen spürte er Wills Herz, das in einem gleichmäßigen, kräftigen Rhythmus schlug.

Mit angehaltenem Atem nahm Jack eine Ecke der Bettdecke zwischen Daumen und Zeigefinger und zog sie von Wills Körper hinunter, bis sein Penis frei lag. Steif und lang lag er da und zeigte nach oben auf seinen Bauch. Jacks Glied war dicker, Wills jedoch länger, die Spitze groß und breit. Konnte er so ein Ding überhaupt in den Mund nehmen?

Will öffnete die Augen und biss sich auf die Unterlippe. Die Geste sah erotisch aus. »Das hat sich gut angefühlt, als du meine Brust berührt hast. Du hast so kräftige Hände. Ich mag es, wie sie sich auf meiner Haut anfühlen.«

Jack legte seine Handfläche über Wills Herz. Er streichelte sich seinen Weg hinunter und fühlte die harten Muskeln unter der Haut. Ihm war schwindelig. Beklemmung und Verlangen wirbelten zu gleichen Teilen in seinem Bauch umher. Will hatte seine Augen wieder zufallen lassen. Jack verstand, dass er ihm damit mehr Raum gab, Zeit, sich an das zu gewöhnen, was zwischen ihnen vorging.

Jack bewegte seine Finger über Wills Bauch nach unten, bis sie nur noch den Bruchteil eines Zentimeters von Wills Penis entfernt waren. Unfähig zu widerstehen, berührte Jack die Spitze mit einem Finger. Als Antwort darauf zuckte Wills Schwanz und der Mann stöhnte auf.

Jacks eigener Schwanz hatte sich inzwischen gänzlich erholt. Die Achterbahn seiner Gefühle schwankte zwischen seiner Nervosität und seinem Verlangen. Das Verlangen gewann. Er umfasste Wills Schaft. Er fühlte sich heiß an, eine große Vene pulsierte an der Seite. Unter seinen Fingern zuckte Wills Schwanz. Jack traute sich nicht, Will ins Gesicht zu sehen, und konzentrierte sich stattdessen auf alles unterhalb seiner Taille.

Er rutschte auf dem Bett nach unten und brachte sein Gesicht dichter an Wills Schritt heran. Sein eigenes Herz pochte heftig gegen seine Rippen. Trotzdem kam er näher, sodass seine Nase beinahe Wills Penis berührte. Er atmete ein, erregt durch den männlichen Geruch.

Jack ließ die Hand sinken, streckte zögerlich die Zunge raus und leckte über das glatte Fleisch. Erneut zuckte Wills Schwanz unter der Berührung, obwohl er ansonsten still blieb. Vorsichtig leckte Jack nach oben auf die breite Spitze zu und umkreiste sie mit seiner Zunge.

Er bewegte sich etwas, um einen besseren Winkel zu bekommen, schloss die Augen und öffnete den Mund. Langsam, während sich sein Herz so fest zusammenzog, dass er kaum atmen konnte, senkte er seinen Mund über die heiße Spitze. In dem Versuch, sie tiefer aufzunehmen, beugte er sich ein wenig vor. Schon jetzt füllte sie seinen Mund aus und er schaffte es kaum, mehr als die Spitze zu schlucken. Sein Herz schlug so heftig, dass ihm schwindelig wurde.

Will umfasste seinen Hinterkopf. »Ja«, flüsterte er und zog das *A* dabei in die Länge, während er sanft gegen Jacks Kopf drückte. Der Schaft rutschte ein Stück weiter in seinen Mund. Die Spitze berührte seinen weichen Gaumen und Jack würgte, da er das nicht erwartet hatte. Instinktiv wich er zurück und Wills Hand fiel nach unten.

Nach Luft schnappend dachte Jack: *Ich kann das nicht.* Er wollte es. Er wollte Will das gleiche unglaubliche Vergnügen bereiten, das er ihm geschenkt hatte, aber er wusste, dass er dazu nicht in der Lage war. Trotzdem versuchte er es erneut. Er senkte den Kopf und seine Lippen glitten über den Schaft nach unten, als er versuchte, Wills Bewegungen zu imitieren.

Wieder berührte die Spitze seinen Gaumen und wieder musste er würgen, da er nicht in der Lage war, den Reflex zu kontrollieren. *Scheiße.* Er schloss die Augen und wartete darauf, dass Will sich in angewiderter Ungeduld von ihm losmachte.

Du kannst das. Denk einfach nicht darüber nach. Es half nichts. Dieses Mal würgte er fast in dem Moment, in dem er seine Lippen um die Spitze schloss. Er war wütend auf sich selbst und schämte sich zugleich.

»Hey«, sagte Will liebevoll. »Entspann dich.« Niedergeschlagen schaute Jack zu Will auf. »Ich kann dir am Gesicht ablesen, wie sehr du gerade mit dir kämpfst. Bitte lass das. Das hier ist kein Wettbewerb. Wir haben genügend Zeit. So viel Zeit, wie wir brauchen.«

Immer noch beschämt nickte Jack, war aber dankbar für Wills liebenswürdigen Aufschub. »Was du gemacht hast, fühlte sich toll an«, fuhr Will fort. »Du wirst ein Naturtalent sein, sobald du dich dabei entspannen kannst.«

Während er sprach, legte er seine Hand um seinen eigenen Schaft. Jacks Blick wurde wie magnetisch davon angezogen. Wills Hände waren schmal, die Finger lang und elegant im Vergleich zu seinen eigenen breiten.

Will schlang die Finger um seinen Schwanz, den Daumen drückte er gegen die pulsierende Vene.

»Als ich unter der Dusche stand«, flüsterte er heiser, »habe ich an dich gedacht. Daran, wie sehr ich dich will.«

Jack war unfähig, den Blick abzuwenden, als Will anfing, sich vor ihm zu befriedigen. Mit der linken Hand umschloss Will fest die Wurzel, während die rechte damit fortfuhr, am Schaft auf und ab zu streichen. Mit einem Mal war Jacks Penis wieder steinhart. Der Blick aus Wills grünen Augen war feurig, seine Zungenspitze lugte zwischen seinen Lippen hervor, seine Brust hob und senkte sich bei jedem scharfen, sinnlichen Strich seiner Hand.

Irgendetwas an der Geste schoss direkt an Jacks wirbelnden Gedanken vorbei und zielte genau auf seinen Schwanz. Bevor ihm bewusst wurde, was er tat, schob er Wills linke Hand zur Seite und nahm die heißen, schweren Hoden darunter in seine Hand. Will ächzte und ließ seinen Kopf zurückfallen. Seine rechte Hand rutschte von seinem Schaft.

Innerhalb von Sekunden fühlte Jack, wie sich Wills Hoden zusammenzogen, als Will erstarrte und einen leisen Schrei von sich gab. Er kam in mehreren Schüben, Sperma verteilte sich auf seinem Bauch und seiner Brust. Seine Hand glitt von seinem Schwanz und widerwillig ließ Jack auch von seinen Hoden ab.

Will öffnete die Augen und grinste Jack schwach an. »Der hat es geschafft, mich zu überrumpeln. Das war echt geil.«

Unsicher lächelte Jack zurück. Er war noch immer sehr erregt. Sein Schwanz zeigte steif auf Will. *Geil* war eine Untertreibung. Es war heiß gewesen, hatte lichterloh gebrannt und war dann geschmolzen.

Jack wusste, dass er bereit dafür war, mit Will den nächsten Schritt zu gehen, wie auch immer der aussehen mochte.

Sein Penis verzehrte sich danach, ein weiteres Mal die perfekte Hitze von Wills Lippen und seiner Zunge zu spüren, die ihn vor Verzückung beinahe um den Verstand gebracht hätte.

Will griff nach der Box mit den Taschentüchern neben dem Bett, um die Spuren seines Orgasmus wegzuwischen. »Dir hat es gefallen, zuzuschauen, hm?«, sagte er neckend.

Jack spürte, wie sein Gesicht heiß wurde, aber er leugnete es nicht. Will streckte seine Arme aus und Jack legte sich neben ihn. Will wandte sich ihm zu, den Kopf auf Jacks Brust abgelegt. »Dein Herz klopft so schnell«, flüsterte er.

Er begann, Jacks Brust zu küssen; kleine Schmetterlingsküsse, die Schauer der Lust seine Wirbelsäule hinunterschickten. An Jacks linkem Nippel hielt er inne und leckte einen trägen Kreis darum, sodass er sich zusammenzog. Leicht zwickte er ihn und sandte damit Wellen des Verlangens direkt in Jacks Schwanz. Er wiederholte das Ganze an dem anderen Nippel und glitt dann langsam und sinnlich über seine Brustmuskeln und den Bauch hinab.

Jacks Penis zuckte vorfreudig. Will packte seinen Oberschenkel mit einer Hand. Die andere schloss er zärtlich um die Wurzel von Jacks Schaft. Dann senkte Will seinen Kopf und seine Lippen erzeugten eine himmlische Reibung.

»Himmel«, stöhnte Jack leise, war sich dessen jedoch kaum bewusst.

Mit dem Mund fuhr Will an ihm auf und ab, gleichzeitig tanzte seine Zunge an der Unterseite von Jacks Penis entlang, während seine Lippen ihr ganzes Können offenbarten. Wills Finger umfassten seine Hoden.

Jack spürte, wie sich der Orgasmus in ihm aufbaute. Er keuchte, als die Lust seine Sinne überwältigte. Ganz plötzlich zog Will sich zurück, sodass Jacks Schwanz feucht gegen seinen Bauch fiel. Jack ächzte. Es verlangte ihn verzweifelt nach seiner Berührung, aber er war noch zu schüchtern, sie einzufordern.

Allerdings ließ Will ihn nicht allzu lange warten. Erneut beugte er sich über Jacks Schoß, leckte in langsamen, neckenden Kreisen um die Spitze und glitt über den kleinen Spalt, ehe er mit der Zungenspitze den Rand der Eichel nachzeichnete. Die Lust übermannte ihn beinahe und Jack packte Wills Kopf, um ihn nach unten zu drücken. Er war sich der aggressiven Handlung bewusst, aber er konnte nicht anders.

Will leistete keinen Widerstand und nahm Jack tiefer in sich auf. Gleichzeitig stupste und neckte einer seiner Finger Jack zwischen den Pobacken. Jack erstarrte, beschämt und unsicher über dieses plötzliche, wenn auch sanfte Eindringen in sein geheimstes Innerstes. Der Finger war feucht und schob sich leicht durch den ersten Muskelring, der den Eingang bewachte. Obwohl es ihm peinlich war, fühlte es sich gut an. Das konnte er nicht leugnen. Es fühlte sich fantastisch an.

Es war, als ob da ein Ofen tief in seinem Bauch brodelte – er kochte buchstäblich. Trotz oder gerade wegen Wills intimer Berührung erhob sich Jacks Höhepunkt wie ein Erdbeben, das sein Innerstes erschütterte und absolut außerhalb seiner Kontrolle durch seinen Körper brach.

Eine gefühlte Ewigkeit lag Jack benommen da und war sich kaum des Mannes neben sich bewusst. Undeutlich nahm er einen rauen, kratzenden Laut war, den er irgendwann als seinen eigenen keuchenden Atem identifizierte. Er bemerkte, dass sich seine Finger in Wills Haare gekrallt hatten und ihm womöglich wehtaten. Er zwang seine verkrampften Finger, loszulassen, und seine Hände fielen schlaff zu seinen Seiten hinab.

Will streckte sich neben ihm aus. Er beugte sich herüber und küsste ihn auf die Stirn, auf seine Augenlider, jede Wange und schließlich auf seine Lippen.

»Das hat dir gefallen, hm?«, sagte er. Seine Stimme hatte einen neckenden Unterton.

Jack drehte sich zu ihm und versuchte, seinen Blick zu fokussieren. »Ja«, sagte er. Ein Grinsen hob seine Mundwinkel an. »Könnte man so sagen.«

Will lachte. Glückseligkeit breitete sich auf seinem Gesicht aus. Im Stillen dachte Jack erstaunt, dass er in gewisser Weise der Grund für diese Glückseligkeit war. Pure Freude durchströmte ihn, als er zurücklachte und Will impulsiv in eine ungestüme Umarmung zog.

Gemeinsam lagen sie da, genossen die Nachwehen ihrer Orgasmen und streichelten einander über Körper und Gesicht. Sie flüsterten sich gegenseitig Dinge zu, hauptsächlich süßen, romantischen Blödsinn, den neue Lover untereinander austauschen. Jack spürte, wie der Schlaf nach ihm griff, aber er widerstand, weil er diese stille, neue Freude auskosten wollte. Eine Freude, die er nie zuvor erlebt hatte, eine Freude, von der er gar nicht gewusst hatte, dass sie existierte.

Schließlich verstummten sie und waren einfach nur zufrieden, einander festzuhalten. Jack taumelte am Rande seines Bewusstseins entlang und fragte sich gelegentlich, ob dies alles ein Traum war. Falls es einer war, war es der beste Traum, den er je geträumt hatte. Er erlag Morpheus' Rufen und sank in seine Arme. Ein tiefer, friedlicher Schlaf in den Armen seines Liebhabers.

Irgendwann sehr viel später erwachte Jack. Er driftete an die Oberfläche seines Bewusstseins und wusste, dass er glücklich war, noch bevor ihm wieder einfiel, warum. Der Grund für seine Glückseligkeit befand sich neben ihm. Will lag an seiner Seite, gegen ihn geschmiegt und den Kopf auf Jacks Brust abgelegt.

Jack streichelte durch seine Haare. Er sah nach draußen zum silbrigen Mond, während ihm das Lied über den einsamen Mann durch den Kopf geisterte. Der einsame Mann, der sich verliebte, und dann wurde der blaue Mond golden.

Er wagte es nicht, das, was da zwischen ihnen passierte, mit dem Etikett *Liebe* zu versehen, aber das hier war definitiv mehr als Herumexperimentieren, dessen war er sicher. Ja, der Sex war atemberaubend gewesen, aber was sich da zwischen ihnen entwickelte, ging über Sex hinaus. Eine echte Freundschaft erblühte, zusammen mit Vertrauen.

Jack, ängstlich aber willig, hatte Will vertraut und das Vertrauen war nicht unangebracht gewesen. Es erstaunte ihn, wie jemand, der so jung war, so weise und aufrichtig sein konnte. Nicht zum ersten Mal kam es ihm so vor, als wäre er selbst der jüngere von ihnen beiden. In mancher Hinsicht entsprach das vermutlich der Wahrheit.

Will rührte sich und seufzte leise im Schlaf. Jack rutschte in eine andere Position, Will rollte sich von ihm weg und blieb auf seinem Rücken liegen. Im Schlaf sah er sogar noch jünger aus. Seine Wimpern warfen Schatten auf seine Wangen, seine Lippen waren rosig und schoben sich leicht nach vorne.

Jacks Mund wurde trocken. Außerdem, erkannte er, musste er pinkeln. Vorsichtig rutschte er von Wills schlafender Gestalt weg. Er breitete die Decke über Wills Körper aus, als die Zuneigung für einen Moment die Lust überwog.

Dann ging er ins Badezimmer und knipste das Licht an. Er benutzte die Toilette und wusch sich das Gesicht. Nachdem er sich mit einem Handtuch getrocknet hatte, schaute er in den Spiegel und schüttelte den Kopf. Niemand, der ihn kannte, würde glauben, wo er sich gerade befand oder was er gerade mit einem anderen Mann getan hatte. Er glaubte es ja selbst kaum.

Später ist noch Zeit genug, dachte er, um sich über alles klar zu werden. In diesem Augenblick wollte er einfach nur etwas zu trinken. Vielleicht hatte Will Wasser oder Saft in seinem schicken, neuen Kühlschrank.

Leise schlich er durchs Zimmer, fand seine Boxershorts und Jeans und schlüpfte hinein. Er hielt sich nicht mit seinem Hemd – oder eher Wills Hemd – auf. Stattdessen faltete er es zusammen und legte es mit seinem Gürtel auf einen Stuhl. Mit einem letzten Blick auf den immer noch schlafenden Will verließ Jack den Raum und ging nach unten, wo er die Küche ansteuerte.

Er holte sich eine Flasche kaltes Wasser aus dem Kühlschrank. Während er trank, fiel ihm plötzlich wieder ein, dass das Teleskop noch immer hinten auf der Terrasse aufgebaut war. Er würde es schnell reinbringen, bevor der Morgentau es bedeckte.

Auf nackten Füßen trat er nach draußen, atmete die frische Frühlingsluft ein und sah nach oben in den Himmel. Die Nacht war still, abgesehen von den Grillen und dem sanften Rauschen des Windes in den Bäumen. Es musste weit nach Mitternacht sein, dachte er. Die Sterne waren verblasst, da der strahlende Mond sie in den Schatten stellte.

Er warf einen Blick auf das Teleskop und lächelte, als er sich an Wills großzügige Geste erinnerte, es ihm anzubieten. Er würde es nach drinnen in Sicherheit bringen und dann gleich wieder nach oben gehen. Aber jetzt gerade genoss er den ruhigen Frieden und ließ sich von der seltsamen Verwunderung über das, was zwischen ihnen passiert war, durchströmen.

Er ließ sich auf einen der Gartenstühle sinken, schloss die Augen und legte den Kopf zurück, während er sich Wills unglaublich erotische Berührung in Erinnerung rief. Er hatte nicht gewusst, dass ein derartig lustvolles Verlangen existierte. Sogar jetzt noch konnte er beinahe Wills warme, feuchte Zunge spüren, die an seinem Schaft entlangfuhr. Spiralen heißer Lust wirbelten durch seinen Schwanz und strahlten bis in seine Finger- und Zehenspitzen hinein.

Trotzdem war das, was sie miteinander geteilt hatten, über Sex hinausgegangen, so aufregend es auch gewesen war. Zwischen ihnen war eine Zärtlichkeit gewesen, eine Vertrautheit, wie Will gesagt hatte, die bloßes körperliches Verlangen übertraf. Diese Erkenntnis erregte und verängstigte Jack zugleich.

»Will«, sagte er laut, »kann es sein, dass ich mich gerade verliebe?«

***

Mit einem Ruck erwachte Will und war sich augenblicklich bewusst, dass das Bett neben ihm leer war.

»Jack?«, rief er. Vielleicht war er bloß im Badezimmer. Aber niemand antwortete ihm.

Will setzte sich auf, überrascht über seine heftige Reaktion darüber, dass Jack verschwunden war.

Für gewöhnlich konnte er es nicht erwarten, einen Kerl loszuwerden, nachdem er sich von ihm genommen hatte, was er wollte. Bei Jack allerdings war das Gegenteil der Fall.

Er war so glücklich gewesen, einfach nur neben ihm zu liegen und auf Jacks langsamen, gleichmäßigen Herzschlag unter seinem Ohr zu lauschen, während sie sich flüsternd miteinander unterhalten hatten. Ihm war nicht mal bewusst gewesen, dass er eingeschlafen war. Er hatte sich sicher gefühlt. Genau. Das war das Wort – sicher in Jacks Armen.

Aber wo steckte er? Will schwang die Beine aus dem Bett und eilte zu seiner Kommode, um ein Paar Baumwollpyjamahosen daraus hervorzuziehen. Er steckte seinen Kopf ins Bad, nur um sicher zu gehen, dass Jack wirklich nicht dort drin war.

»Jack?«, rief er, als er die Stufen hinunterlief. Er würde doch sicher nicht gegangen sein? Nicht, ohne sich vorher zu verabschieden? »Jack«, wiederholte er erneut, dieses Mal lauter.

Will ging auf die Küche zu und bemerkte, dass die Hintertür einen Spalt weit offen stand. Er trat nach draußen und dort sah er ihn. Er saß in einem Stuhl neben dem abgenutzten, alten Teleskop, den Kopf in den Nacken gelegt, die Hände über seiner Brust gefaltet.

»Da bist du. Ich dachte, du hättest dich vielleicht aus dem Staub gemacht.« Er bemühte sich um einen lockeren Tonfall, weil er nicht zugeben wollte, wie viel es ihm bedeutete, dass er es nicht getan hatte.

Jack richtete sich auf und lächelte ihn an. »Tut mir leid. Ich wollte dich nicht wecken. Ich bin nur wegen einer Flasche Wasser nach unten gegangen. Die Luft ist so klar hier draußen. Ich hab's einfach für ein paar Minuten genossen.«

Jack stand auf und sie umarmten sich. Will senkte den Kopf und legte seine Lippen auf Jacks. Einen Moment lang küssten sie sich. Er spürte Jacks Schwanz, der sich steif gegen seinen Schenkel drückte. Sein eigener Penis antwortete auf die gleiche Weise.

»Willst du wieder hochgehen?«, flüsterte er.

»Ich dachte schon, du würdest nie fragen«, sagte Jack. Seine Augen funkelten im Licht des Mondes.

Kapitel 11

»Ja, ich muss los. Ich muss eine Holzlieferung für einen Kunden annehmen. Ich baue eine Veranda.«

»Du arbeitest auch samstags, hm?«

»Wenn du dein eigenes Geschäft hast, arbeitest du, wann immer du kannst.«

Sie saßen an Wills Frühstückstisch, nippten Kaffee und aßen Blaubeermuffins. Kurz vor der Morgendämmerung waren sie ins Bett zurückgekehrt, hatten sich wieder geküsst, aneinandergekuschelt und gegenseitig ihre Körper erkundet. Sie hatten lange geschlafen, aber da es immer noch Wochenende war und die Geschäfte geschlossen hatten, machte das keinen Unterschied.

Es war eine neue Erfahrung, sich für jemanden so viel Zeit zu nehmen. Will liebte dieses Neue an Jack. Wie Jack zitterte, wenn Will seinen Schwanz anfasste, ein Schauer der Erregung, der durch seinen Körper lief. Er liebte Jacks schüchterne Zurückhaltung, bis die pure Lust ihn wild vor Verlangen zurückließ, begierig nach Wills Berührungen.

Jedes Mal, wenn Will an seinem Eingang gespielt hatte, hatte sich Jack versteift. Will wusste, dass er noch nicht bereit war, weiterzugehen – noch nicht. Scheiße, es war unglaublich, dass er überhaupt so schnell so weit gekommen war, wenn Will darüber nachdachte. Es hätte ihm nicht das Geringste ausgemacht, den Rest des Tages mit Jack im Bett zu verbringen und mit der erotischen, langsamen Erkundung ihrer Körper fortzufahren.

Jack hatte allerdings offensichtlich andere Pläne. Er schob seinen Stuhl zurück und stand auf. »Tja, schätze, man sieht sich.«

Diese plötzliche und wenig einfühlsame Verabschiedung ließ Will stutzen. Hatten sie nicht eben noch in den Armen des jeweils anderen die Nacht zusammen verbracht? Möglicherweise änderte Jack gerade seine Meinung. Vielleicht hatte er diese *schwule Sache* jetzt genug ausprobiert und war bereit, weiterzuziehen.

Bevor er sich davon abhalten konnte, waren Wills Schutzschilde hochgefahren. Wenn Jack sich so verhalten wollte, als ob nichts passiert wäre – gut. Das Spiel konnte man auch zu zweit spielen.

»Schön«, sagte er in lockerem Tonfall, während er ein Lächeln auf sein Gesicht zwang. »Morgen Vormittag bin ich beschäftigt, aber am Nachmittag sollte ich es einrichten können.«

Scheiße. Warum hatte er das gesagt? Das bedeutete nun, dass Jack heute Abend definitiv nicht wiederkommen würde. Nein, vielleicht war das ganz gut so. Sollte Jack sich doch durch das Gedankenwirrwarr in seinem Kopf kämpfen. Das Letzte, was Will gebrauchen konnte, war, ihn durch einen weiteren Anfall heterosexueller Ängste zu begleiten. Wenn er wiederkommen wollte, schön und gut. Wenn nicht, *c'est la vie*.

»Okay«, sagte Jack. »Vielleicht kann ich morgen Abend vorbeischauen. Ich ruf dich an, bevor ich herkomme. Wenn dir das genehm ist.«

Genehm? Was war hier gerade passiert? Wohin war die unglaubliche Zärtlichkeit und Vertrautheit, die sie miteinander geteilt hatten, verschwunden? Warum war Jacks Gesicht so verschlossen? Sein Verhalten so kontrolliert?

Unfähig, zu überwinden, was für Jack vermutlich nur eine Verteidigungshaltung war, spürte Will, wie er sich selbst versteifte. »Hört sich gut an«, sagte er und sah hilflos zu, wie Jack sich zum Gehen wandte.

***

Langsam und tief in Gedanken versunken fuhr Jack die Straße entlang. Er war nicht sicher, wo genau das Ganze den Bach runtergegangen war, aber er wusste, dass er größtenteils dafür verantwortlich war. Warum hatte er wegen dieses Jobs gelogen? Es gab kein Holz, das er annehmen oder ausliefern musste. Er hatte keinen Veranda-Auftrag.

Er hatte Will dabei beobachtet, wie er einen Muffin aß und sich einen Krümel von der Fingerspitze leckte. Die Geste hatte äußerst erotisch auf Jack gewirkt. Er hatte sich dazu zwingen müssen, auf seinem Stuhl sitzen zu bleiben und gemütlich seinen Kaffee zu schlürfen, anstatt sich über den Tisch zu stürzen, um Wills Hand zu packen und an dem Finger, den er gerade noch in seinem Mund gehabt hatte, zu saugen.

Er fühlte sich entblößt und unglaublich verwundbar. Jedes seiner Nervenenden war lebendig und schrie wegen der fantastischen Nacht, die sie miteinander verbracht hatten. Es war das erste Mal in seinem Leben gewesen, dass er eine solche Intensität verspürt hatte. Da war etwas, das über den sexuellen Aspekt hinausging, über das unfassbare, körperliche Vergnügen, etwas, das tiefer ging und sehr viel beängstigender war.

Jack Crawford war dabei, sich zu verlieben. Und dieser Gedanke jagte ihm eine Heidenangst ein.

Hier war er, ein vierundvierzigjähriger Witwer mit zwei erwachsenen Söhnen. Söhne, die schockiert, vielleicht sogar entsetzt gewesen wären, wenn sie entdeckten, dass ihr guter, alter Dad ein Homo war. War er das?

Bin ich schwul?

Als Will ihn geküsst hatte, war er darauf eingegangen. Nicht nur mit seinem Mund, sondern mit jeder Faser seines Seins. Unter Wills Berührungen war er lebendig geworden. Sein Schwanz hatte sich aufgerichtet, pulsierend und gierig nach Wills Zärtlichkeiten. Hatte das nur an Will als Person gelegen? Oder liebte er Männer statt Frauen? Na ja, oder zusätzlich zu Frauen.

Er hatte Emma geliebt. Sie hatte ihn sexuell erregt. Wie sonst hätte er so viele Jahr lang Sex mit ihr haben können? Sie – oder irgendeine andere Frau – hatte ihn nie abgetörnt. Er mochte es ebenso sehr wie jeder Mann, sich die Bilder von nackten Frauen in den Männerzeitschriften anzuschauen.

Aber das hier war anders. Was genau war daran anders? Was war es, das dies hier so viel intensiver machte? Es lag nicht an der Neuartigkeit des Ganzen. Es war nicht nur der Reiz des Neuen, einen anderen Mann auf so intime Art anzufassen und von einem anderen Mann angefasst zu werden. Es lag an der emotionalen Verbindung. *Die* war anders.

Liegt es daran, fragte er sich, *was in Wirklichkeit unsere sexuelle Orientierung bestimmt? Mit wem wir uns emotional verbunden fühlen?*

Obwohl er sich damit Emma gegenüber beinahe illoyal fühlte, musste er zugeben, dass er eine stärkere emotionale Verbundenheit zu Will fühlte, als er je zu ihr gefühlt hatte. Wenn er die vielen Jahre zurückdachte, hatte er sich niemandem je so verbunden gefühlt, außer vielleicht Luke… einem anderen Mann…

Obwohl diese Gedanken und Gefühle heute Morgen noch nicht so klar formuliert gewesen waren, waren sie auf ihn eingestürmt, als er und Will sich gemeinsam am Tisch niedergelassen hatten. Was in Gottes Namen tat er hier, indem er sich wie ein Teenager verliebte? Denn während er wusste, dass Will zwar im Moment seinen Spaß hatte, gab es da absolut keine Möglichkeit, dass er seine Gefühle je erwidern würde.

Oh, vielleicht könnte er für eine Woche oder sogar einen Monat glauben, dass er verliebt war. Aber wenn Wills vergangenes Liebesleben irgendwelche Schlüsse zuließ, dann den, dass der Reiz schnell vergehen würde. In mehreren ihrer langen, vertraulichen Gespräche über ihr Leben hatte er zugegeben, dass er noch nie eine ernsthafte, anhaltende Beziehung mit jemandem geführt hatte, weder mit einem Mann noch mit einer Frau.

Welchen Grund hatte Jack, zu glauben, dass es dieses Mal anders sein würde? Jack wusste, dass er sich nicht selbst zum Narren halten sollte. Er war nichts Besonderes. Er sah nicht gut aus. Er war nicht jung. Ganz gewiss war er nicht reich. Nein, das Einzige, was er Will zu diesem Zeitpunkt anbieten konnte, war der Kick, den Will möglicherweise bekam, einen Anfänger in zahllosen homosexuelle Spielarten zu unterweisen.

Was für eine lustige Geschichte, die er seinen Kumpels im Fitnessstudio erzählen konnte oder die er seinem jungen Lover zuflüsterte, damit sie gemeinsam im Bett darüber lachen konnten.

Der Gedanke bereitete Jack Übelkeit. Während er mit Will am Tisch gesessen hatte, hatte er gemerkt, wie er immer abwehrender und wütender geworden war, auch wenn er wusste, dass er nur auf seine eigenen verrückten, quälenden Gedanken reagiert hatte.

Deshalb hatte er sich die Geschichte mit dem Job ausgedacht, um einen Weg zu finden, ihrer beider Gesichter zu wahren. Er hatte einen eleganten Abgang machen wollen, bevor Will die Gelegenheit hatte, ihn wegzuschicken. Allerdings hatte er die Tür nicht ganz geschlossen, oder? Er hatte gesagt, dass er Will wahrscheinlich morgen sehen würde, wenn er den nicht existierenden Job erledigt hatte. Selbst wenn Will das alles wenig oder nichts bedeutete, konnte Jack das nicht einfach auf sich beruhen lassen – noch nicht.

Wenigstens hatte Will nicht gesagt, dass er beschäftigt war. Jack hatte sich sogar eingebildet, einen Ausdruck verblüfften Schmerzes über Wills Gesicht huschen zu sehen, als er gesagt hatte, dass er gehen müsste. Vielleicht spielte sich das alles wirklich nur in Jacks Kopf ab. Vielleicht verhielt er sich komplett unfair.

Vielleicht, aber er bezweifelte es. Will hätte etwas sagen können, irgendetwas, um anzudeuten, dass er nicht wollte, dass Jack ging. Er hatte nicht gesagt: *Was ist mit heute Abend? Warum kommst du später nicht wieder her?* Nein, er hatte sich unbekümmert gefügt, vielleicht sogar froh, Jack loszuwerden.

Schön. Jack Crawford zwang sich niemandem auf. Allein der Gedanke war ihm ein Graus.

Er umklammerte das Lenkrad und gab Gas. Für gewöhnlich ein vorausschauender Fahrer, raste er genau in dem Moment über die Ampel, als sie auf Rot sprang, und fühlte sich dabei risikofreudig, frustriert, verwirrt und verängstigt, alles zugleich.

Um das Ganze noch schlimmer zu machen, erinnerte sich sein Körper an die heißen, romantischen Momente, die sie in der Dunkelheit miteinander geteilt hatten, und sein Penis wurde hart und sehnte sich nach dem Mann, vor dem er gerade davonraste. Er ließ seine Hand in seinen Schritt fallen und massierte durch den Jeansstoff die Erektion.

Wem zum Teufel will ich etwas vormachen? Ich will ihn. Ich will ihn so sehr. Ich habe noch nie jemanden so sehr gewollt. Selbst wenn er mich nur benutzt und mich nur zum Spaß um sich behält, bin ich hoffnungslos und Hals über Kopf in ihn verliebt.

Er bog in seine Einfahrt, parkte das Auto und stellte den Motor ab. Reglos saß er da, die Stirn gegen das Lenkrad gelehnt.

»Liebe«, sagte er laut, »macht mich zu einem kompletten Idioten.«

***

Am nächsten Nachmittag klingelte es an der Tür. Will, der ganz in seine Arbeit versunken war, hörte es zunächst nicht. Als es ein zweites Mal klingelte, wurde ihm bewusst, was da ein Geräusch machte. *Jack*. War er das? Er hatte gesagt, dass er erst anrufen würde.

Will eilte zur Eingangstür, aber anstelle von Jack stand Paul auf der anderen Seite. Er atmete heftig und Schweiß stand ihm auf der Stirn. Er trug Laufshorts und ein ärmelloses Shirt, das seine schlanke Statur betonte. Er sah zum Anbeißen aus.

»Hey, Hübscher. Ich war gerade Joggen und dachte, ich schau mal rein.« Will trat einen Schritt zurück und Paul trat ins Haus. »Kein Handwerker da heute, hm?«, sagte er mit einem Grinsen.

Will antwortete nicht. Trotz allem konnte er nicht anders, als sich wie immer zu Pauls sexy Körper hingezogen zu fühlen. Die dunkle Haut glänzte vor Schweiß, die Zähne waren weiß und gerade, als er ein Lächeln in Wills Richtung aufblitzen ließ.

»Hast du ein Glas Wasser für einen durstigen Mann?«, fragte er und wischte sich mit dem Handrücken den Schweiß von der Stirn.

»Klar, komm mit nach hinten.« Will ging Paul voraus in die Küche. Er reichte ihm eine Flasche kaltes Wasser, lehnte sich gegen die Anrichte zurück und beobachtete ihn beim Trinken.

Was wollte Paul hier? Normalerweise trafen sie sich im Fitnessstudio, trainierten zusammen und zogen sich dann zu einem von ihnen nach Hause zurück, um Sex zu haben. Will fühlte sich ein wenig aus dem Konzept gebracht, dass Paul einfach so bei ihm auf der Matte stand.

Was, wenn Jack sich ebenfalls genau diesen Augenblick aussuchte, um vorbeizukommen? Obwohl er Jacks Existenz in seinem Leben nicht wirklich versteckte, war er noch nicht dazu bereit, Details auszuplaudern – insbesondere nicht gegenüber Paul. Solange er nicht sicher war, was das zwischen ihm und Jack bedeutete, würde er sich nicht Pauls prüfendem Blick aussetzen.

Allerdings hatte Jack gesagt, er würde zuerst anrufen, also hatte er Zeit, Paul wegzuscheuchen, bevor die Dinge peinlich werden konnten.

»Du bist still heute. Du wirkst abgelenkt«, sagte Paul. »Hat dich wohl ziemlich überrascht, dass ich einfach hier aufgetaucht bin, hm?«

»Was? Oh, nein, das ist schon okay«, log Will. »Ich bin gerade mit der Arbeit fertig geworden. Ist kein Problem.« Er hielt inne, ehe er hinzufügte: »Ich erwarte demnächst einen Anruf…«

Paul hob die Augenbrauen an. »Warum habe ich das Gefühl, dass dieser Anruf mit einem anderen Kerl zu tun hat? Keine Geheimnisse zwischen uns, richtig? Ist ja nicht so, als wären wir Lover. Vielleicht könnten wir zu dritt ein wenig Spaß haben. Komm schon, spuck's aus.«

»Nein, nichts dergleichen.« Will biss sich auf die Unterlippe und wandte sich ab. Und warum hatte er das jetzt geleugnet? Wusste ein Teil von ihm, dass das zwischen Jack und ihm eine einmalige Sache gewesen war? Sollte er sich eingestehen, dass Jack nicht anrufen würde – weder heute Abend noch sonst irgendwann?

Paul sah nicht überzeugt aus, bohrte aber nicht nach. Stattdessen sagte er: »Tja, dann laufe ich mal meine Runde zu Ende. Hab heute Abend eh eigene Pläne.«

Jetzt war Will an der Reihe, die Augenbrauen anzuheben.

Paul lachte. »Was glaubst du denn? Dass ich zu Hause rumsitze und darauf warte, dass du trainieren gehen und ficken willst? Du müsstest es besser wissen.« Als Will nicht antwortete, fuhr Paul fort: »Ich hab da letztens den geilsten Kerl im Studio kennengelernt. Er heißt Francois Laurent. Er ist Franzose und erst kürzlich beruflich hierher versetzt worden. Er ist verdammt heiß. Nimmt mich heute Abend mit ins *Torch*. Ich könnte dir eine Einladung verschaffen, falls du mitwillst.«

Das *Torch* war ein exklusiver Schwulenclub in der Stadt, privat geführt und bekannt für die spontanen Orgien, die oft in dem Raum stattfanden, der speziell für dieses Vorhaben entworfen worden war. Von einer Wand zur anderen bedeckten Matratzen und Kissen den Boden, und Silberschüsseln voll mit Kondomen und Gleitgel waren diskret im Raum verteilt.

Will war schon mal in dem Club gewesen. Die Warteliste war eine Meile lang, sofern man niemanden kannte. An den Orgien hatte er nie teilgenommen, obwohl er wusste, dass es sich bei Paul da anders verhielt.

»Nein, danke«, sagte er mit einem Lachen. »Ich hab schon andere Pläne.« *Hoffe ich.*

Er brachte Paul zur Eingangstür und öffnete sie. »Hey, aber trotzdem viel Spaß heute Abend. Wirst du sowieso haben, ich weiß.«

Es war seltsam, zuzugeben, dass er nicht den geringsten Anflug von Eifersucht bezüglich Pauls Plänen oder des neuen Kerls, mit dem er sich traf, verspürte. Auch wenn der Sex immer heiß gewesen war, war es nie mehr als das gewesen.

Während sie in der offenen Tür standen, packte Paul unerwartet Will und schloss ihn in eine Umarmung. Noch ehe Will bewusst wurde, was Paul tat, küsste er ihn hart auf den Mund und ließ erst von ihm ab, als Will sich zurückzog.

Paul schenkte ihm einen glühenden Blick und lachte dann. »Sei nicht so ein Frosch.«

Als Will Paul dabei beobachtete, wie er die Straße hinunterjoggte, erhaschte er einen Blick auf das hintere Ende eines roten Pick-ups, der langsam vorbeifuhr. Jack fuhr einen roten Pick-up. Will trat in den Vorgarten hinaus, aber der Wagen war bereits um die Ecke verschwunden.

***

»Scheiße. Scheiße, Scheiße, Scheiße.« Jack unterstrich jeden Fluch mit einem Schlag seiner Faust auf das Lenkrad.

Das ist deine eigene, verdammte Schuld. Du hast gesagt, dass du vorher anrufen würdest. Genau, anrufen, um Will Zeit zu geben, seinen Lover nach Hause zu schicken, bevor Idiot Jack auf der Bildfläche erschien.

Er hatte geplant, anzurufen, hatte aber irgendwie nicht gewusst, was er sagen sollte. Er hatte beschlossen, dass es besser wäre, wenn er wie beim letzten Mal einfach vorbeischaute. Es einfach ganz locker anging: *Ich war gerade in der Nähe…*

Er hatte den Tag in seiner Werkstatt verbracht, den Schaukelstuhl fertiggestellt und an Plänen für einen Schreibtisch gearbeitet. Er war nicht in der Lage gewesen, sich wie sonst in seiner Arbeit zu verlieren, und hatte sich stattdessen wie besessen mit Will und dem, was da zwischen ihnen lief, beschäftigt. Die Minuten hatten sich endlos in die Länge gezogen, bis er sich schließlich endlich die Erlaubnis gegeben hatte, unter die Dusche zu springen und sich auf den Weg von New Rochelle nach Scarsdale zu machen.

Will und den gut aussehenden, schwarzen Mann an der Eingangstür in eine Umarmung vertieft zu sehen, die Köpfe in dem Kuss einander zugeneigt, hatte ihn getroffen wie ein Messer, das jemand in seinen Bauch gerammt hatte. Nicht, dass ihn das hätte überraschen dürfen. Wahrscheinlich standen die Männer einmal um den Block herum Schlange, um Will zu sehen. Er hatte Jack praktisch erzählt, dass er gern seinen Spaß hatte. Warum sollte Jack also überrascht sein?

Wegen dem, was sie miteinander geteilt hatten. Sicher war das etwas anderes gewesen als das lockere Herummachen, auf das Will sich bezogen hatte. Zumindest hatte Jack das dummerweise gedacht.

Der Anblick der beiden Männer, die sich im hellen Tageslicht auf Wills Türschwelle geküsst hatten, hatte ihn so erschüttert, dass er geradewegs an dem Haus vorbeigefahren war.

Er hatte keine Ahnung, ob Will ihn gesehen hatte oder nicht. Er wusste nur, dass er Will in diesem Augenblick nicht hätte gegenübertreten können. Er hätte es nicht ertragen, was sich Will für Lügen ausgedacht hätte – oder nicht ausgedacht hätte –, um zu entschuldigen oder zu erklären, was er gerade beobachtet hatte.

Worte, die Will gesagt hatte, schossen ihm nun durch den Kopf und er verstand sie auf einem durch und durch persönlichen, schmerzhaften Level.

Wenn man sich nicht verliebt, muss man sich auch nicht entlieben.

Wenn er sich nur entlieben könnte. Das wäre so viel einfacher gewesen als dieses abscheuliche Gefühl der Demütigung. Jack war nur eine weitere Kerbe in Wills Bettpfosten – so viel war inzwischen klar. Sie hatten sich erst einen Tag nicht gesehen und schon war Will wieder auf dem Spielfeld unterwegs und stellte sich dort die Männer auf, die ihn vor jeglicher echter emotionaler Verbundenheit bewahrten.

Was auch immer Jack sich gewünscht hatte, Tatsache war, dass Will zu unreif war, um sich auf irgendjemanden einzulassen – am allerwenigsten auf ihn. Er hatte sich selbst etwas vorgemacht, weil Lust seine für gewöhnlich rationale, realistische Sichtweise getrübt hatte.

Geh zurück nach Hause auf die South Side, wo du hingehörst, Jack Crawford. Lern daraus. Wenigstens hast du die Fähigkeit zu fühlen wiederentdeckt, auch wenn es wehtut.

An der nächsten Ecke wendete er und begann, den Weg zurückzufahren, den er gekommen war.

***

Das konnte definitiv Jacks Pick-up gewesen sein, dachte Will. Niemand, der in dieser Straße lebte, fuhr so einen Wagen, weil sie stattdessen ihre SUVs und Sportwagen bevorzugten.

Will war da keine Ausnahme. Er stürmte ins Haus, griff nach seinen Schlüsseln und der Brieftasche und sprintete aus der Tür zu seinem Lexus IS 250.

Falls das Jack gewesen war, musste er Paul gesehen haben. Er musste gesehen haben, wie sie sich geküsst hatten. Verdammter Paul. Verdammter Jack, weil er vorher nicht angerufen hatte. Und verdammtes Timing, das nicht beschissener hätte sein können.

Er schoss aus seiner Einfahrt und fuhr so schnell, wie er es wagte, die Wohnstraße in die Richtung entlang, in die er den Pick-up hatte verschwinden sehen. Am Stoppschild bog er genau wie der Pick-up nach links ab. Er entdeckte den Wagen vor sich, wie er gerade um eine Ecke verschwand, um zu wenden. Er drückte das Gaspedal durch, begierig darauf, aufzuschließen. Er würde einfach erklären, was geschehen war, falls das, was Jack gesehen hatte, ihn dazu veranlasst hatte, wegzufahren.

Als er sich dem Pick-up näherte, verlangsamte er das Tempo. Plötzlich fragte er sich, was er hier eigentlich gerade tat. Anstatt Jack hinterherzufahren, sollte er ihn einfach anrufen. Er griff nach seinem Handy und bemerkte, dass er es zu Hause in seinem Arbeitszimmer hatte liegen lassen.

Sie näherten sich dem Bronx River Parkway und Jack lenkte auf die Auffahrt. Da er nicht wusste, was er sonst hätte tun sollen, folgte Will ihm, wenn auch immer noch mit Abstand. Nach einer oder zwei Meilen fuhren sie wieder ab und wanden sich ihren Weg durch verschiedene Vorortstraßen, bis sie ein beschauliches Mittelklasse-Viertel erreichten. Viele der Gärten waren mit Kinderspielzeug und Fahrrädern übersät, die Häuser waren gepflegt, wenn auch ein wenig in die Jahre gekommen.

Der Pick-up bog in die Einfahrt neben dem letzten Haus in dieser Nachbarschaft ab; ein zweigeschossiges Gebäude aus weißem Stein mit rotem Ziegeldach. Der Garten sah ordentlich aus und war vor Kurzem gemäht worden. Eine riesige Eiche überschattete die vordere Seite des Hauses, ihr Stamm wurde von leuchtend gelben Narzissen gesäumt.

Will hielt vor dem Haus an, blieb aber sitzen, um zu überlegen, was er als Nächstes tun sollte. Er beobachtete Jack, der aus dem Pick-up kletterte. Jack wandte sich um und entdeckte Wills Auto.

Einen Augenblick blieb er sehr ruhig stehen, drehte sich dann abrupt um und steuerte die Eingangstür an.

Will sprang aus seinem Wagen. »Jack, warte.«

Jack blieb nicht stehen, aber als er die Haustür erreicht hatte, drehte er sich erneut um. Er wartete, bis Will zu ihm gerannt war. Er rang nach Luft und fühlte sich reichlich dämlich.

»Bist du mir gefolgt?«, sagte Jack mit kalter Stimme.

»Ja, bin ich. Ich hab mein blödes Handy vergessen. Warum bist du weggefahren? Warum bist du zu mir gekommen und dann einfach wieder weggefahren?«

Jack starrte ihn aus seinen tiefliegenden Augen an, bis Will mit brennendem Gesicht wegschaute.

Entschlossen sah er zurück. »Hör zu, es ist nicht so, wie du denkst. Was du auch gesehen zu haben glaubst –«

»Du schuldest mir keine Erklärungen.«

»Doch, das tue ich. Natürlich tue ich das! Komm schon, Jack. Sei nicht so. Schließ mich nicht aus. Bitte.«

Jack schwieg und Will konnte sehen, wie er mit sich rang. In der Hoffnung, hinter seine Verteidigungslinien zu gelangen, die vielleicht einige Sekunden unbewacht waren, berührte Will ihn am Arm.

»Bitte, Jack. Das war nur Paul. Er bedeutet mir nichts. Er ist nur kurz vorbeigekommen. Als er gegangen ist, hat er mich geküsst. Das ist alles, was du gesehen hast.« Jack antwortete nicht. Will beeilte sich, fortzufahren: »Ich hab auf *dich* gewartet. Nicht auf ihn. Bitte. Du musst mir glauben. Lass das mit uns nicht fallen. Benutz Paul nicht als Entschuldigung, um das mit uns zu beenden, bevor es angefangen hat.«

Langsam nickte Jack. »Komm rein, wenn du willst.«

Sein Tonfall klang immer noch misstrauisch, seine Haltung war steif, aber wenigstens hatte er Will nicht weggeschickt. Will folgte ihm ins Haus. Eine Eingangshalle öffnete sich hin zu einem warmen, gemütlichen Raum voller Holzmöbel, die aus klaren, geschwungenen Linien bestanden und mit hellem, gelbem Stoff bezogen waren.

Jack deutete auf ein Sofa und zwei dazu passende Sessel. Diese waren groß und bequem, die Rahmen waren aus poliertem Kirschholz gefertigt.

»Hast du die gemacht?«

»Ja.« Jack ließ ein bescheidenes Lächeln aufblitzen. »Über die Jahre habe ich so ziemlich alles in diesem Haus selbst gemacht.«

Einen Moment vergaß Will ihr Missverständnis und platzte heraus: »Du machst Witze. Die Sachen haben Galeriequalität. Sie sind absolut umwerfend!«

»Nein, nein.« Jack schüttelte den Kopf. »Sie sind nur funktional. Ich benutze qualitativ hochwertiges Holz und lasse es professionell beziehen. Das ist nur ein Hobby. Davon könnte ich nie leben. Ich verbringe viel zu viel Zeit mit den Rohmaterialien.«

»Nun, da bin ich anderer Ansicht. Ich sage nicht, dass du damit dein Geld verdienen sollst. Ich meine, das muss eine ziemlich intensive, zeitaufwändige Arbeit sein. Aber ich kenne Leute, die sich nichts dabei denken, zehntausend Dollar für einen Sessel auszugeben, der ihnen gefällt. Wenn du dich an die richtige Zielgruppe wendest, könntest du die Sachen definitiv für eine beträchtliche Summe verkaufen.«

»Es geht nicht immer darum, wie viel man mit etwas verdienen kann, Will. Der Gewinn und das, was unterm Strich steht, ist nicht alles.«

Die Bemerkung traf Will hart und er fragte sich, ob in dem Vorwurf ein tieferer Sinn steckte. Er sagte nichts.

Sanfter sagte Jack: »Kann ich dir was zu trinken anbieten? Ein Bier oder Limo oder so?«

»Ein Bier wäre toll.«

Jacks Küche war beträchtlich kleiner als seine eigene, mit weißen Schränken, einem schwarz-weiß karierten Fußboden und strahlend gelben Wänden, an denen gerahmte Kreuzstiche voller Binsenweisheiten hingen, inklusive *Hausarbeit hat noch niemanden umgebracht, aber ich riskiere nichts* und *Gott schützt dieses Haus, aber Er hält es nicht sauber.*

Jack, der seinem Blick gefolgt war, lachte entschuldigend. »Das sind Emmas. Sie hat Hausarbeit gehasst. Aber sticken hat sie geliebt. Es hat sie entspannt, genauso wie es mich entspannt, Möbel zu bauen. Ihre Sachen sind im ganzen Haus verteilt. Sie muss über hundert Kissen gemacht haben.«

»Sie fehlt dir, hm?«

»Ja.«

Jack nahm eine Dose Mineralwasser für sich und eine Dose Bier aus dem Kühlschrank. Letztere reichte er an Will weiter. »Nicht das ausgefallene, importierte Zeug, das du hast, tut mir leid.«

»Ach, hör auf. Das ist perfekt.«

Sie kehrten ins Wohnzimmer zurück und machten es sich auf den bequemen, eleganten Sesseln gemütlich. Will strich über das glänzende, geschwungene Holz seiner Armlehne, während er versuchte, seine nächsten Worte zu formulieren. Er entschied sich für die schlichte, nüchterne Wahrheit.

»Jack, der Typ, den du gesehen hast, heißt Paul. Wir arbeiten zusammen. Außerdem ist er ab und an mein... äh, Spielpartner. Du weißt schon, wir haben Sex. Oder wir hatten. Das war vor dir und mir. Ich hab's dir erzählt. Darüber habe ich dich nie angelogen. So hat mein Sexleben ausgesehen, bevor du erschienen bist. Eben ein Sexleben. Kein Liebesleben. Paul war Teil dieses Lebens. Heute ist er unangekündigt aufgetaucht. Ich habe ihm gesagt, dass ich einen Anruf erwarte. Als er gerade gehen wollte, hat er mich gepackt und mich geküsst.«

»Du hast ihm nichts von mir gesagt«, warf Jack ein. Es war keine Frage.

Will spürte sein Gesicht warm werden, während Entschuldigungen in seinem Kopf umherschwirrten. Wieder entschied er sich für die Wahrheit.

»Nein. Habe ich nicht. Ich habe es niemandem gesagt.« Als Jack etwas sagen wollte, haspelte Will weiter: »Nicht, weil es mir peinlich ist oder so. Nein, im Gegenteil. Was wir haben – was immer das auch ist, was sich da zwischen uns entwickelt...

Ich will es nicht teilen. Noch nicht. Es ist noch so neu, so zerbrechlich. Schätze, was da heute los war, beweist das nur. Und was gestern Morgen passiert ist. Ich meine, so wie du praktisch aus meinem Haus geflohen bist, und das nach dieser atemberaubenden Nacht.«

Nun war Jack an der Reihe, zu erröten. Einen Herzschlag lang wartete Will, dass er sich entschuldigen würde, aber er schwieg, also fuhr Will fort: »Ich glaube, du bist gegangen, weil du Angst hattest, genauso wie ich. Wir beide wollten, was passiert ist, aber es bedeutet fast schon zu viel. Keiner von uns weiß so richtig, was er damit anfangen soll. Du, weil du noch immer mit deiner sexuellen Identität kämpfst. Ich, weil ich mich noch nie so heftig verliebt habe.«

Jack schaute zu ihm auf. Zum ersten Mal, seit er am gestrigen Morgen weggelaufen war, war sein Gesichtsausdruck offen und verletzlich. »Hast du gerade gesagt… du bist in mich verliebt?«

»Ja«, flüsterte Will. »Ja, ich glaube schon.«

Kapitel 12

»Hier werkelt also der Meister«, sagte Will, während er sich langsam um die eigene Achse drehte.

Der Raum war riesig und offen, mit großen Fenstern an zwei Seiten, durch die das Sonnenlicht hereinströmte. In einer Ecke des Zimmers waren Holzstöße akkurat nach Größe und Sorte aufeinandergestapelt. Sägeböcke, diverse elektrische Sägen, Drechselbänke und anderes Werkzeug, das Will nicht benennen konnte, füllten jeden freien Platz.

In den Regalen drängten sich Flaschen voller Leim und Lack, Farbeimer, Fächer mit Nägeln und Schrauben, Schleifmaschinen und verschiedenes Handwerkszeugs; allesamt fein säuberlich angeordnet. Eine Ecke des Zimmers war als eine Art Sitzecke hergerichtet, mit einer tiefen, bequemen Couch und einem überladenen Schreibtisch, auf dem ein Computer, Papierstapel und Zeitschriftentürme standen. Will bemerkte das Zwiebelpapier, das Jack für seine Baupläne benutzte. Darauf lagen ein blauer Filzstift und ein Bleistift.

Der Fußboden bestand aus Hartholz; Hobelspäne lagen hier und da herum. Es roch nach Lack und Sägemehl – ein gemütlicher, sogar einladender Geruch. Will wurde bewusst, dass dieser einen Teil von dem Geruch auf Jacks Hemd bildete, als er es an sein Gesicht gedrückt hatte – ein Teil seiner Essenz.

»Das ist meine Werkstatt«, sagte Jack mit hörbarem Stolz in seiner Stimme. »Ich habe den Raum vor ungefähr zehn Jahren angebaut. Davor habe ich im Keller gearbeitet. Das hier ist wesentlich besser. Ich sehe endlich, was ich eigentlich mache. Es gibt sogar eine eigene Tür raus zur Einfahrt, sodass ich Holz und Werkzeug hier reinbringen kann, ohne durchs Haus gehen zu müssen.«

Er deutete auf die Tür neben einem der Fenster. Eine gerahmte Stickerei mit den Worten *Jacks Werkstatt* hing darüber. Jack lächelte, während er Will bei der Erkundung der Umgebung beobachtete. Jacks ganzes Auftreten war nun, da er sich in seinem eigenen Revier befand, viel entspannter.

Will ging zu dem Schreibtisch und berührte die Pläne, die über den Papieren ausgebreitet lagen. »Woran arbeitest du gerade?«

»Ich bin gerade mit einem Schaukelstuhl fertig geworden, den ich meiner Schwester zum Geburtstag schenken will. Er steht hinten draußen, damit der Lack trocknen kann. Als Nächstes werde ich mit einem Schreibtisch anfangen. Um den hier zu ersetzen. Ich habe vorher noch nie einen Schreibtisch gezimmert, also ist das so was wie eine Herausforderung.«

Jack war ihm in die Sitzecke gefolgt. Will spürte seine Anwesenheit und hörte seine Stimme, die dicht hinter ihm vibrierte. Er drehte sich um und Jack wich ein wenig zurück. Will fühlte sich verwundbar und er hatte Sehnsucht – Gefühle, die ihm fremd gewesen waren, bis er auf diesen ungewöhnlichen, zutiefst sinnlichen Mann getroffen war.

Im Stillen beschwor er Jack, sein Angebot nicht auszuschlagen. Beinahe hätte er vor Erleichterung aufgeseufzt, als Jack in seine Umarmung trat. Einen Moment hielten sie sich umschlungen, dann, wie aufs Stichwort, beugten sie sich zu einem Kuss vor.

Will hatte vorgehabt, sich Zeit zu lassen und sich langsam seinen Weg zurück in Jacks Gunst zu suchen, aber er schien sich nicht beherrschen zu können. Seit Samstagmorgen, als sie auseinandergegangen waren, schrie sein Körper nach Jack. Er hatte daran gedacht, Paul oder einen anderen seiner gelegentlichen Lover für ein wenig bedeutungslosen Sex anzurufen, einfach nur, um ein wenig den Druck abzubauen.

Doch obwohl es absolut nicht seinem Wesen entsprach – zumindest nicht dem des Mannes, der er gewesen war, bevor Jack in sein Leben getreten war –, hatte er sich dagegen entschieden. Er würde auf Jack warten. Er hatte sich nicht einmal selbst befriedigt, weil er sich an den romantischen und eher lächerlichen Gedanken geklammert hatte, sich für seinen neuen Liebhaber aufzusparen.

Jetzt kochte sein Verlangen über. Er manövrierte Jack zum Sofa hinüber und drückte ihn nach unten, ohne den Kuss zu unterbrechen. Wie er selbst trug Jack T-Shirt und Jeans.

Will presste seine Hände gegen Jacks starke Brust, schlüpfte unter das Shirt und streichelte nach oben. Himmel, er begehrte diesen Mann, mehr als er jemals irgendjemanden sonst begehrt hatte.

»Ich muss dich haben«, flüsterte er eindringlich. Streicheln und liebkosen reichte nicht – er wollte Jack auf die intimste Art und Weise. Er wollte ihn ficken und von ihm gefickt werden. Er wollte es nicht einfach nur – es verlangte ihn verzweifelt danach.

Er fummelte an Jacks Shirt herum und schob es hoch, sodass er sich nach vorne lehnen und an einer Brustwarze knabbern konnte. Mit einem konzentrierten Gesichtsausdruck sah Jack auf ihn herunter. Seine Augen waren dunkel, fast schwarz, die Pupillen geweitet und auf Wills Gesicht fixiert, seine Lippen geöffnet und feucht.

Heißhungrig stürzte Will sich auf ihn, leckte und küsste seine Nippel, während seine Hände über Jacks Brust nach unten strichen, um seinen Gürtel zu lösen. Zeitgleich packte Jack Wills T-Shirt und zog daran, sodass die dünne Baumwolle spielend leicht unter seinen kräftigen Händen zerriss.

Die unerwartete, dominante Handlung erregte Will, als er sich vor Jack auf die Knie sinken ließ. Seine Hände lagen noch immer an Jacks Hosenbund. Fieberhaft zerrte er an Jacks Reißverschluss und leckte sich die Lippen, während er auf die Beule in Jacks Boxershorts starrte. Verzweifelt zog Will die Shorts nach unten, sodass Jacks steifer Penis und seine Hoden zum Vorschein kamen, aufgerichtet und hart wie Stahl.

Will beugte sich nach unten. Mit einer Hand umfasste er die Basis von Jacks Schaft, während er seinen Mund hungrig darauf hinabsenkte, um zu lecken und zu saugen.

Jack lehnte sich gegen das Sofa zurück und murmelte: »Ja. Himmel, Gott, ja, ja, ja…« Seine Finger verkrallten sich in Wills Haar, seine Schenkel schlossen ihn zu beiden Seiten ein, während Will ihn mit seiner Zunge verwöhnte.

Es dauerte nicht lange. Innerhalb weniger Minuten keuchte Jack. Er stieß nach oben, um sich tief in Wills Mund und seiner Kehle zu versenken.

»Oh Gott. Ich komme. Will, oh, Will!« Jack zitterte am ganzen Körper und seufzte vor Wonne, als er kam und sich Will in Ekstase entgegenwölbte. Will ließ nicht von ihm ab und saugte an ihm, bis Jack gegen das Sofa zurücksank. Sein Kopf war nach hinten gelegt, die Finger immer noch in Wills Haare gekrallt, obwohl sich sein Griff inzwischen gelockert hatte.

Sanft machte sich Will von ihm los und zog sich neben Jacks aufs Sofa hoch. Sein Schwanz kribbelte. Er sah auf sein zerrissenes T-Shirt hinunter und dann zu Jack. Dieser hatte den Kopf gehoben und erwiderte Wills Blick. Lust stand ihm ins Gesicht geschrieben und ließ seine Augen strahlen.

»Steh auf«, sagte Jack leise und doch in einem Befehlston, den Will bisher noch nie von ihm gehört hatte. Fasziniert und angetörnt gehorchte Will. Er stellte sich vor Jack, der nach ihm griff und erst den Knopf, dann den Reißverschluss öffnete.

»Zieh sie aus«, sagte Jack, seine Stimme klang dunkel und selbstbewusst. Lag das daran, dass er sich hier bei sich zu Hause auf sicherem Terrain befand? Oder hatte er endlich akzeptiert und angenommen, wer und *was* er wirklich war?

Was auch immer davon zutraf, Wills Schwanz wurde noch härter, sofern das überhaupt möglich war. Er gehorchte wieder und zog seine Jeans zusammen mit den Pants über seine Schenkel nach unten. Mit einem Schulterzucken ließ er sein zerfetztes Shirt zu Boden fallen.

Jack kniete sich vor ihn und leckte sich in einer langsamen, sinnlichen Geste über die Lippen. Er zog Will nach vorne, seine starken, großen Hände lagen an Wills Hüften, als er die Lippen öffnete und seinen Mund um die Spitze von Wills Penis schloss.

Will seufzte zustimmend und packte Jacks Schultern, um sein Gleichgewicht zu halten. Nach einigen wundervollen Sekunden, in denen Jack an der sensiblen Spitze geleckt und gesaugt hatte, beugte er sich in dem Versuch vor, mehr aufzunehmen. Würgend zog er sich zurück. Will konnte seine Frustration fühlen. »Benutz deine Hand«, bot er an. »Du musst ihn nicht ganz schlucken.«

»Setz dich«, antwortete Jack. »Das ist vielleicht leichter für mich.«

Er zog Will nach vorne und dirigierte ihn auf das Sofa. Immer noch auf seinen Knien wandte er sich Will zu. Dieser lehnte sich zurück, die Schenkel gespreizt, damit Jack sich dazwischen niederlassen konnte.

Jack nahm den Schaft in seine Hand und schloss die Lippen um die Spitze. Als er den Mund darüber senkte, schob er seine Hand nach oben, um ihm entgegenzukommen. Will rutschte bis an die Sofakante vor, um Jack einen besseren Zugang zu ermöglichen. Zu seiner Überraschung ließ Jack einen Finger zwischen seine Pobacken gleiten und an der Spalte herumtasten.

Will packte die Kissen auf dem Sofa, drückte sich dem Finger entgegen und wünschte sich, es wäre Jacks Schwanz. Jack zog seine Hand zurück, jedoch nur, um seinen Finger zu befeuchten, ehe er damit an Wills Hintern zurückkehrte. Er drückte seinen breiten Finger bis zum ersten Knöchel hinein und Will konnte sein zustimmendes Stöhnen nicht zurückhalten.

Jack begann, stärker zu saugen. Seine Hand rieb an Wills Schaft entlang und auf seinen Mund zu. Die himmlische Liebkosung brachte Will schnell an den Rand seiner Selbstbeherrschung. Undeutlich nahm er ein klingelndes Geräusch wahr, aber er zollte dem nicht besonders viel Aufmerksamkeit, zu fokussiert auf die aufgewühlte Leidenschaft, die ihn beinahe verschlang. Als Jack einen zweiten Finger in ihn schob, erschauerte Will und fing an, sich Jack unkontrolliert entgegenzudrängen.

Jack löste seinen heißen Mund, aber seine Hand flog weiterhin über Wills Schwanz, als Will vor Verlangen stöhnte. »Jack!«, schrie er, als er kam. »Jack!«

Nach einem Moment schaffte es Will, seine Augen aufzuschlagen und saugte den Anblick seines sexy Lovers in sich auf. Sein dunkles Haar fiel ihm in die Augen, Gesicht und Hals waren mit perlmuttfarbenem Sperma verziert.

»Oh. Mein. Gott.«

Beim Klang der fremden Stimme fuhr Will zusammen. Hektisch sah er zur Tür der Werkstatt und überschlug instinktiv die Beine über seinem freigelegten Penis. Seine Jeans lagen außerhalb seiner Reichweite und waren zudem unter Jacks Knien gefangen. Der junge Mann, der in der Tür stand, war vielleicht zwei- oder dreiundzwanzig. Obwohl seine Haare heller waren und seine Augen eine andere Farbe hatten, gab es keinen Zweifel, dass das hier Jacks Sohn war.

Noch bevor Will sein Sperma aus Jacks Gesicht wischen konnte, flog Jacks Kopf in Richtung der Stimme seines Sohnes herum. Das Gesicht des jungen Mannes war eine erstarrte Maske des Entsetzens.

»Eric.« Jacks Stimme klang schwach. »Ich hab dich nicht reinkommen hören.«

»Offensichtlich«, zischte Eric. Sein Gesicht war mit dunkelroten Punkten gefleckt, als er von seinem Vater zu Will und wieder zurück schaute.

»Warte in der Küche auf mich.«

Seine Augen verengten sich angewidert, als Eric einen weiteren Blick auf Will und seinen Vater abschoss, ehe er auf dem Absatz kehrtmachte. Er schlug die Tür so heftig hinter sich zu, dass sie in ihrem Rahmen klapperte. Will konnte das kleine Arschloch dramatisch davonstampfen hören.

Jack zog sich neben Will auf das Sofa hoch. Er war blass. Auf seiner Stirn und der Oberlippe hatte sich ein Schweißfilm gebildet. Er sah aus, als würde er gleich ohnmächtig werden.

Jack wischte sich mit einer Hand über die Stirn, ehe er unnötigerweise sagte: »Das war mein Sohn. Mein jüngerer Sohn, Eric.«

»Hab ich mir gedacht«, sagte Will und versuchte sich erfolglos an einem Lächeln.

Für mindestens eine halbe Minute saß Jack regungslos wie ein Stein da. In der Zwischenzeit sammelte Will seine Unterhose und die Jeans auf. Die Endorphine seines gerade erst erlebten Orgasmus hatten sich vor Schock aufgelöst.

»Bist du okay?« Will streckte eine Hand aus, um einen Spermafleck von Jacks Wange zu wischen. Abrupt schob Jack seine Hand weg. Stattdessen legte er seine eigene Hand an den Fleck und sah dann auf seine Finger.

»Oh Gott...« Er klang benommen. »Ich muss mit ihm reden.« Unbeholfen stand er auf und wandte sich zum Gehen. Seine Bewegungen waren abgehackt und unkoordiniert, als ob sein Nervensystem und seine Muskeln streiken würden. Er sah nicht zu Will zurück. Er bat ihn nicht, zu warten, und auch nicht, zu gehen.

An der Tür drehte er sich schließlich um. »Es tut mir leid«, flüsterte er. »Es tut mir so leid.« Dann war er verschwunden.

Will sank in die Couch zurück. Sollte er jetzt einfach gehen? War's das gewesen? Jack hatte sich erwischen lassen und jetzt war alles vorbei?

Jetzt erinnerte sich Will wieder an das Geräusch, das er gehört hatte, und vermutete, dass es die Türklingel gewesen war. Er dachte an das Haus seiner eigenen Eltern. Er hätte ebenfalls geklingelt, aus reiner Höflichkeit, nur um sich dann selbst reinzulassen, obwohl er seine Ankunft mit Begrüßungsrufen kundgetan hätte. Vielleicht hatte Eric ebenfalls gerufen, aber sie hatten ihn nicht gehört, so versessen, wie sie aufeinander gewesen waren.

Scheiße, was für ein Chaos. Was für ein blödes, lächerliches Chaos. Will mochte kein Chaos. Er mochte die Dinge sauber und ordentlich. Und ganz besonders mochte er es nicht, verurteilt zu werden, schon gar nicht von einem dahergelaufenen, rotznäsigen, kleinen Dreckskerl, der die Partnerwahl seines Vaters *missbilligte*. Missbilligung oder besser gesagt absolutes Entsetzen und Abscheu hatten ihm glasklar ins Gesicht geschrieben gestanden.

Was für ein Schock, herauszufinden, dass dein Vater eine Schwuchtel war, dachte Will bitter. Natürlich hatte Jack die Neuigkeit nicht gleich seiner Familie mitgeteilt. Dafür war alles noch viel zu frisch. Wie würde Jack darauf reagieren, ertappt worden zu sein? Würde er leugnen, was Eric mit seinen eigenen Augen gesehen hatte? Würde er es nicht nur gegenüber Eric, sondern auch sich selbst gegenüber leugnen?

Er wollte ihnen nachlaufen und Jack anflehen, das, was sie hatten, nicht durch Lügen zu verraten oder dadurch, dass er Entschuldigungen für das suchte, was in der Privatsphäre seines eigenen Zuhauses zwischen zwei erwachsenen Männern geschehen war. Er wollte schreien, dass das nicht Erics oder sonst jemandes Angelegenheit war.

Tränen traten Will in die Augen. Ein aufregender, wundervoller Moment war ruiniert worden, möglicherweise über die Möglichkeit einer Reparatur hinaus zerstört worden.

Wenn man sich nicht verliebt, muss man sich auch nicht entlieben. Und viel wichtiger: Man kann nicht verletzt werden.

Will war verletzt, und das heftig. Er beugte sich vor und stützte den Kopf in seine Hände. Er wollte ihnen in die helle, kleine Küche folgen. Er wollte Jack und sich selbst verteidigen, dem Kleinen sagen, dass er vielleicht Nerven hatte, einfach so bei ihnen reinzuplatzen. Aber in seinem Innersten wusste er, dass Jack es nicht begrüßen würde, wenn er zu seiner Rettung käme.

Nein, von Will wurde erwartet, zu warten, verlassen und allein, während Jack zu seinen eigenen Bedingungen mit seinen Dämonen klarkommen musste. Wenn das bedeutete, Will außen vor zu lassen und sich von ihm loszumachen, würde Will damit fertig werden müssen. Was für eine Wahl hatte er auch? Er musste darauf vertrauen, dass Jack den Mut und die Aufrichtigkeit besaß, nicht nur seinem Sohn, sondern auch sich selbst gegenüber ehrlich zu sein.

***

Automatisch bewegten sie sich auf den Küchentisch zu, der Platz, an dem über die Jahre alle ernsten Familienangelegenheiten besprochen und letztendlich gelöst worden waren. Von all den Tagen, die Eric unangekündigt hier hätte auftauchen können, hatte er sich ausgerechnet diesen ausgesucht.

Eric lebte in New Jersey, wo er in der Personalabteilung einer großen Elektronikfirma arbeitete. Normalerweise rief er vorher an, ehe er die kleine Reise nach New Rochelle unternahm. Die letzten paar Male, seit er sich verlobt hatte, hatte er immer seine Zukünftige, Lisa, mitgebracht.

Um Gottes willen, war sie etwa auch hier? Panik überfiel Jack aus Neue. Warum kam er sich in dieser ganzen Sache wie ein fehlgeleitetes Kind vor, das an den Tisch kam, um zu erfahren, wie seine Strafe aussehen würde? Er befand sich immer noch in seinem eigenen Haus. Er war ein erwachsener Mann. Es war ja nicht so, als hätte er Emma betrogen – er war frei, zu tun und zu lassen, was er wollte.

Aber nicht so. Nicht so, dass er sich mit einem nackten Mann erwischen ließ, dessen Sperma von seinem Gesicht tropfte. Jack errötete, tief beschämt über das, was sein Sohn mitangesehen hatte.

Eric wartete am Tisch auf ihn, sein Gesicht verkündete unheilvoll seine Vorwürfe. »Ich bin fassungslos, Dad. Was würde Mom dazu sagen? Ich kann nicht glauben, dass ich tatsächlich gesehen habe, was ich da gesehen habe.«

Jack ließ sich auf einen Stuhl nieder. Plötzlich fühlte er sich sehr alt. »Ist Lisa auch da?«, fragte er, eher um die unausweichliche Konfrontation hinauszuschieben als wegen irgendetwas sonst.

»Nein. Wir… wir nehmen uns eine Auszeit. Von einander. Sie braucht« – seine Stimme klang spöttisch, obwohl Jack sicher war, dass er dahinter nur seinen Schmerz verbarg – »eine Weile ihren Freiraum, sagt sie. Was zum Teufel auch immer das heißen soll.«

»Tut mir leid«, sagte Jack und hatte Mitleid mit seinem Sohn, obwohl er auch froh über die kurzzeitige Ablenkung durch die Probleme eines anderen war.

Eric machte eine abweisende Geste mit der Hand. »Vergiss es. Wir kämpfen uns da schon durch. Und das ist jetzt kaum das Thema. Ich will wissen, was zur Hölle hier los ist, Dad. Hast du deinen Verstand verloren? Ich kann nicht glauben, wie widerlich –«

»Das reicht, Eric.« Jacks Verlegenheit wurde durch aufkommende Irritation ersetzt – oder zumindest teilweise ausgeglichen.

Wer war Eric, dass er über ihn urteilen konnte? Was wusste er über Jacks Leben, seit seine Frau gestorben war? Was wusste er überhaupt über das Leben? Trotzdem wusste er, dass es ein entsetzlicher Schock sein musste, von allen möglichen Menschen ausgerechnet seinen Vater mit einem anderen Mann zu sehen.

Er sah seinen Sohn an. Eric war schon immer der ehrgeizigere der beiden Jungs gewesen, der die zufälligen Launen des Lebens immer persönlich nahm. Während Jason über unglückliche Umstände lachen konnte, fraß Eric sie in sich hinein. Insgeheim hatten Jack und Emma sich immer gewundert, wie sie zu so einem ernsten, manchmal mürrischen Jungen gekommen waren.

Jack war überrascht, aber erfreut gewesen, als er vor zwei Monaten von Erics Verlobung erfahren hatte. Lisa schien ihm gut zu tun. Sie war fröhlich und liebenswert und riss ihn aus seinen Tiefs, wenn alle anderen zuvor bereits daran gescheitert waren.

»Pass auf, Junge, in was auch immer du da reingeplatzt bist, du bist uneingeladen vorbeigekommen –«

»Oh, jetzt brauche ich also schon eine persönliche Einladung in mein eigenes Haus«, schoss Eric hitzig zurück. »Als Mom noch gelebt hat, habe ich keine Einladung gebraucht. Ich bin hier aufgewachsen. Ich dachte immer, das hier wäre mein Zuhause.«

»Hör auf damit, Eric. Natürlich ist es dein Zuhause.«

»Tja, ich habe nicht erwartet, nach Hause zu kommen und meinem Vater dabei zuzusehen, wie er irgendeiner... irgendeinem Stricher einen bläst.« Erneut verzerrte sich Erics Gesicht. Er sah aus, als würde er gleich zu weinen anfangen.

Jack versuchte, ruhig zu bleiben, und erinnerte sich selbst daran, dass er dem Jungen dreiundzwanzig Jahre Erfahrung voraus hatte. »Das war kein Stricher, Eric. Das war ein Freund. Ist ein Freund.«

»Dein *Freund*«, spuckte Eric voller Verachtung aus. »Er ist in meinem Alter, Herrgott noch mal!«

»Er ist dreißig, auch wenn dich das absolut nichts angeht.« Jacks Tonfall war scharf. Er zwang sich zu einem tiefen Atemzug. Er musste einen Weg finden, die Dinge zu erklären, ohne Eric noch weiter aufzuregen.

»Oh, es geht mich also nichts an, dass sich mein Vater in eine verdammte Schwuchtel verwandelt –« Erics Stimme hob sich zu einem Schreien.

»Das reicht!«, rief Jack und ließ seine Faust auf den Tisch zwischen ihnen krachen. Für den Augenblick vergaß er die Gefühle seines Sohnes in dieser Angelegenheit und fuhr fort: »Du hast keine Ahnung, wie es ist, Eric. Wie es ist, allein zu sein, nachdem du dein Leben mit einem anderen Menschen verbracht hast. Ich habe nicht geplant, mich auf einen anderen Mann einzulassen. Es ist einfach irgendwie... passiert.«

»Es ist einfach irgendwie *passiert*, dass dein Mund an seinem Schwanz gelandet ist? Willst du das damit sagen?«

Zorn raste durch seine Eingeweide wie ein bitteres Feuer. Er war kaum in der Lage, es unter Kontrolle zu halten, als er mit gefährlich leiser Stimme sagte: »Eric, ich möchte, dass du jetzt gehst. Wir können später weiterreden, wenn du dich beruhigt hast. Ich werde nicht zulassen, dass du mich in meinem Haus beleidigst.«

Seine Ohren brannten. Er wusste, dass er dunkelrot angelaufen sein musste. Er presste seine Fingernägel in seine Handflächen, um sich vom Schreien abzuhalten.

Eric stieß sich vom Tisch ab und schickte seinen Stuhl damit klappernd zu Boden. »Gott sei Dank erlebt Mom das nicht mehr mit. Warte, bis Jason davon erfährt. Scheiße, mein eigener Dad.«

Er stürmte aus der Küche. Jack machte keine Anstalten, ihm zu folgen. Die Haustür fiel krachend ins Schloss und Reifen quietschten protestierend die Einfahrt entlang.

Mehrere Minuten saß Jack zusammengesunken am Tisch, den Kopf in die Hände gestützt. Obwohl er wusste, dass es unfair war, wollte ein Teil von ihm Will für alles die Schuld geben. Wenn er Jack doch nur nicht nach Hause gefolgt wäre. Wenn er ihn doch gar nicht erst verführt hätte.

Nein. Das war nicht fair. Jack war ein erwachsener Mann. Er war nicht verführt worden – er war aus freien Stücken auf das zugegangen, was auch immer er und Will miteinander hatten. Will...

Mit einem Ruck wurde ihm bewusst, dass er Will alleine in seiner Werkstatt zurückgelassen hatte. Er sprang vom Tisch auf und eilte durch das Wohnzimmer, aber als er die Werkstatt erreicht hatte, war Will verschwunden. Jack erspähte das blassgrüne T-Shirt, dass er Will in seiner Leidenschaft praktisch von seinem attraktiven Körper gerissen hatte. Zusammengeknüllt lag es am Boden. Der einzige Beweis, dass Will überhaupt hier gewesen war.

Jack trat darauf zu und bückte sich, um es aufzuheben. Er ballte die Faust hinein und drückte es sich ans Gesicht. Er konnte Will riechen – seinen speziellen Zitrusgeruch, irgendwie ein bisschen frühlingshaft, mit einer unterschwelligen, durch und durch maskulinen Note.

Der Duft führte ihm Wills Präsenz so deutlich vor Augen, dass Jack fast seinen Namen gerufen hätte. Stattdessen biss er sich so hart auf die Lippe, dass sie beinahe zu bluten anfing. Mit schwerem Herzen ging er zur Tür, die nach draußen führte, und öffnete sie. Wills schicker Sportwagen war nirgendwo zu sehen.

»Was habe ich getan?«, sagte Jack laut.

Er griff in seine Hosentasche und klappte sein Handy auf. Er wählte Wills Nummer und wartete. Sein Herz klopfte unregelmäßig. Statt Will ging nur seine Mailbox dran. Da er keine Ahnung hatte, was er sagen sollte, legte er wieder auf.

Er bewegte sich langsam, weil er sich fühlte, als hätte er gerade einen Faustkampf hinter sich. Er fühlte sich geschlagen, als hätte er überall Prellungen, während er sich durch den Raum schleppte. Er steuerte die Alkoholvitrine an, die er nicht mehr angerührt hatte, seit er Anna gestanden hatte, dass er eventuell Alkoholiker war.

Er öffnete die Vitrine und griff an alten Flaschen Tonic Water und Bitter Lemon vorbei nach der ungeöffneten Flasche Whisky, die ihm ein Kunde zusammen mit seiner Bezahlung für einen Auftrag geschenkt hatte. Er hielt sich nicht mit einem Glas auf, nahm die Flasche mit zu seinem Fernsehsessel und ließ sich hineinsinken. Er schraubte den Deckel auf und setzte die Öffnung an seine Lippen, froh über das Brennen, als der Alkohol seine Kehle hinunterrann.

***

Als Will nach Hause kam, nahm er sein liegen gelassenes Handy zur Hand. Er entdeckte den verpassten Anruf von Jack und seufzte erleichtert auf. Er hatte angerufen. Will drückte den entsprechenden Knopf, um Jack zurückzurufen, und hielt sich das Handy ans Ohr, während er sich auf dem Sofa vor dem Kamin niederließ.

»Sie haben die Nummer von Jack Crawford von *Affordable Improvements* gewählt. Leider kann ich Ihren Anruf derzeit nicht entgegennehmen…«

Will klappte sein Handy zu. Er wollte keine Nachricht hinterlassen. Er checkte seine eigene Mailbox, aber sie enthielt keine Nachrichten von Jack. Verdammt. Ein Teil von ihm war versucht, in sein Auto zu steigen und auf direktem Weg zurück zu Jacks Haus zu fahren.

Als Jack mit seinem Sohn in die Küche gegangen war, hatte Will mehrere Minuten darauf gewartet, dass er in die Werkstatt zurückkehrte. Als er die lauten Stimmen gehört hatte, das Wort *Schwuchtel*, das an seine Ohren gedrungen war, hatte sein Verstand einen vorübergehenden Kurzschluss bekommen. Er hatte sich in seinem Auto wiedergefunden. Seine Hand hatte gezittert, als er versucht hatte, den Schlüssel ins Zündschloss zu stecken.

Auf der zwanzigminütigen Fahrt nach Hause hatte er Zeit gehabt, seine Gedanken ein wenig zu sammeln. Ihm war klar geworden, dass er nicht hätte weglaufen sollen. Jack konnte definitiv einen verständnisvollen Zuhörer gebrauchen, sobald sein engstirniger Sohn von der Bildfläche verschwunden war.

Er hielt inne. Sie beide hatten sich schon in der Vergangenheit in Schwierigkeiten gebracht, indem sie nicht vorher angerufen hatten. Besser, er ließ Jack wissen, dass er zurückkommen wollte. Besser, vorher auszuloten, ob Jack überhaupt wollte, dass er zurückkam. Außerdem wusste er nicht, ob Jack nicht doch eine 180-Grad-Wende gemacht hatte, weil er unter den Beleidigungen durch seinen Sohn eingeknickt war, und kurzzeitigen Wahnsinn für seine Entgleisung von der Heterosexualität verantwortlich machte.

Bevor er sich das Ganze ausreden konnte, klappte Will sein Handy wieder auf und rief Jack an. Erneut landete sein Anruf auf der Mailbox. Jacks raue, sexy Stimme entschuldigte sich dafür, nicht ans Telefon gehen zu können. Verdammt. Wo steckte er? Dieses Mal hinterließ Will eine Nachricht.

»Jack? Ich bin's, Will. Ich mache mir Sorgen. Bitte ruf mich an.« *Ich liebe dich.* Er wollte die Worte hinzufügen. Beinahe hätte er es getan, verkniff sie sich aber in der allerletzten Sekunde. Vielleicht war Jack noch nicht bereit, sie zu hören, insbesondere nicht jetzt.

Will fragte sich, ob Jack bereit war, sie zu fühlen, aber er wusste, dass es dafür zu spät war. Wartend saß er da, sogar zu nervös und abgelenkt, um sich ein frisches T-Shirt aus seiner Kommode zu holen.

Er wartete zehn Minuten, zwanzig, dann eine Stunde. Noch immer hatte Jack ihn nicht zurückgerufen. Er überlegte, ihn erneut anzurufen. Vielleicht hatte er die Nachricht nicht bekommen? Vielleicht war Eric gerade erst gegangen. Oder vielleicht war er immer noch da?

Noch einmal wählte Will die Nummer, während er sich gleichzeitig sagte, dass dies das letzte Mal sein würde. Er würde hier nicht wie ein liebeskranker Idiot herumsitzen und jemanden anschmachten, der möglicherweise nicht länger etwas mit ihm zu tun haben wollte.

Er warf einen Blick auf seine Armbanduhr. Gleich neun. Er hatte noch kein Abendessen gehabt, aber er war auch nicht hungrig. Er fühlte sich leer. Und wütend. Wo zur Hölle steckte Jack?

Sein Handy klingelte und Wills Herz schlug einen Purzelbaum. Ohne auf die Anrufererkennung zu schauen, ging er dran. »Hallo? Jack?«

»Nein«, sagte jemand am anderen Ende der Leitung langsam. »Wer ist Jack? Ist er derjenige, mit dem du heute Abend verabredet warst, hm?«

Will erkannte Pauls Stimme. Verlegen gab er zu: »Ja.«

»Tja, vielleicht kannst du ihn mitnehmen. Francois hat vier Eintrittskarten. Ich dachte, ich gebe dir noch eine Chance. Wer weiß, wann das wieder so weit sein wird. Willst du mit uns ins *Torch* gehen? Du kannst deinen neuen Toyboy mitbringen, ich verspreche, ich werde nicht eifersüchtig sein.« Paul lachte, ein lang gezogenes, musikalisches Geräusch, wie eine Tonleiter.

»Nein. Nein, danke«, sagte Will deprimiert.

»Falls du deine Meinung noch änderst: Wir gehen erst in etwa einer halben Stunde oder so los. Francois will dich unbedingt kennenlernen, Darling.« Wieder der musikalische Klang seines Gelächters, dann legte Paul auf.

Will versuchte es noch einmal und drückte die Schnellwahltaste für Jacks Nummer. Nach dem vierten Klingeln sprang die Mailbox an.

Dieser Bastard, dachte er, als schließlich Wut in ihm aufstieg, die die Traurigkeit auslöschte. *Er könnte mich wenigstens anrufen. Mir sagen, was zum Teufel eigentlich los ist. Wenigstens das schuldet er mir.*

Wut fühlte sich besser an als Kummer, sehr viel besser. Will klammerte sich an dieses Gefühl wie an eine Rettungsleine, als er das Handy erneut aufklappte.

»Paul? Wenn es noch nicht zu spät ist, würde ich gerne auf deine Einladung zurückkommen. Allerdings nur ich alleine. Jack schafft es nicht.«

Kapitel 13

Der Raum pulsierte im Takt eines Techno Beats, bunte Lichter blitzten im Rhythmus der Musik auf. Der Laden war überfüllt – von Wand zu Wand präsentierten Männer, überwiegend in Jeans, Seide oder Leder gekleidet, manche ohne Oberteil, ihre durchtrainierten Muskelkörper jedem, der sie begaffen wollte.

Will fühlte sich gleichzeitig zu Hause und vollkommen fremd. Waren es wirklich erst ein paar Wochen, seit Jack in sein Leben getreten war, seine Gefühle für sich vereinnahmt und sein Herz gestohlen hatte?

Der Club hatte nichts Besonderes, außer, dass er diese Woche oder diesen Monat angesagt war. Nächsten Monat würde ein neuer Laden aus dem Boden schießen oder ein alter Club aufgepeppt werden und all diese wunderschönen Menschen würden in diese Richtung abmarschieren, begierig danach, dem neuesten Trend hinterherzulaufen.

Paul schlängelte sich seinen Weg auf Will zu, die Hände in die Luft gestreckt, da er in jeder irgendeinen fruchtigen Martini hielt. Francois war direkt hinter ihm. Francois war dunkelhäutig, seine Haare schwarz und lang und fast schwarze Augen saßen in einem olivfarbenen Gesicht. Auf eine raue, gefährliche Art sah er gut aus, sein Mund war zu einem spöttischen Dauergrinsen verzogen, das manche als sexy auffassen mochten.

Sie standen beieinander und beobachteten die Menge, während sie an ihren Drinks nippten. »Francois und ich sehen nachher mal, was hinten im *Loch* so abgeht. Willst du mitkommen?« Paul lachte, als er hinzufügte: »Das könnte man auch anders verstehen.«

Will schaffte ein Lächeln, obwohl er nicht antwortete. Er war nicht sicher, ob er in der Stimmung für Gelegenheitssex mit Fremden war. Andererseits war es vielleicht genau das, was der Arzt verordnen würde.

Er kippte sein Getränkehinunter und sagte: »Die nächste Runde geht auf mich. Noch mal das Gleiche?«

»Für uns nicht, danke«, warf Francois mit schwerem, angenehmem Akzent ein. Paul sah ihn anhimmelnd an, während Francois fortfuhr: »Paul und ich wollen den Moment genießen, du verstehst, *cher*. Nicht zu viel Alkohol im Blut haben.«

»Was er meint«, sagte Paul mit einem durchtriebenen Grinsen, »ist, dass wir noch einen hochkriegen wollen, hm, Francois?« Mit dem Ellenbogen stieß er Francois in die Rippen. Kurz sah Francois verwirrt aus, dann aber lächelte er und nickte.

»*Exactement*.« Er griff Paul in den Schritt, der von einer hellbraunen Lederhose bedeckt war.

Paul drängte sich seiner Hand entgegen und raunte mit einem alles andere als leisen Flüstern in Wills Ohr: »Ist er nicht einfach *fantastique*?«

»Geht ihr zwei ruhig schon vor. Vielleicht komm ich später nach«, sagte Will. »Ich hole mir noch was zu trinken.« Er schob sich zur Bar und hob einen Finger, um die Aufmerksamkeit des Barkeepers auf sich zu lenken.

Während er auf seinen zweiten Martini wartete, sprach ihn ein Mann von der Seite an. »Ich weiß, das klingt abgedroschen, aber du hast die wunderschönsten grünen Augen, die ich je gesehen habe.«

Will wandte sich der Stimme zu; sie klang tief und sinnlich, mit britischem Akzent. Der Mann hatte dunkle, kastanienbraune Haare und einen üppigen, rot gelockten Bart unter einer langen, leicht gekrümmten Nase. Er war vermutlich Ende dreißig und trug ein maßgeschneidertes Jackett aus blassblauer Rohseide über einem schwarzen Seidenhemd. Seine Augen unter den kräftigen Augenbrauen waren leuchtend blau.

»Danke.« Will lächelte. »Ich mag deinen Akzent.«

Der Barkeeper stellte sein Getränk vor ihm ab und Will nahm einen Schluck. Wie vertraut sich das anfühlte... die alte Aufreiß-Masche. Sie würden sich eine Weile darüber unterhalten, was sie arbeiteten, wen sie kannten und wo sie schon gewesen waren. Das Gespräch würde zunehmend von Zweideutigkeiten und anrüchigen Andeutungen durchsetzt werden, die Sex versprachen.

Wenn die Unterhaltung länger als zwanzig Minuten andauern würde, ohne dass Will der Langeweile erlag, und wenn der Typ gut aussehend oder interessant genug war, um seine Fantasie anzuregen, würde er mit ihm im Bett landen, noch bevor die Nacht vorbei war.

»Ich bin hier noch nie gewesen«, setzte der Mann an. »Ich komme nicht aus New York. Geschäftlich unterwegs.«

»Hab ich mir gedacht.«

Der Mann streckte seine Hand aus. »Ich bin Andrew. Andrew Cunningham-Winchester, zu deinen Diensten.«

»Das ist ein ganz schöner Zungenbrecher. Ich bin Will«, fügte er hinzu und schüttelte die ihm dargebotene Hand. »Will Spencer.«

»Spencer, hm?« Andrews Lächeln wuchs beträchtlich. »Bist du mit dem britischen Adel Spencer verwandt?«

»Das bezweifle ich ernsthaft.« Will lachte. »Mein Urgroßvater hieß Spelzinksi oder so, als er nur mit einem einzigen Koffer und einhundert Zloty, die in den Saum seiner Jacke eingenäht waren, Ellis Island erreichte. Der Einwanderungsbeamte fragte ihn, ob er von nun an Spencer heißen wolle und er lächelte und nickte, ohne eine Ahnung zu haben, was der Kerl gesagt hatte. Das erzählt zumindest die Familienlegende.«

»Was du nicht sagst«, antwortete Andrew und hob eine Augenbraue. »Ein weiterer Gold-Nugget im Schmelztiegel Amerika?« Andrew beugte sich näher herüber, seine Stimme senkte sich zu einem tiefen, anzüglichen Klang. »Ich werde gleich mal dieses *Loch* näher in Augenschein nehmen, von dem hier jeder spricht.« Langsam sah er an Will auf und ab, seine Absicht unübersehbar. »Lust, mich zu begleiten?«

Will dachte darüber nach. Er war ein wenig neugierig auf den Raum. Francois und Paul hatten sich ausführlich über ihn ausgelassen, als sie in die Stadt gefahren waren: luxuriöse, mit Samt bezogene Federkernmatratzen und zahllose attraktive, nackte Männer, deren Muskeln vor Schweiß und Körperölen glänzten und die auf Händen und Knien warteten…

Er bezweifelte, dass sich das Ganze tatsächlich so exotisch darstellte. Diese Arten von Örtlichkeiten tendierten eher dazu, reihenweise geile, einsame Männer mit haarigen Ärschen zu beinhalten, die einander verzweifelt in den Ecken fickten, die Augen zugekniffen, während sie lustvoll schnauften und grunzten.

Persönlich hatte er sich noch nie mit einem derartig öffentlichen Erlebnis befasst, obwohl er nichts gegen Sex mit Fremden hatte. Trotzdem, schließlich war er hier in dem trendigsten Underground-Schwulenclub des Monats, warum sollte er sich das Ganze nicht also wenigstens mal ansehen?

»Warum nicht?« Er leerte seinen Drink und folgte Andrew nach hinten zu einer riesigen Schwingtür.

Sie schoben sich hindurch und stiegen eine ziemlich steile Treppe nach unten. Hier war die Musik leiser. Der Raum wurde mit indirekten Wandleuchtern erhellt, die wie flackernde Kerzen aussahen. Will entdeckte Paul und Francois in einer Ecke. Francois' Hose hing bereits in seinen Kniekehlen, sein Schwanz steckte in Pauls Mund und ein dritter Mann, der noch vollständig bekleidet war, stand hinter ihm und versuchte, Francois' Hals zu küssen.

Der Raum war voller Menschen und die Luft von dem Geruch nach Sperma, Männerschweiß und diversen Parfüms durchtränkt. Männer in verschiedenen Stadien der Bekleidung hatten sich in Gruppen zusammengedrängt und umeinandergewickelt und stöhnten.

»Erinnert mich an einen Club in Amsterdam, den ich oft besucht habe«, sagte Andrew leise.

Will erschrak. Er hatte Andrews Anwesenheit neben sich beinahe vergessen. Er wandte sich ihm zu und beobachtete, wie Andrew sein Jackett auszog und sich nach etwas umsah, an dem er es aufhängen konnte. Haken waren entlang einer Wand des Raumes angebracht worden, an denen bereits unzählige Jacken, Hemden und Hosen hingen. Will ertappte sich bei dem Gedanken, ob sich die Männer manchmal in den falschen Klamotten wiederfanden, wenn sie ihre Sachen wieder einsammelten.

Andrew kehrte zurück und zog Will in eine Umarmung. Sein Shirt hatte er gleich mit ausgezogen. Seine Brust war breit und mit einer Matte rötlicher, krauser Haare bedeckt. Will konnte seine Erektion spüren, die sich hart an seinen Oberschenkel drückte. Da er deutlich kleiner war als Will, hob er das Gesicht und brachte es so nah er konnte an Wills. Unter dem lockigen Bart waren seine Lippen geöffnet und machten seine Absicht deutlich.

Sein Atem roch nach abgestandenem Whisky, Zigaretten und Zwiebeln. Will wich zurück, unfähig, sein angeekeltes Zusammenzucken zu verbergen. Plötzlich sehnte er sich so heftig nach Jack, dass ihm schwindelig wurde.

»Was ist los?«, sagte Andrew und runzelte die Stirn. »Stimmt was nicht?«

»Tut mir leid. Ich brauch frische Luft. Das ist nicht so mein Ding hier. Man sieht sich.«

Will trat über drei Männer hinweg, die sich in eine Haltung hineinmanövriert hatten, die eher einer Runde *Twister* ähnelte als irgendeiner Sexstellung, mit der Will vertraut war, und hastete die Stufen zurück in den Club hoch.

***

Paul und Francois blieben für Gott weiß wie lange in der Höhle. Andrew, so schien es, hatte ebenfalls einen oder mehrere Partner gefunden, da auch er noch nicht wieder aufgetaucht war. Will warf einen Blick auf seine Armbanduhr. Fast Mitternacht. Was für ein Idiot er gewesen war, dass er sich auf das hier eingelassen hatte. Früher hätte er sein Leid und seine Sorgen in bedeutungslosem Sex ertränkt, aber ihm war bewusst geworden, dass er das nicht länger tun konnte. Oder eher nicht tun wollte.

Er dachte an Jack, der allein in seinem Haus saß oder, schlimmer noch, der immer noch von seinem aufgebrachten Sprössling in die Zange genommen und ausgequetscht wurde. Er hätte ihn nicht allein lassen sollen. Er hätte ihn nicht verlassen sollen, sobald die Emotionen überkochten.

Vielleicht bin ich einfach nicht für diesen Beziehungskram geschaffen, dachte er mit einem Seufzen. Die zwei Martini hatten ihre Arbeit getan. Will fühlte sich erschöpft und deprimiert. Er wollte mit Jack sprechen. Er wollte ihn sehen.

Wieder sah er auf seine Uhr. Er zog sein Handy hervor und überprüfte es auf verpasste Anrufe oder Nachrichten. Es gab keine. Jack hatte ihn nicht zurückgerufen. Aus irgendeinem Grund brauchte Jack heute Nacht seinen Freiraum. Nun, den würde Will ihm geben. Wenn eine peinliche Auseinandersetzung mit seinem Sohn genug für Jack war, um die ganze Sache hinzuschmeißen, dann hatte Will sich vielleicht selbst etwas vorgemacht bezüglich dem, was zwischen ihnen lief.

Obwohl Jack der ältere von ihnen war, war er in speziell dieser Angelegenheit noch ein Teenager, zu zaghaft und unsicher, um seinen Gefühlen zu folgen. Und die Gefühle waren definitiv da, ganz egal, welche äußeren Einflüsse auch auf sie einprasseln mochten. Will schloss die Augen, als er sich wieder ins Gedächtnis rief, wie scharf Jack gewesen war, als er Wills Shirt von seinem Körper gerissen hatte. Seine Lust war greifbar gewesen, sein Verlangen wild. Wie sehr ihn Jacks neu entdeckte Bestimmtheit erregt hatte.

Das war kein Herumexperimentieren von Jack gewesen. Das war vorbei. Jack hatte Will genauso begehrt, wie er Jack begehrte – dessen war er sicher. Und abgesehen vom Sex waren sie Freunde. Er hatte seinen Freund in einer Zeit der Not verlassen, sich eingeigelt, um seine eigenen Wunden zu lecken, und vergessen, wie beängstigend all das für Jack sein musste.

Erneut klappte er sein Handy auf, um Paul eine SMS zu schicken, dass er ein Taxi nach Hause nahm und ihnen weiterhin viel Spaß wünschte. Draußen, während er darauf wartete, ein Taxi heranwinken zu können, versuchte er noch einmal, Jack anzurufen. Wieder sprang die Mailbox an.

Ein Teil von ihm wollte auf direktem Weg nach New Rochelle fahren, aber sein Stolz gewann die Oberhand. Wenn Jack ihn nicht sehen und nichts von ihm hören wollte, wäre er bescheuert, wenn er sich ihm aufzwingen würde. Morgen Früh würde alles schon ganz anders aussehen. Hoffte er.

***

Jack blinzelte ein Auge auf. Seine beiden Söhne starrten auf ihn herunter; Eric mit einem Stirnrunzeln, Jason besorgt. »Dad? Bist du okay? Bist du etwa hier eingeschlafen?«

Jack bewegte sich in seinem Sessel und stöhnte. Ein stechender Schmerz schoss durch seine linke Schulter, als er sich rührte. Er musste tatsächlich hier eingeschlafen sein. Er setzte sich auf und schob sich das Haar aus der Stirn. Sein Kopf pochte und sein Mund war staubtrocken.

»Jungs. Was macht ihr hier? Wie spät ist es? Ich habe euch nicht reinkommen gehört.«

»Es ist zehn«, antwortete Jason. »Eigentlich haben wir zuerst angerufen, aber es ist sofort der Anrufbeantworter drangegangen.«

»Nein, natürlich hast du uns nicht reinkommen hören«, sagte Eric giftig und überging seinen Bruder damit vollkommen. Er sammelte die leere Whiskyflasche vom Fußboden auf und schwenkte sie in Richtung seines Vaters. »Was ist das? Wir können uns wohl glücklich schätzen, dass du dir keine Alkoholvergiftung eingefangen oder dich ins Koma gesoffen hast.«

»Halt die Klappe, Eric«, sagte Jason und nahm seinem kleinen Bruder die Flasche aus der Hand. »Dad ist ein erwachsener Mann. Wenn er sich hin und wieder einen in der Abgeschiedenheit seines eigenen Zuhauses genehmigen will, geht dich das nichts an.«

Jacks Blase drückte unangenehm. Er stand auf, schob sich an seinen Söhnen vorbei und sagte ruppig im Vorbeigehen: »Entschuldigt mich. Im Kühlschrank ist frischer Saft. Setzt eine Kanne Kaffee auf. Ich bin gleich wieder unten.«

Steif ging er auf die Treppe zu. Er weigerte sich, Eric die Befriedigung von irgendetwas anderem als einem aufrechten Rücken und einem zielgerichteten Schritt zu geben. Oben ging er als Erstes pinkeln und drehte dann das Wasser im Waschbecken auf. Er hielt den Kopf unter den Wasserhahn und ließ sich von dem kalten Wasser gründlicher aufwecken.

Himmel, hatte er wirklich die ganze Flasche Schnaps gesoffen? Rutschte er wieder dahin ab, wo er die ersten paar Trauermonate nach Emmas Tod gewesen war? Worüber trauerte er jetzt? Dass Eric seine Unschuld verloren hatte? Oder über den Verlust seiner eigenen?

Offensichtlich hatte Eric Jason über alle schmutzigen Details dessen, was er am Abend zuvor beobachtet hatte, informiert. Jason, der zwei Stunden weiter nördlich im Umland von New York lebte, war Single und Wissenschaftler bei einem Pharmakonzern.

Jack konnte sich Erics aufgebrachten, ungestümen Anruf in der vorherigen Nacht nur vorstellen: »*Jason, Dad ist eine Schwuchtel. Eine dreckige, perverse Schwuchtel, die Stricher anheuert und sie für Sex ins Haus holt.*«

Die Erkenntnis, dass sein jüngster Sohn so bigott war, machte Jack traurig. Er und Emma hatten ihre Kinder in dem Bewusstsein erzogen, dass diese die Unterschiedlichkeit ihrer Mitmenschen nicht nur tolerierten, sondern akzeptierten. Er hatte geglaubt, dass sie einen ziemlich anständigen Job gemacht hatten, aber offensichtlich hatte er sich da geirrt.

Allerdings wusste er auch, dass das nicht unbedingt fair war. Eric stand immer noch unter Schock. Selbst wenn er theoretisch die Andersartigkeit anderer Menschen tolerierte, war es eine ganz andere Sache, seinen eigenen Vater vor einem anderen Mann knien zu sehen, dessen Sperma in seinem Gesicht klebte.

Seufzend stellte Jack das Wasser ab und griff nach einem Handtuch. Er schob das Unausweichliche nur hinaus. Obwohl er nicht vorhatte, Erics Verhalten weiter zu dulden, schuldete er seinen Jungs zumindest eine Erklärung.

In der Küche begrüßte Jack der Geruch frisch gebrühten Kaffees wie ein alter Freund. Dankbar nahm er die Tasse entgegen, die Jason ihm eingeschenkt hatte.

»Willst du vielleicht ein paar Eier oder so?«, fragte Jason. »Oder ich könnte Pancakes machen.« Er verhielt sich besorgt, als ob sein Vater krank gewesen wäre oder einen Verlust erlitten hätte. Eric hingegen blickte finster drein, die Arme vor der Brust verschränkt, als wäre er ein gestrenger Richter.

»Nein, danke, Jason. Im Brotkasten ist Brot. Vielleicht eine Scheibe Toast, wenn's dir nichts ausmacht.«

Jason nickte und steuerte den alten, weißen Emaille-Brotkasten an, den Jack und er vor vielleicht fünfzehn Jahren für einen Dollar auf einem Flohmarkt erstanden hatten. In einem Anflug von Nostalgie erinnerte sich Jack daran, wie nah er und Jason sich einmal gewesen waren. Wie er selbst mochte es Jason, auf Flohmärkten durch fremde Besitztümer zu wühlen und nach Dingen und ungewöhnlichen Gegenständen Ausschau zu halten, die andere irrtümlicherweise als Müll abgeschrieben hatten.

Jetzt fragte er sich traurig, was Jason über ihn dachte. War er genauso desillusioniert, wie es Eric ganz offenkundig war? Genauso entsetzt und angewidert wie sein jüngerer Bruder über das, was ihr Vater in Wirklichkeit war? Würden sie die angenehme Unbeschwertheit verlieren, die sie immer miteinander geteilt hatten? Der Gedanke brach ihm fast das Herz. Eric hatte er niemals so nahegestanden, obwohl er versucht hatte, seine Söhne gleich zu behandeln. Jetzt könnte der Graben zwischen ihnen vielleicht nie wieder überwunden werden.

Jason brachte den Toast zum Tisch, zusammen mit Butter und Marmelade.

»Danke.« Jack versuchte, den scharfen Schmerz, der ihn wie ein Messer hinter den Augen attackierte, zu ignorieren. Er nahm einen Bissen von seinem Toast, aber sein Magen rebellierte, sodass er ihn wieder weglegte. Er trank seinen Kaffee und dachte daran, wie gerne er jetzt eine heiße Dusche genommen hätte. Zuerst musste er sich jedoch mit den Jungs befassen. Besser, es hinter sich zu bringen.

»Eric.« Er wandte sich seinem jüngeren Sohn zu. »Ich nehme an, du hast Jason über deinen kleinen Besuch letzte Nacht informiert.«

»Ja.« Erics Tonfall war trotzig. »Da kannst du Gift drauf nehmen.«

»Eric ist in einen sehr privaten Moment hineingeplatzt. Ich habe ihn nicht reinkommen gehört.«

»Ich weiß, Pop.« Jasons Gesichtsausdruck war mitfühlend. »Ich hab Eric gesagt, dass er dir eine Entschuldigung schuldet.«

»Was absolut lächerlich ist«, rief Eric. »Ich schulde ihm gar nichts. Er schuldet mir – uns – eine Entschuldigung.«

Ich schulde Will eine Entschuldigung, dachte Jack plötzlich. *Er ist derjenige, der bei all dem hier außen vor gelassen wird.*

Er tastete in seiner Tasche nach seinem Handy. Nachdem er es herausgezogen hatte, stellte er fest, dass der Akku leer war. *Scheiße.* Er hatte die Nacht damit verbracht, sich beinahe ins Nirwana zu saufen und sich einzureden, dass Will derjenige sein müsste, der ihn anrief, da Will immerhin derjenige gewesen war, der abgehauen war. Vielleicht hatte er angerufen. Wer wusste das schon, wenn sein Akku leer war? Er vergaß andauernd, das blöde Ding aufzuladen.

»Dad, du hörst ja nicht mal zu«, sagte Eric oberlehrerhaft. »Das hier ist eine ernste Angelegenheit.«

Der Kaffee hatte Jack wieder Lebensgeister eingehaucht. »Hör zu, Eric. Es tut mir leid, dass du da hineingeplatzt bist. Ich weiß, dass das für euch beide ein Schock sein muss. Um ehrlich zu sein, ich bin selbst wahrscheinlich geschockter als jeder von euch. Was ich meine, ist – und das habe ich dir schon letzte Nacht gesagt, Eric – dass ich das Ganze nicht geplant habe.

Wenn ihr mich vor einem Monat gefragt hättet, ob ich schwul bin oder homoerotische Gefühle habe, hätte ich gesagt: *Auf keinen Fall, macht ihr Witze?*«

Eric verschluckte sich an seinem Saft. Jasons Gesichtsausdruck war unlesbar.

Jack fuhr fort: »Ich war sechsundzwanzig Jahre lang verheiratet. Ich habe niemals eine andere Frau auch nur angeschaut, noch weniger einen anderen Mann.« Eric zuckte zusammen. Verärgert sagte Jack wesentlich schärfer, als beabsichtigt: »Oh Himmel, werd erwachsen, Eric. Ich bin dein Vater, nicht dein Sohn und wir befinden uns im einundzwanzigsten Jahrhundert, nicht im achtzehnten. Soweit ich weiß, ist es absolut legal, schwul zu sein. Soweit ich weiß, habe ich dich dazu erzogen, tolerant gegenüber anderen zu sein und zu akzeptieren, dass deine nicht zwangsläufig die einzige Sichtweise oder Lebensart ist.«

Eric hatte den Anstand, beschämt auszusehen. »Ich weiß. Aber es ist was anderes, wenn es um deinen eigenen Vater geht.«

»Okay. Das kann ich durchaus akzeptieren. Aber das wird nichts ändern. Der Mann, mit dem du mich gesehen hast, heißt Will. Will Spencer. Ich habe ihn kennengelernt, als ich einen Auftrag bei ihm zu Hause erledigt habe. Er ist nicht irgendein Kerl, den ich aufgelesen habe, ganz im Gegensatz zu deinen unhöflichen Andeutungen. Er ist ein Freund. Vielleicht der beste Freund, den ich je hatte. Wir reden miteinander. Wir reden *wirklich* miteinander, über bedeutende Dinge. Er gibt mir ein gutes Gefühl. Er macht mich glücklich. Wir haben eine emotionale Verbindung, die ich noch nie zuvor mit jemandem erlebt habe.«

»Was ist mit Mom?«, platzte Eric heraus.

Jack setzte zu einer Lüge an, um mit reflexartiger Beteuerung zu antworten, dass niemand jemals Emma ersetzen könnte. Allerdings fing er Jasons Blick auf und hielt inne. Jasons Gesichtsausdruck zeigte Neugier. Er sah überhaupt nicht wütend oder sogar traurig oder verwirrt aus. Er sah, nun ja, glücklich aus. Oder vielleicht war *amüsiert* das bessere Wort. Gewiss war er nicht wie Eric durcheinander oder aufgebracht.

Etwas kitzelte an Jacks Unterbewusstsein, aber sein Kater benebelte ihn zu sehr, als dass er dem viel Aufmerksamkeit zollte. Jasons augenscheinliche Akzeptanz gab ihm Mut, als er den Kopf schüttelte.

»Was eure Mom und ich miteinander hatten, kann niemals von einer neuen Beziehung, die ich eingehen könnte, herabgewürdigt werden. Aber ich werde euch nicht anlügen. Eure Mom und ich haben geheiratet, als wir noch Kinder waren, das wisst ihr. Zu dem Zeitpunkt hatten wir nicht die geringste Ahnung von Liebe oder dem Leben. Wir haben uns da so durchgetastet und es irgendwie geschafft, euch beide großzuziehen.

Vielleicht waren wir so beschäftigt damit, uns *durchzutasten*, dass wir uns keine Zeit genommen haben, eine Verbindung miteinander herzustellen. Nicht so eine, wie Will und ich sie haben.

Möglicherweise kann es diese Art der Verbindung erst geben, wenn man älter ist. Wenn man Zeit hat, sich auf die Dinge zu konzentrieren, ohne dass das Leben aus zwanzig verschiedenen Richtungen nach dir greift.«

»Nein, das glaube ich nicht unbedingt.« Jason sah nachdenklich aus.

Jack sah ihn an. Plötzlich wurde ihm etwas klar, das er in Wirklichkeit schon jahrelang gewusst hatte, obwohl er nie den Mut oder das Verständnis gehabt hatte, dem ins Gesicht zu sehen. Mit einer gewissen Verwunderung wartete er darauf, was Jason als Nächstes sagen würde, obwohl er wusste, was das war.

Jasons Lächeln war ruhig. »Ich habe diese Verbindung schon jetzt. Ich wollte es euch beiden sagen, wenn der richtige Zeitpunkt gekommen ist. Sein Name« – Jason machte eine Pause, in der die Verwendung des männlichen Pronomens einsackte – »ist Tom.«

Kapitel 14

Jack hatte schon gedacht, sie würden niemals gehen. Armer Eric. Er musste einfach Mitleid mit ihm haben, da er gleich zweimal einen derartigen Schlag verpasst bekommen hatte. Jack war gleichzeitig überrascht und doch nicht überrascht von der Enthüllung seines älteren Sohnes. In gewisser Weise erkannte er, dass er es schon eine ganze Zeit lang gewusst hatte.

Es war nicht verwunderlich, dass Eric viel eher geneigt war, die sexuelle Orientierung seines Bruders zu akzeptieren als die seines Vaters. Zweifellos hatte der Anblick von Will und ihm Erics Sichtweise eingefärbt. Jack wusste, dass es Zeit brauchen würde, den Riss zwischen ihnen zu flicken und bis Eric sich mit der Situation arrangiert hatte.

Aber im Moment kümmerte ihn das nicht. Oder besser gesagt: Etwas anderes – *jemand* anderes – kümmerte ihn mehr. Seine Söhne waren über eine Stunde geblieben. Wahrscheinlich wären sie noch länger, sehr viel länger da gewesen, wenn Jack keine Kopfschmerzen – die er tatsächlich hatte – und das Bedürfnis, sich für eine Weile hinzulegen und auszuruhen, vorgeschoben hätte.

Er hatte nicht die Absicht, sich auszuruhen. Er wollte in seinen Pick-up springen und so schnell er konnte zu Wills Haus fahren. Stattdessen stöpselte er sein Handy an den Strom und ging zum Festnetzanschluss in der Küche, um Wills Nummer zu wählen.

Nach dem dritten Klingeln nahm Will ab. »Hallo?«

Er klang ein wenig außer Atem. Jack hatte plötzlich den entsetzlichen Verdacht, dass Will jemand anderes bei sich hatte und dass er aus den Armen eben dieses Mannes zum Telefon hatte rennen müssen.

»Will?«

»Jack. Jack. Geht's dir gut?« Wills Stimme war voller Erleichterung.

Jack umklammerte den Telefonhörer. Gewissensbisse attackierten ihn.

»Will, es tut mir leid. Ich... äh, ich bin letzte Nacht irgendwie ein bisschen betrunken gewesen. Ich habe nicht gemerkt, dass mein Handy-Akku leer war. Ich hab wohl wie ein Stein geschlafen, bis meine Söhne mich heute Morgen geweckt haben. Sie sind gerade erst gegangen.«

Will gab ein kleines Lachen von sich, das wie Wasser für Jacks ausgedörrtes Bewusstsein war.

»Denkst du«, presste Jack hervor, »ich könnte rüberkommen? Wir müssen wirklich miteinander reden und –«

»Ja«, schrie Will beinahe. Er lachte erneut, dieses Mal bewusst, und fügte in normalerem Tonfall hinzu: »Ja, bitte komm vorbei. Ich kann's kaum erwarten, dich zu sehen.«

»Ich springe nur schnell unter die Dusche und versuche, meinen Kopf wieder klarzubekommen. Dann bin ich gleich da.«

***

»Also, was hast du letzte Nacht gemacht? Ich habe die ganze Zeit an dich gedacht, wie du ohne Shirt weggefahren bist. Das tut mir übrigens leid, dass ich es zerrissen habe.«

Will grinste. Sie lagen auf seinem Bett auf der Tagesdecke, vollkommen bekleidet, ausgenommen Schuhe und Socken. Als er Jack die Tür geöffnet hatte, hatten sie sich umarmt und festgehalten. Keiner von ihnen hatte loslassen wollen.

Will hatte vorgeschlagen, für eine Tasse Kaffee in die Küche zu gehen. Jack hatte ihn überrascht, weil er stattdessen gefragt hatte, ob sie sich nicht auf sein Bett legen könnten. »Ich habe einen schrecklichen Kater«, hatte er betreten zugegeben.

»Schätze, ich habe versucht, meine Sorgen zu ertränken. Es tut mir wirklich leid, Will, dass ich dich in dieser Situation allein in der Werkstatt zurückgelassen habe. Ich habe nicht klar gedacht.«

»Das verstehe ich, wirklich. Gestern war ich sauer, aber wenn ich so darüber nachdenke, was hättest du sonst tun sollen? Dein Sohn hat dich in diesem Moment mehr gebraucht als ich. Wie kommt er übrigens damit klar? Hat er dir *verziehen*?« Mit den Fingern setzte

Will Anführungszeichen in die Luft. »Oder will er nichts mehr mit dir zu tun haben?«

Jack erzählte Will, was letzte Nacht und heute Morgen passiert war. Will versuchte, ernst zu bleiben, hatte damit jedoch wenig Erfolg, weil er trotz allem vor Schadenfreude lachen musste.

»Tut mir leid.« Er schlug sich eine Hand vor den Mund. »Aber da hätte ich gerne Mäuschen gespielt. Wahrscheinlich sollte ich wohl Mitleid mit deinem Sohn haben oder so, aber du musst zugeben, das ist schon eine ziemlich ironische Wendung. Wo er doch extra seinen Bruder mobilisiert hat, damit sie dir beide ins Gewissen reden können.« Erneut brach er in Gelächter aus und Jack schloss sich an.

»Ist schon irgendwie lustig. Es hat sich allerdings in dem Moment nicht so lustig angefühlt.« Jacks Lächeln verschwand aus seinem Gesicht.

Unvermittelt war Will zerknirscht. »Tut mir leid. Ich sollte etwas sensibler sein. Du bist deswegen ziemlich in die Mangel genommen worden. Ich hoffe, es kommt alles wieder in Ordnung…« Er zögerte, fast ängstlich, die Worte auszusprechen. »… zwischen uns.«

Jack antwortete, indem er Will zu sich zog. Ihre Lippen trafen sich in einer sanften Berührung, als sie sich küssten. Jack war der erste, der seine Lippen öffnete. Seine Zunge leckte genüsslich über Wills Lippen, ehe sie auf der Suche nach Wills Zunge in seinen Mund glitt.

Während sie sich küssten, spürte Will, wie sich etwas in seinem Inneren löste. Das Etwas, das sich in dem Moment, als Eric seinen Ausruf des Entsetzens geäußert hatte, fest wie eine Sprungfeder in seinem Inneren zusammengezogen hatte. Er schlang seine Arme um Jack und klammerte sich an ihn, während sie sich küssten.

Als sie sich schließlich voneinander lösten, sagte Jack: »Was hast du letzte Nacht gemacht?«

Will setzte an, *Nichts* zu sagen. Stattdessen meinte er jedoch: »Anfangs habe ich darauf gewartet, dass du mich zurückrufst. Ich saß auf dem Sofa, habe mich selbst bemitleidet und alle paar Minuten auf mein Handy geschaut, um nachzusehen, ob ich einen Anruf verpasst habe.«

»Oh, Will. Es tut mir so leid –«

»Nein. Entschuldige dich nicht. Du hast es schon erklärt und ich habe es akzeptiert. Allerdings will ich ehrlich sein. Ich will, dass wir beide so ehrlich sind, wie wir nur können, wenn wir weitergehen. Du musst wissen... ich meine, ich habe das schon mal gesagt, aber es zu wiederholen, schadet nicht: Ich war vorher noch nie in einer festen Beziehung. Ich bin nicht mal sicher, ob ich weiß, wie sowas geht, aber ich will es versuchen. Und ich habe das Gefühl, der erste Schritt ist, ehrlich zu sein, selbst wenn es dabei um Dinge geht, über die wir lieber hinwegsehen und die wir vergessen wollen würden.«

Jacks Gesichtsausdruck war zurückhaltend geworden, während Will seine kleine Rede gehalten hatte. Will erkannte, dass Jack seine eigenen Schlüsse zog.

»Nein.« Er berührte Jacks mächtige, sexy Brust. »Ich habe nichts gemacht. Ich seh's dir an der Nasenspitze an, dass du das denkst. Ich bin bei keinem anderen Mann gewesen, das verspreche ich.« Er lächelte, als Jacks Gesicht die verschlossene, ausdruckslose Miene verlor.

»Okay«, sagte Jack leise. »Also, was hast du gemacht, nachdem du es aufgegeben hattest, auf meinen Rückruf zu warten?«

»Paul und sein neuester Toyboy, so ein Kerl namens Francois, haben mich eingeladen, mit ihnen in einen Privatclub zu gehen. Er heißt *Torch*. Er ist in Manhattan. Der neueste, trendigste Privatclub für Schwule, um sich in oberflächlichem, bedeutungslosem Sex mit Fremden zu verlieren.« Reumütig lachte er, da ihm nur allzu bewusst war, dass er bis vor sehr kurzer Zeit nicht gezögert hätte, sich ins Getümmel zu stürzen. »Ich dachte, was soll's? Immerhin hast du mich verlassen.«

»Will –«

»Sorry. Ich bin eine Drama Queen. Ignorier mich einfach.« Will grinste und fuhr fort: »Der Club bot die übliche Masse an attraktiven Männern und solchen, die es gerne wären. Ein britischer Kerl mit Bindestrich im Namen hat versucht, mich aufzureißen. Mir wurde klar, dass mir nicht danach war, also bin ich gegangen.«

»Du bist gegangen? Allein?«

Gespielt verärgert gab Will Jack einen Klaps auf den Hinterkopf. »Ja, allein. Ich habe ein Taxi genommen und bin nach Hause gefahren. Ich bin keusch wie ein Lämmchen ins Bett gegangen und hab von dir geträumt.«

Jack zog eine Augenbraue hoch. »Ich glaube, du und das Wort *keusch* gehören nicht zusammen in einen Satz.«

»Ich bin rein wie frisch gefallener Schnee.« Will faltete die Hände unter seinem Kinn, als würde er beten.

Jack griff nach Will, um ihm ebenfalls eine Kopfnuss zu verpassen. Will blockte seinen Arm ab und setzte gleichfalls wieder zu einer Kopfnuss an. Binnen Sekundenbruchteilen waren sie in eine Balgerei verwickelt, in der mal der eine, dann der andere die Oberhand gewann. Sie rollten über das Bett und versuchten, den jeweils anderen in den Schwitzkasten zu nehmen.

Jack, obwohl er der kleinere war, war tatsächlich der stärkere von ihnen. Innerhalb von ein paar Minuten hatte er Will unter sich eingezwängt, seine Knie lagen fest auf Wills Armen, während er auf Wills Hüften saß.

Beide atmeten schwer und lachten. »Gibst du auf?«, keuchte Jack.

Vermutlich hätte sich Will einen Weg unter ihm hervorwinden können, aber er erkannte, dass er Jacks Gewicht auf sich mochte. Und wie er ihn unter sich festhielt... das ließ seinen Schwanz hart werden.

»Ja«, keuchte er. »Du hast gewonnen.«

Mit einem dunklen, kehligen Lachen beugte sich Jack herunter. Dieses Mal war der Kuss nicht zärtlich. Er hielt Will unter sich fest, während er ihn eroberte. Seine Zunge glitt zwischen seinen Lippen hervor und kreiste in Wills Mund und über seine Lippen. Schließlich griff er nach unten, fand und umschloss Wills steifen Penis in seiner Jeans, sodass Will aufstöhnte und sich ihm entgegendrängte.

Wer war dieser neue Jack, der sich so selbstsicher nahm, was er wollte, als hätte er sein Leben lang nichts anderes gemacht? Dies war derselbe Mann, der Wills Shirt leidenschaftlich zerrissen hatte. Was wäre letzte Nacht geschehen, wenn der aufgebrachte Sohn nicht seinen unangebrachten Auftritt gehabt hätte?

Will, der daran gewöhnt war, die Führung zu übernehmen, egal, mit wem er zusammen war, war gleichzeitig erregt und ein wenig nervös angesichts der Veränderung in Jacks Persönlichkeit. Als Jack schließlich von seinem Mund abließ und sich zurücksetzte, waren Wills Arme noch immer unter seinen Knien festgeklemmt.

In dem Versuch, ein Mindestmaß an Kontrolle zurückzugewinnen, sagte Will: »Mach deine Hose auf. Lass mich dir einen blasen.«

Jack starrte auf ihn herunter. Seine Augen leuchteten mit einer Intensität, die kaum zu fassen war, wie eine Flamme hinter Glas, das kurz davor stand, zu zerspringen. Große, kräftige Finger bewegten sich mit überraschender Anmut, als sie Knopf und Reißverschluss öffneten. Ohne seine Boxershorts herunterzuziehen, holte Jack seinen dicken, harten Schwanz heraus und dirigierte ihn an Wills Gesicht. Will öffnete den Mund weit und drückte seine Zunge flach und einladend gegen seine Unterlippe.

Jack hob Wills Kopf an. Die Geste war seltsam zärtlich, als er seinen steifen Schaft in Wills gierigem Mund platzierte. Will schloss die Augen und legte seine Lippen um das heiße, pulsierende Glied. Während er seine Kehle weiter entspannte, um Jack noch tiefer aufzunehmen, leckte und küsste er ihn.

Jack ächzte. Noch immer hielt seine Hand Wills Hinterkopf. »Ja, ja...«

Er begann, sich zu bewegen, und schob seinen Schwanz tief in Wills Kehle hinein, bis die Spitze auf Widerstand traf und Will der Möglichkeit zu atmen beraubte. Es war ihm egal. Er wollte, dass Jack genau da blieb, wo er war, und ihn auf seine primitive, erotische Art in Besitz nahm. Er wusste, dass er eher ohnmächtig werden würde, als nach Atem zu ringen.

Allerdings zog sich Jack da zurück und ermöglichte es Will, zu atmen, ehe er sich langsam wieder tiefer schob.

»Ich habe noch nie so etwas wie das hier erlebt«, sagte Jack atemlos. »Es fühlt sich einfach so verdammt gut an. Ich kann mir nichts Besseres vorstellen.«

»Ich schon«, sagte Will, nachdem Jack sich weit genug zurückgezogen hatte, damit er sprechen konnte. »Meinen Arsch, Jack. Ich will, dass du mich fickst.«

»Ich weiß nicht...«

Da er die Veränderung in Jacks Stimmung wahrnahm, richtete Will sich etwas auf, sodass sich Jack von ihm runterrollte und neben ihm auf das Bett sank. Sein Penis schaute noch immer einladend aus seinen Shorts hervor.

Will streichelte Jacks entblößtes Geschlecht und genoss mit seinen Fingern den Umfang und die Härte. »Schon okay. Du musst nichts wissen. Ich werde es dir zeigen. Ich will es, Jack. Ich will diese Verbindung zwischen uns.«

»Ich will dir nicht wehtun –«

»Es tut nicht weh. Nicht, wenn man es richtig macht. Dann fühlt es sich toll an. Fantastisch. Vertrau mir. Ich weiß, wovon ich rede.«

»Ich weiß nicht, ob ich zulassen kann, dass jemand das mit mir macht«, sagte Jack mit zögerlicher, fast schon ängstlicher Stimme.

»Deshalb wirst du so rum anfangen. Du nimmst mich. Ich werde es dir beibringen. Und später, falls und wenn du es willst – und nur dann –, kann ich dir zeigen, wie gut sich die andere Seite anfühlt.« Er beugte sich über Jack und küsste ihn. »Du vertraust mir doch, oder?«

»Ja.«

»Gut. Das ist alles, was du brauchst. Vertrauen.« Sanft zupfte Will an Jacks Jeans, schob sie über die kräftigen Schenkel nach unten und zog sie von seinem Körper. Die Boxershorts zog er Jack ebenfalls aus, indem er nach dem Bund griff. Nachdem er sich wieder über Jack gebeugt hatte, knöpfte er sein Hemd auf und schob es auseinander.

»Himmel, du bist so heiß.«

Verlegen über das Lob, drehte Jack den Kopf auf dem Kissen zur Seite, obwohl Will registrierte, dass seine Erektion zu keinem Zeitpunkt nachließ. Will rutschte zur Bettkante, um sich für einen Moment hinzustellen und sich seiner eigenen Klamotten zu entledigen. In einem unordentlichen Haufen legte er sie auf dem Fußboden ab, ehe er ins Bett zurückkehrte. Sein Schwanz wippte in Richtung Jack und er konnte nicht anders, als ihn zu umschließen und sich selbst zu streicheln, während er sich neben Jack legte.

»Ich will dich, Jack. Willst du mich auch? Möchtest du unsere Beziehung auf die nächste Stufe heben?«

»Ich weiß nicht.« Jack biss sich auf die Unterlippe.

Trotz seiner Proteste fiel Will auf, dass sein Penis immer noch hart wie Granit war. Er beschloss, diesem Hinweis eher als Jacks Worten zu folgen, als er nach seinem Nachtschrank griff und ein Kondom aus der Schublade holte. Jack blieb stumm, während Will die Verpackung öffnete und das Kondom über Jacks Erektion abrollte.

Er angelte nach dem Gleitgel und drückte sich etwas davon auf seine Finger, ehe er es um die kleine Öffnung zwischen seinen Pobacken verteilte. Jacks Augen unter den breiten Augenbrauen waren geweitet. Will schob sich neben Jack auf Hände und Knie hoch.

»Rutsch hinter mich«, ermutigte er Jack. »Lehn dich einfach gegen mich. Gewöhn dich an das Gefühl unserer Körper so dicht aneinander.«

Wills Schwanz pochte, während er wartete und Jack im Stillen befahl zu gehorchen. Wenn er erneut protestieren würde, wenn er sagen würde, dass er noch nicht so weit war, würde Will ihn nicht drängen. Sie hatten Zeit. So begierig er auch darauf war, Jack in sich zu spüren, so würde er doch warten. Er würde geduldig sein.

Plötzlich erinnerte sich Will an einen Mann, den er vor Jahren mal aus einer Bar mit nach Hause genommen hatte. Er selbst war gerade mal vierundzwanzig gewesen, der andere kaum einundzwanzig. Der Typ hatte sich als neugierig auf das andere Geschlecht herausgestellt – ein kompletter Neuling ohne jegliche echte Erfahrung mit einem anderen Mann, die über das ein oder andere Gefummel auf der Rückbank eines Autos hinausging.

Der Kerl hatte genau die richtigen Dinge gesagt, als er vorgegeben hatte, schon mehr getan zu haben, als er tatsächlich getan hatte. Erst als sie nackt zusammen im Bett gewesen waren und Will ein Kondom übergezogen hatte, bereit, den anderen zu ficken, hatte er zugegeben, dass er noch nie *auf diese Weise* mit einem Mann zusammen gewesen war, wie er es beschönigend ausgedrückt hatte. Er hatte gestanden, dass er Angst hatte und nicht wirklich auf Analsex stand.

Obwohl Will inzwischen beschämt war, das zuzugeben, hatte er sich nach ein paar halbherzigen Versuchen, dem Kerl ein bisschen Entspannung zu verschaffen, seine Jeans wieder angezogen und dem Mann gesagt, dass er das ebenfalls tun sollte. Wills Verärgerung darüber, reingelegt worden zu sein, hatte jegliches Mitgefühl oder Verständnis zunichte gemacht.

Aber das war eine alte Geschichte, zumindest erschien sie ihm inzwischen so. Will war nicht mehr derselbe Mensch und Jack war kaum jemand, den er in einer Bar aufgelesen hatte. Er beobachtete Jack einen Moment lang und registrierte den immer noch harten Schaft, der sich mit der Unsicherheit in Jacks Augen zu bekriegen schien.

»Wir müssen das nicht tun«, sagte Will leise. »Vielleicht ist es noch zu früh…«

Langsam schüttelte Jack den Kopf. »Nein. Ich will es. Ich habe nur Angst, dass ich dir wehtun werde.« Er kniete sich hinter Will und dieser schloss die Augen, begierig darauf, Jacks harten Schwanz an seinem Hintern zu fühlen. Zu seiner Überraschung spürte er stattdessen Jacks Fingerspitzen, die den Rand seines Eingangs umkreisten und mühelos über das Gleitgel glitten.

»Das ist so klein, so eng«, flüsterte Jack.

Vorsichtig drückte der Finger dagegen, ehe er hineinglitt. Will keuchte lustvoll auf und legte seine Hand um seinen Schwanz, um etwas von dem Druck wegzunehmen. Er zog seinen Schließmuskel um Jacks kräftigen Finger zusammen, in dem Versuch, ihn tiefer in sich hineinzuziehen. Jack kam dem nach und schob seinen Finger tiefer in die heiße Enge von Wills Arsch.

»Tu ich dir weh?«

»Nein, nein, überhaupt nicht. Es fühlt sich fantastisch an.« Will wackelte mit dem Hintern, als er sich nach hinten und dem eindringenden Finger entgegendrängte. Er fühlte einen zweiten Finger, der sich zu dem ersten gesellte und ihn weitete, und er stöhnte. »Ja. Hör nicht auf. Ja…«

Will massierte seinen Penis. Seine Nerven schrien; der Widerhall reichte von seinem Hintern über seine Nippel bis zu seinem Schwanz und den Hoden, und das mit jeder Bewegung von Jacks Fingern.

Er drehte sich nach hinten zu Jack. »Küss mich«, verlangte er.

Jack folgte der Anweisung und lehnte sich über seinen Rücken, bis sich ihre Lippen trafen. Seine Finger schoben sich tiefer, bis sie in Wills Hintern vergraben waren, während er in Wills Lippe biss und seine Zunge in Wills Mund schob. Jack keuchte, deutlich erregt von dem, was er hier tat.

»Fick mich«, drängte Will atemlos. Er sehnte sich verzweifelt nach Jacks Schwanz.

Er war nie der Typ gewesen, der bettelte, nicht Will Spencer. Er verlor selten seine Fassung, selbst wenn der Sex heiß war. Aber das hier war etwas anderes. Er fühlte sich tatsächlich so, als würde er sterben, wenn Jack ihn nicht fickte – und das möglichst bald. Noch nie zuvor hatte er in seinem Leben etwas so sehr gewollt. Jemanden so sehr gewollt.

»Bitte«, flehte er. »Ich brauche dich.«

Jack zog seine Finger zurück. Er setzte sich auf die Fersen zurück, seinen Penis in einer Hand.

Ihre Blicke verhakten sich ineinander, als Jack sich vorbeugte und seinen Schaft an Wills Öffnung führte.

Sobald er sie berührte, erschauderte Will. Er wandte sich wieder nach vorne um und legte seine Stirn gegen die kühlen Laken unter sich. Sein Hintern war hoch in die Luft gereckt und für Jacks Eindringen vorbereitet.

Jack schien zu zögern. Er neckte Will mit seiner Eichel, die er an Wills Eingang drückte, ehe er sie wieder zurückzog.

»Bitte«, wiederholte Will. »Ich will dich so sehr. Bitte, fick mich, Jack. Bitte!«

Erneut lehnte sich Jack gegen ihn, sodass die heiße Spitze in Will eindrang. Dieser spürte den anfänglichen Schmerz, der nur ein oder zwei Sekunden anhielt, und dann… ah… ja…

»Jack«, seufzte Will und drängte sich ihm entgegen. Mit einer Hand umschloss er seinen Schwanz, während er das Gleichgewicht mit der Stirn und einem Ellenbogen hielt.

Sekundenlang war Jack stumm, während er seine Position hielt, sodass nur die Eichel in Will war. Will versuchte, stillzuhalten, um Jack Gelegenheit zu geben, sich an das zu gewöhnen, was er da tat. Er versagte kläglich, weil er sich in seinen Bemühungen, sich weiter auf Jacks stahlharten Schaft zu schieben, auf dem Bett wand. Fast hätte er vor Frustration gewimmert.

Unvermittelt schien Jack wieder zum Leben zu erwachen, denn er drängte sich tiefer in Will. »Gott, du bist so eng. Das fühlt sich unglaublich an.«

Er bewegte sich nach vorne und packte Wills Hüften mit den Händen, um sich noch tiefer in ihm zu versenken. Er ächzte und Will antwortete mit einem Stöhnen. Jack stieß hart in ihn, sodass seine Hoden auf Wills Arsch trafen. Sein Atem war beschleunigt, sein dicker Schwanz füllte Will komplett aus und ließ ihn nach jeder Bewegung atemlos und keuchend zurück.

Er wollte Jack fragen, ob er sicher war, dass das hier sein erstes Mal war. Seine Bewegungen waren so geschickt, scheinbar so kalkuliert, um jedes noch so kleine bisschen Lust aus Wills Körper zu pressen. Aber er konnte die Worte nicht formulieren. Das Verlangen war so intensiv, dass Will buchstäblich die Fähigkeit zu sprechen verloren hatte. Er produzierte nur eine Reihe keuchender Laute, die ihren Rhythmus in Jacks Stößen fand.

Er spuckte in seine Hand, ehe er sie zurück um seinen Schaft legte und sich streichelte, während Jack stöhnte und in ihn stieß. Will kniff seine Pobacken zusammen, molk Jacks Schwanz so mit seinen Muskeln.

Jack keuchte. »Will, was machst du mit mir? Oh Gott, das ist so gut! Das ist so verdammt gut.« Jack fing an, zu zittern. In Ekstase versenkte er sich immer und immer wieder in Will. Seine Finger hatten sich in Wills Hüften gegraben, während er hart zustieß, sodass er Will beinahe umstieß.

»Will. Will… ich kann nicht… Ich komm… oh…« Abrupt wurde sein Körper starr, mit Ausnahme des Bebens in seinen Lenden. Fest packte er Will mit seinen starken Fingern, so fest, dass es wehtat und Will kurzzeitig von seiner Lust ablenkte. Aber sobald Jack zuckte und zitternd gegen ihn sank, lockerte sich sein Griff.

Will konnte spüren, wie er tief in ihm kam. Die Erkenntnis gab ihm einen Kick und damit den letzten Schubs, den er brauchte, um selbst zum Orgasmus zu kommen. Mit einem Schrei ließ er sich gehen und kam in seiner Hand, während er Jacks Namen rief.

Langsam ließ er sich nach vorne sinken und zog Jack dabei mit sich. Jack blieb in ihm vergraben, seine Arme um Wills Körper geschlungen, um ihn in einer engen Umarmung festzuhalten. Will konnte Jacks Herz gegen seinen Rücken trommeln hören – oder war es sein eigenes?

Mehrere Minuten blieben sie so liegen, bis sich ihr hektischer Herzschlag wieder beruhigt hatte. Erneut griff Will nach dem Nachtschrank und zog eine kleine Plastiktüte und einen Waschlappen aus der Schublade.

Als Jack sich von ihm herunterrollte, wandte Will sich ihm zu, entfernte das benutzte Kondom und warf es in den Mülleimer neben dem Bett. Jack schenkte ihm einen dankbaren Blick.

Er wischte das Sperma von seiner Hand und versuchte, einen Fleck, der auf seinem Kissen gelandet war, wegzuwischen, gab dann aber grinsend auf und warf den Waschlappen zur Seite. Jack lag auf dem Rücken, die Hände über der Brust verschränkt, die Augen geschlossen. Will stützte sich neben ihm auf einen Ellbogen auf.

»Und, wie war's?«

»Unglaublich.« Jacks Stimme war heiser, seine Atmung ging immer noch ein wenig schwerfällig. Er sah Will an, seine Augen strahlten.

Will lächelte breit. »Ich wusste, dass es dir gefällt. Allerdings kann ich nicht glauben, dass das dein erstes Mal war. Ein paar deiner Bewegungen haben mich total verrückt gemacht.«

Jack stieß einen tiefen Atemzug aus. Einen Moment lang schaute er weg und dann wieder zurück zu Will. »Na ja, es ist nicht so anders, als wenn man mit einer Frau zusammen ist. Ich meine...« – Jack errötete etwas – »... du weißt schon.«

»Manchmal kann ich wirklich nicht glauben, dass du Mitte vierzig bist«, neckte Will. »Bei manchen Sachen bist du unfassbar schüchtern. Du meinst, es unterscheidet sich nicht so sehr vom vaginalen Geschlechtsverkehr.«

»Nun, ja, wenn du das so klinisch ausdrücken willst, ja.« Jack zog seine Nase kraus.

»Ich hab mich das schon öfter gefragt. Ich bin noch nie mit einer Frau zusammen gewesen.«

»Nie, hm? Keine ersten Erfahrungen auf dem Rücksitz eines Autos bei einem Date? Nichts dergleichen?«

»Nee. Ich habe immer gewusst, dass ich mich zu Männern hingezogen fühle. Wenn du Kinderspiele nicht dazuzählst, habe ich nicht mal eine Frau geküsst.«

»Ich schätze, das macht Sinn. Die meisten Hetero-Männer haben noch nie einen Mann geküsst.« Jack grinste.

Will nickte. »Trotzdem habe ich darüber nachgedacht. Ich meine, so am Rande. Wie sich Analsex vom Vaginalsex unterscheidet. Es muss sich anders anfühlen.«

»Sicher. Mit einer Frau ist es weicher. Eher wie ein samtiger Handschuh, der dich umschließt. Ein nasser, heißer, samtiger Handschuh.«

»Das hört sich wirklich gut an.«

»Es ist okay. Aber mit einem Mann, na ja... aus meiner einmaligen Erfahrung heraus betrachtet« – Jack lachte und sah verlegen, aber glücklich aus – »ist es eher wie ein Schraubstock. Ein enger Ring voller Leidenschaft, in den man sich hineindrückt. Man muss sich mehr bewegen, um genug Reibung zu bekommen.« Er wandte sich Will zu. »Das, was du da mit deinen Muskeln gemacht hast... Das war auch was ganz anderes. Das hat mich definitiv schwach gemacht.«

»Ich habe noch sehr viel mehr Tricks in meinem Ärmel versteckt.« Will wackelte mit seinen Augenbrauen à la Groucho Marx. »Wenn du dich an mich hältst, eröffne ich dir eine völlig neue Welt.«

Jack lächelte, wurde dann aber ernst. »Das hast du schon, Will. Glaub mir.«

»Ich weiß.« Eine außergewöhnliche Zärtlichkeit überkam Will, die ihm sogar die Tränen in die Augen treten ließ. Er blinzelte sie fort, berührte Jacks Gesicht mit seinen Fingern und zog eine Linie an seinem Kiefer entlang.

Ich liebe dich, hätte er beinahe gesagt.

***

Jack saß auf dem Bett in dem Zimmer, das er so viele Jahre lang mit Emma geteilt hatte. Ein Bild von ihnen an ihrem Hochzeitstag, auf dem sie glücklich, nervös und unfassbar jung aussahen, starrte ihn von der Kommode aus an. Bilder von Eric und Jason als Babys, die winkend und mit zahnlosem Grinsen aus ihren Rahmen schauten, standen daneben.

Jack war seit zwei Tagen nicht mehr hier gewesen. Will und er hatten einen Marathon im Bett verbracht, indem sie einander so oft geliebt hatten, bis sie ihre Augen nicht mehr hatten offen halten können oder der Hunger sie auf die Suche nach Nahrung geschickt hatte. Eric und Jason hatten angerufen. Eric wollte noch mal *persönlich* mit ihm sprechen und Jason nachfragen, ob er so weit klarkam, so hatte er zumindest gesagt.

Da er wusste, dass er es nicht ewig aufschieben konnte, hatte Jack zugestimmt, Eric heute Abend bei sich zu Hause zu treffen. Außerdem musste er seinen Rasen mähen, die Post reinholen und frische Kleidung anziehen. Er hatte Will gesagt, dass er noch heute Nacht zurückkommen würde, nach dem, was Will scherzhaft als *die Inquisition durch seinen Sohn* bezeichnet hatte.

Jetzt, da er zu Hause war, dachte er allerdings darüber nach, ob er sich nicht einen Tag freinehmen sollte. Um ihnen beiden Gelegenheit zu geben, wieder zu Atem zu kommen.

Wenn er in Wills Nähe war, schien er nicht genug von ihm bekommen zu können. Obwohl er bei Weitem der ältere von ihnen war, hatte sich herausgestellt, dass er der sexuell unersättlichere war. Will zog ihn damit auf, dass er nicht mit ihm mithalten konnte – und dass er sich einen anderen Mann suchen musste, der ihm zu Diensten war, wenn ihm Will nicht reichte.

Aber er war genug. Noch nie in seinem Leben hatte Jack sich so glücklich und – mehr noch als das – so vollständig gefühlt. Ihm war nicht bewusst gewesen, dass er sein Leben unvollständig verbracht hatte, wie ein Puzzle, dem ein paar elementare Teile fehlten. Will hatte die Teile an genau die richtigen Stellen gesetzt. Beinahe konnte Jack die Ganzheit, die jetzt in ihm zu existieren schien, spüren. Eine Ganzheit, die zuvor nie da gewesen war.

Er warf Emmas jungem, strahlendem Gesicht einen Blick zu und fühlte sich schuldig, in so krassen Worten zuzugeben, dass sie nie genug gewesen war. Ja, er hatte sie geliebt, und sie hatte ihn ebenfalls geliebt, aber die Leidenschaft und – sogar noch darüber hinaus – die Behaglichkeit, die er bei Will fühlte, waren etwas vollkommen Neues für ihn.

Obwohl er ihren Tod betrauert hatte – natürlich hatte er das getan –, hatte er sich gefragt, ob er den Rest seines Lebens unvollständig würde verbringen müssen, ohne sich der Tatsache wirklich bewusst zu sein, dass ihm etwas fehlte. Hatte sie sich genauso gefühlt? Oder ging so etwas über ihren Horizont hinaus? War die Frage überhaupt fair? Wahrscheinlich nicht.

Und solche Spekulationen waren ohnehin sinnlos. Er war ein so guter Ehemann gewesen, wie er nach bestem Wissen hätte sein können, als sie noch gelebt hatte. Jetzt schien es, als wäre er dabei, ein neues Leben zu beginnen, eine neue Art, zu denken und zu sein, die er gerade erst zu begreifen begann.

Zweifellos war es schwerer, mit einem Mann zusammen zu sein. Die Gesellschaft – zumindest *diese* Gesellschaft – runzelte noch immer die Stirn und urteilte, trotz aller vorgegebener Akzeptanz in den Medien.

Schwule Männer waren noch immer die Zielscheibe des Spotts, wenn es um Inneneinrichtung und verweichlichte Handschläge ging. Sie waren immer noch das Ziel von Erniedrigung, Diskriminierung und Gewalt, die allein auf ihrer sexuellen Orientierung beruhte.

Sogar in seiner eigenen Familie existierte diese Engstirnigkeit und das Unverständnis; Eric war das perfekte Beispiel. Auch seine eigene Reaktion, als er gesehen hatte, wie sich Paul und Will auf Wills Türschwelle geküsst hatten, war unter der Eifersucht von Missbilligung bestimmt gewesen. Männer sollten sich in der Öffentlichkeit nicht der Zurschaustellung von Zärtlichkeiten hingeben – ganz gewiss nicht untereinander.

Aber warum eigentlich nicht? Warum war es für einen Mann und eine Frau okay, sich an ihrer eigenen Haustür zu küssen, für zwei Männer aber nicht? Allmählich begann er, den Mut zu begreifen, den es kostete, in einer heterosexuellen, reaktionären Gesellschaft schwul zu sein.

Er kam nicht umhin, sich zu fragen, ob er den Mut aufbringen konnte, den es erforderte, seinen eigenen Gefühlen aufrichtig zu begegnen. Würde er es seinen Schwestern erzählen? Anna, glaubte er, würde es verstehen. Aber würde ihr Ehemann das auch?

Seine anderen Schwestern oder seine Mutter, die noch lebte? Würde er Will mit nach Hause zu Familienessen und Weihnachten bringen? Wenn Eric heiratete, würde er Will dann als seine bessere Hälfte mit zur Hochzeit nehmen?

Jack schüttelte den Kopf. Er preschte gedanklich schon viel zu weit vor und das wusste er. Noch hatten sie einander nicht einmal ihre Liebe gestanden und doch saß er hier und brachte Will in seinem Kopf zu Familienfesten mit nach Hause.

Liebte er Will? *Ja.* Wenn Liebe bedeutete, dass einem jedes Mal das Herz vor Freude aufging, wenn man jemanden sah, dann ja. Wenn es bedeutete, dass einen jede Berührung erregte, ganz egal, wie beiläufig oder sinnlich sie sein mochte, dann ja. Wenn es bedeutete, jemanden beschützen zu wollen, sich um ihn kümmern und ihn glücklich machen zu wollen und diese Dinge sogar noch vor sein eigenes Glück zu stellen, dann ja. Er liebte Will.

Obwohl das aufregend war – ein Gefühl, von dem er nie gedacht hatte, dass er es je erleben würde, und von dem er tatsächlich kaum gewusst hatte, dass es existierte –, war es zugleich auch beängstigend. Nicht nur, weil sie beide Männer waren, sondern weil Will so viel jünger war.

Er glaubte, dass Will in seiner Zuneigung aufrichtig war, aber wie lange würde das anhalten? Sie lagen vierzehn Jahre auseinander. Das war kein unmöglicher Zeitraum, aber er war bedeutend. Sie entstammten unterschiedlichen Generationen. Sie waren mit anderer Musik aufgewachsen, anderen Lebenserfahrungen. Jack hatte geheiratet, als Will erst vier Jahre alt gewesen war. War es für zwei so verschiedene Menschen möglich, ein gemeinsames Leben zu führen?

Hör auf damit.

Jack schlug auf die Matratze ein, verärgert über sich selbst. Wer zur Hölle sprach davon, ein gemeinsames Leben zu führen? Sie kannten sich gerade mal einen Monat lang, um Himmels willen. Miteinander intim waren sie erst seit weniger als einer Woche.

Lebe im Hier und Jetzt.

Das sagte zumindest das Selbsthilfe-Buch, das ihm jemand nach Emmas Tod geschenkt hatte. Das war ein guter Ratschlag, wie er wusste. Die Vergangenheit war vorbei, die Zukunft ungewiss.

Lebe nur den Moment und genieße die Freuden, die jetzt da sind.

Es klingelte an der Tür und Jack vergaß alles, was mit Freude zu tun hatte. Eric wartete, zweifellos in den Startlöchern für eine neue Predigt über das *unangemessene Verhalten* seines Vaters.

Jack seufzte und steuerte die Treppe an, während er rief. »Komm rein. Die Tür ist offen.«

Kapitel 15

»Hey, Dad.«

»Eric. Komm rein.« Jack musterte seinen Sohn. Er sah furchtbar aus – elend und jämmerlich. Mit Sicherheit war er nicht wegen Jack so unglücklich. Irgendetwas anderes stimmte nicht. »Was ist los, Junge?«

»Lisa«, sagte Eric leise. »Ich hab sie angerufen. Du weißt schon, wegen dem hier... Wir reden immer noch jeden Abend miteinander, obwohl wir eine *Auszeit* nehmen, wie sie es bezeichnet.« Er lächelte bitter. »Wie auch immer. Ich dachte, sie würde verstehen, was ich gerade durchmache, aber stattdessen hat sie mir beinahe den Kopf abgerissen.« Ungehalten sah er seinen Vater an, als ob er dafür zur Verantwortung gezogen werden könnte.

Sie waren in die Küche gegangen, während sie miteinander sprachen; das Zentrum des Familienlebens, als die Jungs noch zu Hause gewohnt hatten. Fragend hob Jack die Augenbrauen an. Er hatte keine Lust, zu spekulieren, was Eric damit meinte. Er rührte die Spaghettisoße um, die auf dem Herd vor sich hin köchelte, und wartete darauf, dass Eric fortfuhr.

»Sie sagte, dass ich verständnisvoller sein müsste. Sie sagte, dass ich zu... zu engstirnig wäre. Sie sagte, dass ich mir ganz schön was herausgenommen hätte, meinen eigenen Vater so zu behandeln, wo doch ich derjenige gewesen bin, der in deine Privatsphäre eingedrungen ist.«

»Hat sie das?« Erwartete Eric etwa von ihm, dass er Lisa widersprach?

»Ja.« Eric ließ sich auf einen Stuhl am Küchentisch fallen. »Jason hat das Gleiche gesagt, aber das zählt nicht, weil er eine... ich meine, weil er auch...«

Jack musterte seinen Sohn und empfand beinahe Mitleid mit ihm. Warum musste er es jedem so schwer machen?

Mit der Faust schlug Eric auf den Tisch, sodass die Salz- und Pfefferstreuer, die auf einer gewebten Matte in der Tischmitte standen, in die Luft hüpften.

»Verdammt noch mal, Dad. Menschen werden nicht plötzlich einfach so schwul. Jason hat mir erzählt, dass er immer schon gewusst hat, dass er... Er hat vorher einfach nur nicht den richtigen Partner gefunden. Er sagte, dass er nicht sicher war, wie du und Mom darauf reagieren würden, also hat er es für sich behalten. Er hat es trotzdem gewusst. Aber was ist mit dir, Dad? Wie lange trägst du dieses kranke, kleine Geheimnis schon mit dir rum? Zwei Jahre, fünf Jahre, zwanzig Jahre?«

Plötzlich verstand Jack, und deshalb war er in der Lage, seinen aufkommenden Ärger, den Erics Worte in ihm wachgerufen hatten, loszulassen. Er setzte sich auf einen Stuhl Eric gegenüber.

»Du musst Mom wirklich vermissen. Ihr beide wart euch besonders nahe.«

Erics zu Fäusten geballte Hände lockerten sich und er ließ den Kopf auf seine Brust sinken. »Ja.« Seine Stimme brach. »Ich vermisse sie.«

Jack griff über den Tisch und drückte sanft Erics Arm. Jegliche verbliebene Wut hatte sich komplett in Mitgefühl gewandelt. »Ich habe das nicht geplant, Eric. Natürlich hätte ich es dir und Jason lieber zu einem von mir gewählten Zeitpunkt und zu meinen Bedingungen erzählt. Ich bin immer noch dabei, mit meinen eigenen Gefühlen zurechtzukommen. Das ist alles sehr neu für mich.

Ich möchte, dass du eine Sache unmissverständlich verstehst: Was ich für Will empfinde, verringert in keiner Weise das, was deine Mutter und ich miteinander geteilt haben, oder die Liebe, die ich für sie empfunden habe und immer empfinden werde. Noch beeinflusst es meine Liebe für dich und Jason, obwohl ich glaube, dass du das weißt.

Du fragst mich, wie lange ich es schon weiß. Das war nichts, was ich vor der Welt geheim gehalten habe. Oder vielleicht, um es genauer auszudrücken, war es etwas, dass ich vor mir selbst geheim gehalten habe. Vielleicht habe ich es auf einer gewissen Ebene gewusst, aber ich schätze, ich war zu verschlossen, um damit klarzukommen.

Bevor ich deine Mom geheiratet habe, hatte ich einen besten Freund. Sein Name war Luke. Da ist etwas zwischen uns passiert. Etwas... Sexuelles. Es war ungeschickt und ungeplant und ehrlich gesagt hat es mich zu Tode erschreckt. Ich habe ihn zurückgewiesen... und die Gefühle, die dieses Zwischenspiel in mir hervorgerufen hat. Wir haben uns zerstritten. Ich habe es hinter mir gelassen. Dann habe ich so jung geheiratet, dass ich nie Gelegenheit hatte, diese Gefühle richtig zu verarbeiten. Wahrscheinlich haben sie schlafend in mir geruht, bis ich Will begegnet bin.«

»Will«, sagte Erik mit Spott in der Stimme.

»Eric, du musst damit aufhören. Du bist kein Kind mehr. Ich würde nie jemanden schlechtmachen oder herabwürdigen, mit dem du zusammen bist, ganz egal, wen du dir aussuchst.« Er zwang sich dazu, ruhig zu bleiben, als er erneut den Arm seines Sohnes berührte.

»Eric, ich liebe dich. Ich werde dich immer lieben. Aber Tatsache ist, dass mein Leben sich gerade verändert und das in einer Art und Weise, die ich mir nie vorgestellt hätte. Ich werde das nicht verstecken oder verschließen, um es dir recht zu machen. Ich bin glücklich, Eric. Mein Leben hat einen Sinn. In gewisser Weise bin ich glücklicher, als ich es je gewesen bin. Es fühlt sich an, als ob ein Teil meines Selbst sich bis jetzt versteckt gehalten hat, sogar vor mir selbst. Ich spüre, wie es sich offenbart, voller Potential.

Und ja, falls du es wissen willst, manchmal ist es verdammt beängstigend. Es ist beängstigend, in einer Beziehung zu sein, die einem wirklich etwas bedeutet. In der die andere Person dich mit einem einzigen Lächeln auffangen oder dich zerstören kann, indem sie sich von dir abwendet.«

»Ich weiß«, sagte Eric. Seine Augen glänzten plötzlich von unvergossenen Tränen. »Ich liebe sie, Dad. Ich liebe sie, aber ich mache alles falsch. Ich bin zu besitzergreifend, sagt sie. Ich erdrücke sie. Wenn sie nur wüsste, wie sehr ich sie liebe, würde sie nicht so fühlen. Und das hier ist nur noch ein weiterer Nagel in meinem Sarg. Sie sagt, ich bin engstirnig. Dabei ist das gar nicht meine Absicht. Das alles war nur so ein Schock. Du weißt schon, seinen eigenen Vater so zu sehen...«

»Ich weiß, Eric. Ich hätte mich auch komisch gefühlt, wenn ich dich und Lisa bei so etwas gesehen hätte.«

»Das ist nicht dasselbe.«

»Es ist aber auch nicht so anders. In einem intimen Moment bei jemandem reinzuplatzen –«

»Ja, aber –«

»Nichts aber. Ich denke, du bist deswegen aufgebracht, weil ich in erster Linie dein Vater bin. Ich weiß, dass ich meine Eltern nie als sexuell aktiv betrachtet habe, bis ich selbst verheiratet war. Vielleicht ist das Teil des Erwachsenwerdens, zu erkennen, dass sie es doch sind, ganz gleich, welchen Partner sie sich ausgesucht haben.«

Eric schien darüber nachzudenken. »Ich glaube, ich verstehe. Ich will es verstehen. Deshalb wollte ich noch mal herkommen. Um dir zu sagen, dass ich daran arbeite. Ich liebe dich, Dad. Es dauert vielleicht etwas, bis ich mich mit der ganzen Angelegenheit wirklich wohlfühle, aber ich will es ernsthaft versuchen.«

Jack lächelte Eric an. Erleichterung überflutete ihn. »Vielleicht kannst du Lisa wissen lassen, dass wir dieses Gespräch geführt haben. Vielleicht sagst du ihr, was du mir gerade gesagt hast. Vielleicht hilft es, damit sie sieht, dass du letztendlich doch nicht so engstirnig bist.«

»Meinst du?«, fragte Eric mit hoffnungsvollem Gesichtsausdruck.

»Ich habe das Gefühl, ihr beide werdet das schon in den Griff bekommen. Wenn sie nicht mehr an dir interessiert wäre, hätte sie die Beziehung einfach beendet, anstatt sich eine *Auszeit* zu nehmen und gleichzeitig jeden Abend mit dir zu telefonieren.

Ich für meinen Teil habe herausgefunden, dass die Hälfte schon geschafft ist, wenn du jemandem zuhören kannst, und zwar auf das, was sie *wirklich* sagen. Hör Lisa zu. Sei aufmerksam. Wenn sie sich von der Nähe eurer Beziehung erdrückt fühlt, tritt einen Schritt zurück, auch wenn es wehtut. Denn schließlich wird sie zu dir zurückkommen, wenn sie sich nicht länger unter Druck gesetzt und sich die Beziehung richtig anfühlt. Sie wird sich an die Dinge erinnern, die sie an dir mag, und sie wird dir und eurer Beziehung noch eine Chance geben.«

Eric sah nachdenklich aus. »Danke, Dad.« Er starrte nach unten auf den Tisch und dann endlich wieder hoch zu Jack. »Dad?«

»Ja?«

»Es tut mir leid. Ich war ein ziemliches Arschloch.«

Jacke grinste. »Schon okay. Ich bin froh, dass wir uns aussprechen konnten. Und jetzt: Bleibst du noch für Spaghetti mit Fleischbällchen?«

***

»Und, wie ist das Gespräch gelaufen?«

Nach dem Abendessen war Eric früh gegangen, begierig darauf, Lisa anzurufen. Jack hingegen hatte Will angerufen.

»Tatsächlich sehr viel besser, als ich erwartet habe. Eric fängt an, Vernunft anzunehmen, Gott sei Dank. Seine Freundin hat ihm gesagt, er sei engstirnig. Auf sie hat er wohl gehört, wenn schon nicht auf mich oder seinen Bruder. Er ist zum Abendessen geblieben. Es gab Spaghetti.«

»Das freut mich, Jack.«

»Ja.« Schon jetzt vermisste Jack Will, obwohl sie erst seit ein paar Stunden getrennt waren. Ihm kam der Gedanke, dass er seinen Ratschlag, den er Eric gegeben hatte, auch auf seine eigene, frischgebackene Beziehung anwenden sollte. Vielleicht verbrachte er zu viel Zeit mit Will. Vielleicht brauchte Will etwas Raum für sich, genauso wie Lisa. Der Gedanke war beunruhigend, sogar schmerzhaft. Nichtsdestotrotz beschloss er, das Terrain zu sondieren.

»Ich hab gedacht, vielleicht bleibe ich heute Nacht hier.«

»Warum?«, fragte Will.

»Zum einen habe ich morgen Früh einen Auftrag.«

»Okay«, sagte Will langsam. »Das ist ein Argument. Gibt's da noch was anderes?« Wills Stimme klang noch genauso locker, aber Jack spürte eine plötzliche Anspannung in ihr, die Will zweifellos auch bei ihm wahrgenommen hatte. Würde es immer so kompliziert sein?

»Ich weiß nicht. Vielleicht brauchst du eine Pause. Vielleicht gibt es da ein paar Dinge, die du erledigen musst.«

Am anderen Ende der Leitung herrschte Stille. Als er endlich zu sprechen anfing, klang Wills Stimme niedergeschlagen. »Überlegst du es dir gerade wieder anders, Jack? Gibt es da etwas, das ich wissen sollte? Habe ich was gemacht? Ist irgendwas nicht in Ordnung?«

»Nein«, antwortete Jack schnell. Sein Herz tat weh angesichts des Schmerzes in Wills Stimme. »Es ist nur…« Er holte Luft und dann, fest entschlossen, ehrlich zu sein, gab er zu: »Ich habe Angst, dass ich zu viel bin. Dass ich mich dir aufdränge und dass du meiner müde wirst und mich wegschickst.«

Ein oder zwei Herzschläge lang war es still, dann brach Will in Gelächter aus. »Jack Crawford, spinnst du? Ich bin verrückt nach dir. Sechzig Sekunden, nachdem du gegangen bist, habe ich dich schon wahnsinnig vermisst. Ich saß hier, war eifersüchtig auf Eric, weil du mit ihm zusammen warst und nicht mit mir, und wünschte, dass ich mit dir hätte kommen können. Wünschte, dass ich ein größerer Teil deines Lebens wäre.

Ich hätte dich in den vergangen Stunden sechsmal oder so beinahe angerufen. Ich habe mich dazu gezwungen, es nicht zu tun, wahrscheinlich aus denselben Gründen wie du: Ich wollte nicht zu sehr klammern. Also, nein. Ich kann mir nicht vorstellen, dich wegzuschicken, wie du so schön gesagt hast. Ich will dich, Jack. Ich liebe dich. Ich bin niemals glücklicher gewesen als in den letzten paar Tagen.«

Ich liebe dich.

Jack saß da, den Hörer ans Ohr gepresst, während die Worte in seinem Kopf widerhallten.

Ich liebe dich.

»Jack? Bist du noch da? Jack?«

Jack wurde das Ausmaß des Geschenks, das Will ihm anbot, bewusst. Eine neue Chance auf Glück, als er sich praktisch schon mit einem Leben in Einsamkeit abgefunden und sich selbst eingeredet hatte, mit seinem Los zufrieden zu sein. Er hatte sich um seine Familie gekümmert, hatte einen guten, sicheren Job, seine Werkstatt und seinen Garten...

Er hatte sein Leben damit verbracht, *das Richtige* zu tun und zu versuchen, die Leute um sich herum glücklich zu machen, ohne den schrecklichen Preis zu berücksichtigen, den er in seinem Inneren dafür gezahlt hatte. Er war noch nicht alt. Er war erst vierundvierzig, um Himmels willen. Sein halbes Leben lag noch vor ihm und wartete darauf, von ihm genutzt zu werden und jeden Moment mit dem Mann, der ihn liebte, wertzuschätzen.

Will bot ihm die Gelegenheit, zu leben. Sogar noch wichtiger, als geliebt zu werden, war die Möglichkeit, zurückzulieben. Sich selbst verwundbar zu machen, sich in jeder Hinsicht zurückzunehmen, sogar in dem Wissen, dass sein Liebhaber die Macht hatte, ihm alles wegzunehmen.

Nein, er würde keinen Schritt zurücktreten. Er würde sich nicht in seinem behaglichen, stillen Grab von Haus verstecken und vorgeben, dass er das alles für Will tat, wie Will ihm vorgeworfen hatte. Er würde das Risiko eingehen, alle Risiken, die es mit sich brachte, zu lieben. Er würde Will vertrauen und, noch wichtiger, er würde sich selbst vertrauen.

»Jack?«

»Kann ich vorbeikommen? Jetzt? Ich muss dir etwas sagen.«

***

Will öffnete Jack die Tür und breitete die Arme aus. Jack ging ihm entgegen und sie küssten sich.

»Willkommen zurück. Wie lange ist es her? Eine Woche, einen Monat? Ich dachte schon, dass du deinen Hintern nie wieder hierher schwingst.«

Jack lachte. »Du schmeckst salzig.«

»Ich war auf meinem Hometrainer. Wollte gerade unter die Dusche springen. Lust, mich zu begleiten?«

»Sehr gerne.« Jacks Schwanz zuckte sichtlich begeistert.

Sie wuschen sich gegenseitig, wechselten sich beim Einseifen ab und verweilten an gewissen Körperteilen besonders lange. Will schäumte Jacks Schwanz ein und umschloss ihn, als er sich nach unten beugte.

»Ich will dich, Jack. Ich will dich heute Nacht nehmen. Ist der Zeitpunkt da? Bist du bereit für mich?«

Ein scharfer Adrenalinblitz schoss durch seinen Magen. Seitdem sie sich das erste Mal geliebt hatten, waren sie bei ihrer Rollenverteilung geblieben. Während Jack sich zunehmend wohler damit fühlte, in Will einzudringen, stand es für ihn noch aus, den passiven Part zu übernehmen.

Es war nicht so, dass er den Gedanken in irgendeiner Hinsicht ekelhaft oder abstoßend fand. Eher das Gegenteil: Er ertappte sich dabei, dass er die intensive Intimität, die der Sex zwischen ihnen schuf, herbeisehnte. Er war sich der Quelle seines Zögerns nicht einmal richtig bewusst. Er vermutete, dass es zum Teil die Angst vor dem großen Unbekannten war. Wie sollte so ein riesiges Ding durch so eine kleine Öffnung passen? Mit Sicherheit musste es wehtun, ganz egal, was Will sagte.

Wenn er ehrlich zu sich selbst war, erkannte er, dass die Angst tiefer ging als irgendeine physische Berücksichtigung. Das war so ein intimer Akt – so eine komplette Offenbarung.

Er war nicht sicher, ob er den Mut aufbringen konnte, sich gegenüber einem anderen Menschen so vollkommen verwundbar zu machen, selbst wenn dieser Mensch Will war.

Jack beantwortete die Frage nicht direkt. Stattdessen stieg er aus der Dusche, schlang sich ein Handtuch um die Hüften und griff nach einem zweiten, größeren Handtuch. Als Will aus der Dusche trat, wickelte Jack ihn in das Handtuch und sank auf die Knie, während er liebevoll Wills lange, sexy Beine abtrocknete.

Plötzlich erkannte er, dass es tatsächlich nur eine Frage des Vertrauens war. Er sah zu seinem attraktiven, jungen Freund auf und lächelte.

»Ja«, sagte er und versuchte, die Schmetterlinge zu ignorieren, die mit ihren Flügeln gegen seinen Bauch schlugen. »Ich will es. Ich will dich.«

Zusammen lagen sie nackt auf dem Bett, die Arme ineinander verschlungen. Während sie sich küssten, stießen ihre Erektionen gegeneinander. Schließlich machte sich Will aus Jacks Umarmung los und glitt nach unten, um seinen Schaft in den Mund zu nehmen. Jack seufzte. Erneut verblüffte ihn die nahezu unerträgliche Lust, die ihn jedes Mal überkam, wenn Will das tat. Will leckte und küsste den Schaft entlang, seine Hände streichelten und liebkosten seine Hoden, seine Finger erkundeten Jacks Spalte.

Eine Sekunde lang verspannte sich Jack, wie er es immer tat, wenn Will ihn dort berührte. Sein Verstand sagte ihm, dass das keinen Sinn machte. Er mochte es, Wills Anus zu berühren, zu durchdringen und zu erkunden – warum war er so schüchtern, fühlte sich so unwohl, wenn Will versuchte, das Gleiche zu machen?

Vertrauen. Er würde Will vertrauen und sich in seine Hände begeben, auch wenn das sein Lustgefühl dämpfte. Er lag auf dem Rücken und erlaubte Will, seine Beine anzuwinkeln, sodass seine Füße flach auf dem Bett standen und sein Hintern für Will entblößt war.

Er schloss die Augen und atmete scharf ein, als Will seinen Kopf senkte und sein Gesicht hinter Jacks Hoden zu der kleinen Öffnung darunter brachte. Jack konnte einen Schauder nicht verhindern, als er Wills warme, feuchte Zunge am Rand entlanglecken fühlte. Trotz seiner Angst musste er zugeben, dass es sich gut anfühlte.

Nach einer Weile wurde die Zunge durch Wills Finger ersetzt, der sanft und vorsichtig umhertastete, ehe er in Jack eindrang. Seine Muskeln krampften sich darum zusammen.

»Entspann dich, du machst das wunderbar«, ermahnte ihn Will.

Er schob den Finger tiefer und Jacks Körper passte sich daran an. Es tat nicht weh. Es fühlte sich gut an. Er wurde von Wills anderer Hand abgelenkt, die verführerisch um seinen Schwanz lag. Er spürte, wie ihn ein zweiter Finger weitete und dabei eine kurze Unbehaglichkeit hervorrief, die jedoch schnell von dem wiederkehrenden Lustgefühl ersetzt wurde, das ihn praktisch schmelzen ließ.

»Bist du bereit, Jack? Ich will dich so sehr.«

»Ja«, sagte Jack, während sich sein Magen zusammenzog. Er begann, sich auf Händen und Knien aufzurichten, wie Will es mehrere Mal getan hatte, wenn sie miteinander geschlafen hatten.

»Warum bleibst du nicht einfach so liegen?«, schlug Will vor. »Leg dich wieder auf den Rücken. Ich glaube, dann wirst du dich weniger verspannen. Und ich kann dein Gesicht sehen und abschätzen, wie es dir geht. Ist das okay?«

Stumm nickte Jack. Geschickt rollte Will ein Kondom über seinen erigierten Penis, den er mit einer großzügigen Menge Gleitgel einrieb. Er beugte sich über Jack, als er mit immer noch glitschigen Fingern nach unten griff, um Jack vorzubereiten. Jack schloss die Augen. So war es leichter, sich zu entspannen, auch wenn er immer noch nicht richtig wusste, wie er das machen sollte.

Vertrau Will. Ja, er würde Will vertrauen. Er wollte das hier genauso sehr, vielleicht sogar mehr als Will. Er wollte ihnen beiden beweisen, dass er es tun konnte.

Will senkte den Kopf und küsste Jack auf den Mund, bevor er nach oben wanderte, um seine Augenlider zu küssen, erst das eine, dann das andere. Er küsste Jacks Stirn und nacheinander beide Wangen. Er küsste sein Kinn und ließ seine Zunge dann sinnlich Jacks Kehle hinabgleiten, während seine Hand Jacks Schwanz fand und ihn sanft umschloss.

Jack seufzte lustvoll und entspannte sich auf der Matratze, als Will ihn streichelte und massierte. Erneut spürte er Wills Finger an seinem Eingang, erst einen, dann zwei. Sie glitten hinein. Wie Will gesagt hatte, fiel es ihm schwer, sich in dieser Position zu verspannen, selbst wenn er es gewollt hätte.

Schon bald wurden die Finger von Wills breiter Eichel ersetzt. Sie strich über den engen Muskel, während sie sich ihren Weg hinein suchte. Will hielt inne, um Jacks Körper Zeit zu geben, sich an ihn zu gewöhnen. Es fühlte sich voll an, aber es tat nicht weh.

Will fuhr damit fort, Jacks Penis zu streicheln, als er fragte: »Alles klar? Du schlägst dich prima, Jack. Ich bin stolz auf dich.«

»Mir geht's gut.« Jacks Herz schlug einen schnellen Rhythmus gegen seinen Brustkorb. Noch immer hatte er Angst, aber gleichzeitig war er aufs Äußerste erregt.

»Gut. Ich möchte, dass du mir entgegenkommst, wenn ich ganz in dich eindringe. Das wird dich davon abhalten, dich zu verspannen.« Er beugte sich über ihn und küsste Jack auf den Mund, während er langsam vorwärtsdrängte.

Es gab einen scharfen, stechenden Schmerz und er keuchte. Unvermittelt zog Will sich zurück, obwohl die Spitze in Jack blieb. Jack verstand, wie es beim ersten Mal für junge Frauen sein musste. Er erinnerte sich an seine eigene Frustration bei ihrem ersten Mal, als Emma ihn mehrmals aufgehalten hatte, weil er ihr wehtat.

Es war ziemlich schwer gewesen, angesichts ihrer Klagen seine Erektion aufrechtzuerhalten. Er hatte das Ganze abbrechen wollen, aber sie hatte ihn gebeten, weiterzumachen. Er wollte Will nicht in dieselbe Situation bringen. Er würde damit fertig werden – er war ein Mann.

»Tut mir leid«, sagte er mit einem entschuldigenden Lächeln. »Hör nicht auf. Ich will es. Bitte.«

Will nickte und lehnte sich vor. Wieder spürte Jack einen Stich, aber der Schmerz war weniger intensiv. Er atmete ihn weg und drängte sich Will entgegen, wie er vorgeschlagen hatte. Der Schmerz ließ nach.

»Du hast es geschafft, Jack. Du hast es geschafft. Ich bin ganz in dir. Wie fühlt es sich an?« Mit der Hand fuhr Will an Jacks Schwanz auf und ab, während er die Frage stellte, und lenkte Jack damit eine Sekunde lang so sehr ab, dass er seine Antwort vergaß.

Schließlich sagte er: »Gut. Es fühlt sich gut an. So voll. Als ob ich dir gehören würde, vollkommen dir gehören würde, auf eine Art, die ich mir niemals hätte vorstellen können. Ich liebe dich, Will.«

»Ich liebe dich auch, Jack«, antwortete Will. Sein Blick brannte sich in Jacks, als er anfing, sich zu bewegen. Er zog seinen Schwanz fast ganz zurück, ehe er sich wieder hineindrängte und Jack ausfüllte, ihn in Besitz nahm.

Jack ächzte und ließ endlich alle überanalysierenden Gedanken los. Er ergab sich den himmlischen Gefühlen von Wills Hand und Penis.

Will wurde schneller und keuchte über Jack, seine Augen nun zusammengekniffen. »Unh, unh, unh«, begann er einen Singsang, der seine sinnlichen Bewegungen unterstrich. Seine Hand lag noch immer um Jacks Schwanz und rieb hart im Takt seiner Stöße daran entlang.

»Oh, oh, oh…«, rief Will aus, als ihm Jacks Schwanz vor Ekstase aus den Fingern glitt. Er stieß zu und versenkte sich tief in Jack, als er nach vorne zusammenbrach. Jack streckte seine Arme aus und fing ihn in eine enge Umarmung ein.

Die Reibung, die Wills harter Bauch an seinem Penis erzeugte, war genug, um Jack ebenfalls über die Klippe zu stoßen. Er spürte, wie sich sein eigenes, klebriges Sperma zwischen ihren Körpern verteilte, während Will auf den Nachwellen seines Orgasmus gegen ihn erschauderte.

Eine Zeit lang blieben sie genau so liegen. Jack liebte Wills Gewicht auf sich. Er fühlte sich, als wäre er zufrieden damit, wenn sie sich nie wieder bewegen würden.

Irgendwann fiel Jack auf, dass Wills Schwanz aus ihm geglitten war. Zärtlich rollte er Will auf den Rücken, entfernte das benutzte Kondom, wie Will es bei ihm getan hatte, und warf es in den kleinen Mülleimer neben dem Bett. Will griff nach dem Handtuch, dass er zuvor mitgebracht und neben das Bett gelegt hatte. Er fing an, Jacks klebrigen Bauch abzuwischen, aber seine Hand sank immer wieder schlaff herunter.

»Ich kann mich nicht bewegen«, stöhnte er mit einem kleinen, schwachen Lachen. »Du hast mich vollkommen erschöpft, Jack Crawford.«

Jack nahm das Handtuch und wischte seinen und Wills Bauch ab, ehe er damit behutsam an seinem Hintern entlangrieb. Er reagierte empfindlich auf die Berührung, aber davon abgesehen war alles in Ordnung. Zusammen mit den Endorphinen, die wie Feuerwerkskörper durch seine Blutbahnen zischten, fühlte Jack noch etwas anderes. Stolz breitete sich in ihm aus wie eine gehisste Siegesflagge.

Er hatte es getan. Er hatte einen Weg gefunden, seine Hemmungen, seine Ängste und sein Zögern zu überwinden. Er hatte einen Weg gefunden, zu vertrauen, nicht nur Will, sondern auch sich selbst.

»Du siehst aus wie die Katze, die den Kanarienvogel gefressen hat«, sagte Will träge, während er Jack aus halb geschlossenen Augen beobachtete. »Weshalb grinst du?«

»Ach, nichts. Alles.« Er stieß einen Freudenschrei aus.

Will sah verwundert aus. Jacks Gesicht wurde warm, aber er jauchzte erneut. Warum nicht? Er war glücklich.

Will lachte. »Also war es okay, hm? Du bist jetzt keine Jungfrau mehr. Was machen wir als Nächstes?«

Jack grinste. Seine Augen wurden schmal und sein Schwanz wurde bei dieser Frage unglaublicherweise erneut hart. »Du kennst doch das Sprichwort, Will: Übung macht den Meister.«

Über die Autorin

Claire Thompson lebt und schreibt im Umland von New York. Sie hat über vierzig Romane geschrieben, viele davon handeln von der Romantik erotischer Unterwerfung im Zusammenspiel mit der neu entdeckten Leidenschaft für m/m-Erotik.

Um mehr über Claire Thompson zu erfahren, besuchen Sie die Autorin unter www.clairethompson.net. Oder schicken Sie Claire eine E-Mail an Claire@clairethompson.net und melden Sie sich für ihren Newsletter an, um über ihre neuesten Werke, Veranstaltungen, Ereignisse und Wettbewerbe auf dem Laufenden zu bleiben.

Autor: Catt Ford
Titel: A Strong Hand

Als Print und eBook erhältlich!

Fotograf Damian Wolfe hat alles gesehen, alles erlebt und alles ausprobiert, was die BDSM-Szene für einen dominanten Spieler zu bieten hat – und sich schließlich von allem zurückgezogen. Angewidert von der Oberflächlichkeit der flüchtigen Affären vergräbt er sich tief in seiner großen Liebe: der Kunst erotischer Fotografie.

Als jedoch Student Nicholas in sein wohlgeordnetes Leben stolpert, muss Damian plötzlich feststellen, dass er sich trotz aller Abgeklärtheit Nicks neugieriger Faszination und naiver Erotik nicht entziehen kann. Und zum ersten Mal wird ihm bewusst, dass er Liebe nicht nur mit einer Kamera einfangen kann...

Autor: Andrew Grey
Titel: Liebe besteht jeden Tag

Als Print und eBook erhältlich!

»Wir gehören zusammen. Du bist ein Teil von mir – jetzt und für alle Zeit.«

Len und Cliff kennen sich seit ihrer Schulzeit, doch nach dem Abschluss trennen sich ihre Wege für fünf Jahre. Als Cliffs Ehefrau bei einem Autounfall ums Leben kommt, macht Len es sich zur Aufgabe, den gebrochenen Mann aus seinem Schneckenhaus zu locken, und weckt damit nicht nur in ihm längst vergessene Gefühle.

Doch obwohl Len auch Cliffs zweijährigen Sohn Geoff sofort ins Herz schließt, ist ihre gemeinsame Zukunft alles andere als rosig. Denn niemand weiß, ob ihre Liebe es schafft, jeden Tag aufs Neue vor den Augen der Gesellschaft zu bestehen…

2. Teil der »Liebe…«-Reihe